rororo

Zu diesem Buch Grabschänder machen vor keinem Sarg halt, besonders wenn eine legendenumwobene Leiche darin liegt. In der Gruft der Münchner Michaelskirche wird zu Mitternacht der Sarkophag König Ludwigs II. aufgebrochen. Am Morgen ist die Totenlade leer und die Aufregung groß. Die Wittelsbacher hüllen sich in Schweigen, während die bayerische Regierung das Gerücht dementiert, daß fanatische Ludwig-Anhänger als Täter in Frage kommen. Dafür kommen die Medien voll auf ihre Kosten. Wenig später werden dem Autor eines gerade erschienenen Neuschwanstein-Romans sensationelle Dokumente über König Ludwig angeboten. Vage keimt die Hoffnung auf, daß Einschußlöcher in den entlarvenden Textilien die Mordtheorie beweisen werden. Doch es findet sich nur eine Leiche, die in der Badewanne des Neuschwanstein-Experten keine gute Figur macht und den Autor in die Bredouille respektive zwischen alle Fronten bringt.

Als Norbert Klugmann 1996 mit seinem Roman «Neuschwanstein» kunstvoll den Mythos Ludwig wiederauferstehen ließ, war sich die Kritik einig: «Norbert Klugmann gelang es, Märchen und Wirklichkeit, Historie und Utopie in eine überzeugende und überdies in jeder Sekunde spannende Geschichte zu fassen.» *Buchjournal*

«Superkrimi.» *Der Spiegel*

«Eine Atmosphäre Orwellscher Unheimlichkeit.» *FAZ*

Norbert Klugmann, geboren 1951 in Uelzen, lebt seit 1970 in Hamburg.

NORBERT KLUGMANN

Ein König stirbt

Rowohlt Taschenbuch Verlag

rororo thriller
Herausgegeben von Bernd Jost

Originalausgabe
Veröffentlicht im Rowohlt Taschenbuch Verlag GmbH,
Reinbek bei Hamburg, März 1999

Redaktion Peter M. Hetzel
Umschlaggestaltung Notburga Stelzer
(Illustration: Jürgen Mick)
Satz: Bembo und DIN-Engschrift Alternate
PostScript (PageOne)
Gesamtherstellung Clausen & Bosse, Leck
Printed in Germany
ISBN 3 499 4 3320 6

1

Der eine kam aus Yokohama, der zweite aus Chicago und der dritte aus Mecklenburg. Zusammen kamen sie auf acht Promille. Von der letzten S-Bahn nach Geltendorf sahen sie die Schlußlichter. Der Mecklenburger wurde so wütend, daß er einen Papierkorb anpißte. Der diensthabende Beamte schoß auf den Bahnsteig und bot dem Mecklenburger Prügel an. Der drehte sich nach links und pißte dem Beamten auf die Hose. Der Japaner mußte schrecklich lachen. Erst als er in sein Lebkuchenherz biß, beruhigte er sich. «Schert euch weg!» rief der Beamte. «In zwei Minuten ist die Polizei da!» Der Mecklenburger übersetzte in bestem Pidgin-Englisch.

«Ich hasse das Oktoberfest», sagte der Beamte und blickte den drei davonwankenden Gestalten nach.

Auf den Schreck suchten die drei eine Kneipe. Sie umkreisten den Hauptbahnhof. Wo sie hineinwollten, war geschlossen. Und wo geöffnet war, ließ man sie nicht hinein. Der Japaner wollte wissen, wann die nächste S-Bahn fahren würde. Als er begriff, daß er vier Stunden warten mußte, bestand er darauf, in ein Hotel zu gehen. Sie liefen zwei Häuser an, die Wachhabenden lächelten milde und sagten: «Oktoberfest. Sorry, gentlemen.»

Der Mecklenburger starrte in das Gesicht des Nachtportiers und sagte: «Piss off, you bloody bastard.» Es gab keinen konkreten Anlaß, so zu reagieren. Aber er hatte es sich schon lange vorgenommen, und zu Hause hatte er keine Gelegenheit dazu. Natürlich war die Stadt ausgebucht, sonst hätten die drei ein zentraleres Quartier gefunden als in dem gesichtslosen Vorort. «Sie haben einen Park hier», sagte der Amerikaner. «English Garden.» Dort wollte er sein Haupt zur Ruhe betten und sich vorher hinter einem Busch die Seele aus dem Leib scheißen.

Trübsinnig trotteten sie durch die Straßen der Innenstadt. Der Mecklenburger lachte über die Preise der Schuhe, der Amerikaner sagte: «I love Hofbrauhaus. I love Neuschwanstein.» Der Japaner nahm ein Medikament ein. Vielleicht war es gegen schlechten Atem. Er hätte drei Pillen nehmen sollen. Und ständig die Pisserei. Der Amerikaner stöhnte dabei und verwickelte den Mecklenburger in ein schwachsinniges Gespräch über Vor- und Nachteile deutschen Bieres. Sie waren nicht die einzigen Oktoberfestbesucher, die um diese späte Stunde durch die Maximilianstraße und über den Stachus stromerten. Man stützte sich gegenseitig, jeder zweite trug ein vollgekotztes T-Shirt. Um die Hälse hingen Herzen, an der Brust humorige Buttons, ums Handgelenk Ballons. Und sie hatten Bierkrüge dabei, vor allem die ausländischen Besucher präsentierten die Seidel wie eine Kriegsbeute.

So gelangten der Japaner, der Amerikaner und der Mecklenburger in die Neuhauser Straße. Als zwei von ihnen merkten, daß sie den dritten verloren hatten, gingen sie 50 Meter zurück. Sie fanden den Japaner vor der Kirche. «The mad king!» rief er und noch einmal freudestrahlend: «The mad king!»

«What do you want?»

«The mad king! The mad king!»

«Ah! Mad king. Klar! Cool, man. Komm, wir müssen weiter.»

Aber der Japaner war nicht zu bremsen. Er rüttelte am Portal der Kirche, sie war verschlossen. Er ging nach rechts, verschwand in der Gasse. Seine Kumpel trotteten hinterher. «Ludwig», sagte der Amerikaner. «Neuschwanstein. Pretty good. You wait 50 minutes to see all rooms in 30 minutes. And then you wait 50 minutes in the restaurant to see your steak.»

Jetzt fiel beim Mecklenburger der Groschen. Neuschwanstein kannte er, dort hatte er sich an einem Fischgericht den Magen verdorben, und seine Frau hatte die Plastiktüte fallen lassen, in der der gläserne Schwan steckte, den er ihr verehrt hatte. Für 24 Mark 95 Scherben. Dafür hätte er auf dem Oktoberfest zwei Maß trinken können. Den Japaner fanden sie in der Gasse nicht, dafür die offene Tür in der Längsseite der Kirche. Als sie drinnen standen, sagte der Mecklenburger: «Warum ist die Tür auf?» Vielleicht hieß es «offen», aber sollte er den Amerikaner danach fragen?

Die beiden traten einige Schritte ins Kirchenschiff hinein. «Come on, gents!» rief eine Stimme, und der Mecklenburger fühlte seinen Puls schlagen. Von weitem sah er den Japaner winken. Bevor er zu ihm ging, dachte er: Du solltest vorher noch mal pissen gehen. Er wußte nicht, warum. Aber er wußte, daß eine leere Blase besser ist als eine volle Blase. Das hatte ihn das Leben gelehrt.

Der Japaner wartete an der Treppe, vorfreudig erregt. «Mad king», sagte er und zeigte hinunter.

«Klar doch», sagte der Mecklenburger und hatte es nicht mehr so eilig. Er drang nicht gern in fremder Leute Keller ein, er war noch nie in einer Kirchengruft gewesen. Er drückte sich grundsätzlich vor Beerdigungen. Aber er spürte, daß er für das Deutschlandbild seiner neuen Freunde verantwortlich war. Er wollte vor ihnen nicht als Weichei dastehen und wartete, daß der Japaner den ersten Schritt tun möge. Er fand es nur merkwürdig, daß auch die Tür zur Fürstengruft nicht verschlossen war. Und in der unteren Etage brannte Licht.

30 Särge, alles kolossale Kaliber. Protzentum noch im Tode. Aufgeregt eilte der Japaner die Reihe entlang. Er benahm sich, als würde er jeden Tag eine Gruft besuchen.

Ludwigs Sarg war der größte, mehr als doppelt so groß wie die anderen und festlich geschmückt. Oben das Königswappen in rotem Samt. Darunter Kränze, Blumen und Gebinde. Das größte Gebinde stammte von den Schaustellern auf dem Oktoberfestgelände. Der Japaner faltete vor Ergriffenheit die Hände. Der Amerikaner hielt schon seine winzige Kamera vorm Auge. Der Mecklenburger fühlte sich nicht mehr so beklommen wie am Anfang. Aber eine Frage hatte er doch: Warum war der verdammte Sarg offen?

2 Um 4 Uhr 30 war die Feier auf dem Höhepunkt. Die Körper von 250 Menschen zuckten zu den Klängen der Musik. Sie waren schön und jung und abenteuerlustig. Und wenn sie älter waren als 30, waren sie reich, sehr reich. So reich, daß sie selbst im Alter von 68 spielend blutjunge Verehrerinnen fanden. Max war nicht 68, aber auch nicht 30. Niemand wußte, wie alt er war. Selbst Max hatte es vergessen. Dabei funktionierte sein Gedächtnis sonst hervorragend. Er hatte 280 Telefonnummern im Kopf und kannte die Namen fast aller Frauen, mit denen er intim geworden war. Es waren einige weniger als 280, aber noch war er nicht tot. Eine Marlise hatte er noch nie gehabt. Sie war der Typ, der Max zuverlässig hochbrachte. Brünett, sehr kurze Haare, zierlich, knabenhaft, bis auf die herrlichen Brüste. Die waren sehr weiblich und so üppig, daß zwei Männer davon satt geworden wären. Während Max auf der Tanzfläche des «Jiminez» in gemessenem Stil abhottete, behielt er die Brüste im Auge. Das war nicht schwer, denn sie waren selten mehr als einen Meter von ihm entfernt. Er hatte Marlise bei «Boule» getroffen. Sie saß mit einem Paar an einem der Tische, an die der Maître die Normalos abschob. Wer auf die Toilette ging, mußte an dem Tisch vorbei. Max war mit der Gräfin unterwegs, sie führte ihren neuen Beschäler Gassi. Er war 20 Jahre jünger, 50 IQ-Punkte dümmer, aber sehr potent. Außerdem konnte er mit Messer und Gabel umgehen. Und dem Glas. Mehr mußte er nicht können, um sechs Wochen in die unendlichen Tiefen der Gräfin eintauchen zu dürfen. Die Gräfin war unter anderem auch eine kluge Frau, sie erkannte die Richtung von Maximilians Blicken und retirierte vorzeitig mit dem Beschäler in ihr Penthouse. So hatte Max Platz, um Marlise an seinen Tisch zu bitten. Er lud auch das Paar ein, aber es verkrümelte sich rasch. So bekam er Marlise allein. Es folgten die zwei schönsten Stunden mit einer Frau: die ersten, frisch wie Tau, von keinem Schatten verdunkelt, alles Neugier und Kultiviertheit. Marlise war zum ersten Mal in Marbella, 24, von Beruf Restauratorin, geboren in Heidelberg, zwei Jahre Rom, Max testete das an Ort und Stelle, ihr Italienisch war sicher, aber nicht perfekt. Marlise war ungebunden, «zur Zeit». Max bedauerte das, er spannte lieber aus, als Genitaltrakte zu entstauben. Marlises kühle Art törnte ihn an wie seit vier Wochen nichts mehr. Beruflich träumte sie von Ulm, Corvey, Wismar und zwei Kapellen in Norditalien, die Max jedoch entfielen, weil er sich an Marlise gerade die Bluse fortdachte. Sie rauchte nicht, das war angenehm. Max war heikel mit der Nase seit den Problemen mit der Scheidewand. Er ließ einige Bemerkungen fallen, auf die Marlise versiert reagierte. Er würde keine Probleme haben, ihr das zu zeigen, was er am meisten liebte.

Nach dem Essen in die Bar.

Nach der Bar in die Disco.

Ausdehnung der Vorlust um mehrere Stunden. Max liebte es, sich zu kasteien. Auf den Wagen reagierte Marlise wie eine Frau von Welt. Sie entdeckte gleich das weißblaue Lenkrad. Max sagte leichthin: «Heimat, deine Farben.»

Sie lachte und sagte: «Sie reden ja wie jemand, der mit Bayern besonders verwachsen ist und nicht nur dort wohnt.»

«Das ist auch so.»

«Wie ist es denn?»

Zehn Sekunden Pause und Konzentration auf den Straßenverkehr, dann: «Meine Güte, wir sind wirklich eine alte Sippe. Das streift man nicht einfach so ab.»

«Wie alt?»

«Fragen Sie nicht.»

«Wie alt?»

«700 Jahre.»

Pause, Ankunft Disco. Herrlich, ihren Brüsten beim Tanzen zuzusehen. Sie trank nur Wasser, Max liebte es, wenn Frauen sich dezent verhielten.

Er ließ sie bis zuletzt im Glauben, daß es nun in eine Wohnung gehen würde. Erst als er in den Yachthafen einbog, roch sie den Braten. Er sah ihren Blick und dachte: Wird Zeit, daß du aus der Hose kommst.

Sie war nicht scheu, wie er es bei vielen Frauen erlebt hatte, wenn es zum Schwur kam. Sie blickte nicht dran vorbei, sie sah hin. Sie verlor keine Zeit mit Schmusen und Küssen und schreckte nicht zurück, als er einen höheren Gang einlegte. Sie nahm seinen Rhythmus auf, so daß er später gern ihren Vorgaben folgte. Als er das erste Mal kam, dachte er: Dir ist etwas geplatzt. Und Marlise, obwohl stöhnend, sagte deutlich: «Ludwig, mein Ludwig. Du füllst mich ganz aus.»

3

Am Telefon hatte mein Verleger gesagt: «Rechnen Sie mit vier Tagen. Erscheinen Sie in guter Kondition. Hier leben keine Fischköppe. Wir wissen zu leben. Unser Hafen ist Venedig und nicht Hamburg.»

Ich wußte, daß der Scherz nicht von ihm stammte. Aber selbst wenn mir der Urheber eingefallen wäre, hätte ich zu diesem Zeitpunkt die Klappe gehalten. So oft verkauft man nicht zum ersten Mal von einem Buch 50000 Stück. Für die Taschenbuchrechte würde eine Versteigerung anberaumt werden. Die Verfilmungsangebote von ARD und RTL hatten wir lächelnd auf die lange Bank geschoben. Wir warteten auf den Anruf aus Hollywood.

Am ersten Tag zeigten sie mir den Verlag und ließen keine Besenkammer aus – zumal in dieser Besenkammer nachweislich zwei Kinder gezeugt worden sein sollten. Abends kam der Gaumen zu seinem Recht. Ich hatte durchblicken lassen, daß ich einen Tag ohne italienische Küche durchhalten würde. So landeten wir in der Ochsenbraterei. Neben mir saßen die anderen 2500 Gäste. In den großen Zelten des Oktoberfests wurden die Tische nicht zwei Tage vorher bestellt. Die Boxen wurden von Jahrzehnt zu Jahrzehnt gebucht. Eingerahmt waren wir von Siemens und BMW. Der Lärm war bestialisch, auf der Bühne fand Blasmusik statt. Links standen die ersten Australier auf den Tischen. Die Oberarme der Kellnerinnen besaßen den Umfang meiner Oberschenkel. Ich aß Lende, weil sie am zartesten war, und kaute nur rechts. Ein Teil meines Honorars würde in den Tresor eines Zahnarztes fliegen, und diesmal würde ich nicht mit einigen kosmetischen Korrekturen davonkommen. Im Mund war ich dem Verfall am nächsten. «Ist das nicht wahnsinnig?» schrie mir Karoline ins Ohr. Sie absolvierte in der Verlagsleitung ein Vierteljahr Zugewinn an Lebenserfahrung, bevor sie ins Lektorat weiterwandern würde und die Grillen ihres Germanistikstudiums an der Realität messen durfte. Karoline sah besser aus als die meisten Germanistinnen, die ich kannte. Sie hatte eine Art, mich anzuhimmeln, die mir zu denken gab. War ich als Mann oder als Künstler ihr Idol? Oder hatten sie sie auf mich angesetzt, damit ich in der fremden Stadt ein Kopfkissen hatte, falls ich Gelüste verspüren sollte, die gemeinhin Männern zugeschrieben werden?

Karoline war eine Beutemünchnerin, die nie mehr weg wollte. Höchstens nach Mailand. Oder New York. Aber sonst nirgendwohin. Vielleicht nach Paris. Oder San Francisco. Aber das war's dann auch, denn wer würde sie nach Neu-Delhi schicken oder nach Peking, wohin es sie mit aller Macht zog. Ich sagte: «Wie wär's mit Hannover?» Karoline sah aus, als hätte nun sie die Zahnschmerzen. Sie war wirklich attraktiv und roch nach Großbürgertum. Väterchen besaß im Südwesten ein kleines Zeitungsmonopol, das die Sippe ernährte und den drei Kindern Au pair, Internat und Auslandsstudium einbrachte. Außerdem war Karoline eine tolle Fechterin, neun Monate im Bundesleistungszentrum, bis sie von einem männlichen Mitfechter mehr als nur einen Stich verpaßt bekommen hatte und bei Nacht und klarer Sicht geflohen war. Unser Tisch war so vornehm, daß wir nicht nur Bier tranken. Der Verleger stand auf Frankenwein, den es hier angeblich offiziell gar nicht geben durfte, und bat um Verständnis, wir sollten es nicht als Arroganz mißverstehen. Er habe ein Faible für Volksfeste, und nichts läge ihm ferner, als sich distanzieren zu wollen. Erschütternd, wie der polyglotte Mann sich bei so einem nebensächlichen Thema in die Sackgasse flunkerte. Ich fand es viehisch, einen Liter Bier zu trinken. Aber ich verriet ihnen nicht meine große Lust im hohen Norden: in Lokalen stets zu fragen, ob sie noch die guten alten 0,2-Liter-Gläser haben.

Gelächelt wurde auch um mich herum, ach was, gelächelt. Wir bleckten alle die Gebisse wie Pferde. Obwohl an unserem Tisch keine Vertreter des schwitzenden Volkes saßen, benahmen wir uns vorbeugend daneben. Es war viel von Festen, Ritualen, Traditionen, Opium fürs Volk und Körperverletzung durch tief fliegende Maßkrüge die Rede. Ich sagte zu Karoline: «Halte dich dicht an mich. Ich lenke die Krüge auf mich.»

Sie schaltete ihren ganz leichten Silberblick ein und sagte: «Würdest du das wirklich für mich tun?»

Ich konnte Karoline beim besten Willen nicht ernst nehmen.

Dann registrierte ich, daß am Tisch über Ludwig geredet wurde. In der letzten Nacht war der Sarg des Bayernkönigs geschändet worden. Eine Polizeistreife hatte drei Männer in der Fürstengruft überrascht. Da war der Leichnam des Königs bereits weg. Die drei Festgenommenen standen unter Alkoholeinfluß, den sie sich bei einem Besuch des Oktoberfests zugezogen haben wollten. Es war zu einem Gerangel mit den

Polizisten gekommen, in dessen Verlauf einer der Festgenommenen einem Beamten auf die Schuhe uriniert haben sollte. Der Festgenommene hatte Anzeige gegen die Polizisten wegen sexueller Nötigung erstattet. Angeblich hatte aber der betroffene Beamte lediglich den Penis des Urinierenden in eine andere Richtung gelenkt. An unserem Tisch wurde herzhaft gelacht, auch und gerade von den Frauen.

Mittlerweile hatten Fachleute bestätigt, daß der Sargdeckel ein Gewicht von mehreren Zentnern aufwies und nicht ohne Hilfsmittel abgehoben werden konnte. Auch war der Weg der Täter noch nicht geklärt. Schließlich habe die beträchtliche Trunkenheit der festgenommenen Männer zu ihrer Freilassung im Verlauf des Tages geführt. Die Ermittlungen der Polizei konzentrierten sich jetzt auf einen gewissen David Magus. Der Name sagte mir etwas. Magus hatte vor fünfzehn Jahren in einem kleinen Verlag ein Buch über die Umstände von Ludwigs Tod herausgebracht. Es enthielt die üblichen Legenden. Magus war der fünfzigste oder hundertste, der Privatdetektiv gespielt hatte. Stets ging es darum, ein Komplott zu beweisen. Ludwig war gewaltsam zu Tode gebracht worden, wahlweise von politischen oder persönlichen Gegnern. Das wichtigste für die Privatdetektive war der Mantel des Königs. Er enthielt nämlich – so die Behauptung – ein Einschußloch, ebenso der Körper des Monarchen.

Deshalb wurde seit Jahrzehnten das Haus Wittelsbach aufgefordert: Öffnet endlich den Sarg! Obduziert Ludwig! Die Wittelsbacher dachten gar nicht daran. Ich fand das einsichtig. Die Sippe lebte in Saus und Braus, in keinem anderen Winkel Deutschlands wird der Adel so ernst genommen wie in Bayern. Vom Glanz des Märchenkönigs fällt ein mildes Licht noch auf den kleinsten und gemeinsten Sproß. David Magus, einer der selbsternannten Wahrheitssucher, hatte sich in den letzten Jahren in den Fall verbissen. Ständig kündigte er weitere Enthüllungen an, um sie dann doch nicht vorlegen zu können.

Angeblich war in seine Wohnung eingebrochen worden, oder ein Informant hatte sich mit unbekanntem Ziel abgesetzt. Magus fühlte sich von einer mächtigen Koalition der Vertuscher verfolgt, und je hartnäckiger die schwieg, um so enthemmter trat und wetterte er. Für mich lebten solche Zeitgenossen im Bereich des Neurotischen. Verfolgungswahn, man kennt das.

Aber jetzt hatte endlich einer ernst gemacht. Den Sarg aufgebrochen und den König gestohlen! Das war eine saftige Story. «Seht ihn euch an!» lästerte mein Verleger, «da leckt einer Blut.»

Ich sagte: «Letzte Nacht war ich noch nicht in München.»

Man lachte höflich. Ab dem 50000. Buch hören dir die Leute viel serviler zu. Du kannst erzählen, was du willst, sie finden immer etwas zum Lachen oder Schmunzeln.

Ich war gespannt auf die Reaktion des Hauses Wittelsbach. Wahrscheinlich saßen sie in dieser Minute in einem ihrer Schlösser und feilten an der Presseerklärung. «Mit Wut und Betroffenheit nehmen wir Kenntnis von ...»

Der späte Nachmittag mündete zwanglos in den Abend ein. Ich goß eine zweite Maß auf die erste. Mein Toilettenbesuch wird mir unvergeßlich bleiben. Ich kann nur jedem, der den Mann für ein kulturfähiges Wesen hält, abraten, diesen Ort aufzusuchen. Der Mann ist eine mannshohe Schweinsblase mit Ausgußtülle. Den Frauen erging es offensichtlich nicht viel anders, eine Lektorin verabschiedete sich sogar vorzeitig, nur um kein zweites Mal diesen Ort besuchen zu müssen. So etwas kennen wir im Norden nicht. Wir erbrechen und erleichtern uns in die offene See und müssen nur darauf achten, daß es nicht gegen den Wind geschieht.

Es war nicht so, daß ich mir Karoline schön trank. Reizvoll war sie, aber sie war so schrecklich jung, und ich war schon erwachsen. Außerdem gab es gewisse Konstellationen in der Heimat zu beachten. Andererseits war die fern und ich ein

Künstler. Jedenfalls hielten mich alle am Tisch dafür. Aber mir sagte viel mehr unsere Kellnerin zu, eine propere Person, nimmermüde, auch in ihrer Freundlichkeit, robust und mit dem Talent gesegnet, für jeden ein Wort zu finden, für jeden ein anderes und für fast alle das richtige. Mich beispielsweise ignorierte sie.

Ein dutzendmal sagte jemand an unserem Tisch: «Also, lauter kann es nicht mehr werden.» Ein dutzendmal irrte er. Es wurde lauter und immer lauter, und weil man deshalb lauter reden mußte, wurde es immer noch lauter, und wenn dann die Kapelle ernst machte, dachte ja niemand daran, so lange den Schnabel zu halten. Ich spürte, wie ich heiser wurde. Während der gerade zu Ende gegangenen Lesereise durch Süddeutschland und die Schweiz war ich nie so angestrengt gewesen, obwohl ich stets ohne Mikrophon lese.

Zwischendurch sprach die Pressefrau mit mir das Programm für den nächsten Tag durch. Ein TV-Termin, zwei Radiosender, eine Münchner Boulevardzeitung und eine Schülerzeitung. Ich nickte gehorsam alles ab und sagte dann: «Eine Schülerzeitung?»

Die Pressefrau lächelte hinreißend und entschuldigte sich für ihre Schwäche. Angeblich hatte der junge Redakteur sie am Telefon becirct, ein Münchner Gymnasium in besserer Lage. Sie bot an, den Termin abzusagen, wenn er mir zu belanglos … Abgefeimte Taktik, denn nun blieb mir nichts anderes übrig, als mein Okay zu geben.

Zu meiner Überraschung fand sich kein harter Kern, der nach der Schließung des Zelts in einer anderen Lokalität weiterzechen wollte. Der Verleger sagte: «Unser Star muß morgen taufrisch sein.» So blieb mir ein Gewissenskonflikt erspart. Ich mußte dann nur noch darauf achten, welche Signale mir Karoline schickte. Sie war sehr munter, sehr lustig und fuhr sich einige Male mit der Zunge über die Schneidezähne.

4 Die Tür schwang nach innen, und das Telefon klingelte. Dies geschah so zeitgleich, daß ich zuerst dachte, die Tür habe das Läuten ausgelöst. Nach einem Fußmarsch von fünf Minuten erreichte ich den Schreibtisch, nahm ab und sagte: «Karoline, das ist wirklich sehr nett von …»

«Sind Sie Kultermann?»

«Sind Sie Karolines Vater? Oder Verlobter?»

«Sind Sie Kultermann? Der das Buch über Neuschwanstein geschrieben hat?»

«Ich gestehe. Ist Ihre Uhr auch fast halb zwei?»

«Ich habe etwas für Sie. Sind Sie interessiert?»

«Ich bin heterosexuell. In jeder Stellung.»

«Es geht um den Einbruch. Gestern, die Michaelskirche.»

Es war nicht so, daß ich schlagartig nüchtern wurde. Aber ich lag nicht mehr auf dem Bett, ich saß.

«Wir haben den König. Wir werden der Welt mitteilen, was sie wissen muß. Ich biete Ihnen Material an. Sind Sie interessiert?»

«Warum mir?»

«Sie lieben den König.»

Er war ein Idiot. Ich liebte den König nicht, ich hatte nur ein Buch geschrieben, in dem er nicht schlecht weggekommen war.

«Was für Material haben Sie?»

«Kommen Sie nach Pasing.»

«Wo ist das?»

«Der Taxifahrer weiß Bescheid. Ich nenne Ihnen die Adresse.»

5 Das Haus hatte drei Geschosse und Bewohner, die um diese Zeit schliefen. Als ich die dunklen Fenster sah, war ich sicher, einem Witzbold auf den Leim gegangen zu sein. Ich straffte mich, weil ich vor der versteckten Kamera keine schlaffe Figur abgeben wollte. Eine Wohnstraße, alles zugeparkt, gediegene Bürgerlichkeit, geputzte Autos. Auf dem Klingelknopf stand «Rochlitz». Bis hier stimmte alles. Ich drückte den Knopf. Nichts. Drückte erneut. Nichts. Ich drückte gegen die Tür und stand im Hausflur. Das Licht funktionierte. Ich dachte: Wenn die Wohnungstür angelehnt ist, drehst du um und gehst nach Hause.

Rochlitz, Endetage. Die Tür war angelehnt. Ich lachte leise und stieß die Tür auf. Drinnen roch es nach Kerzen und etwas Würzigem. Vielleicht ein aromatisierter Tee. «Herr Rochlitz? Kultermann. Wir haben telefoniert.» Nichts. Ich dachte: Okay, du machst Licht, und er liegt tot auf dem Fußboden. Ein harter Gegenstand hat ihm den Schädel zertrümmert, und am Kamin stehen Derrick, der Alte und die anderen Schnarchsäcke und sagen: Wo waren Sie heute abend, während Sie sich auf dem Oktoberfest aufhielten?

Vielleicht roch es in der Wohnung nach Tod, aber ich wußte nicht, wie der Tod riecht. Ich redete mir ein, daß ich in dieser Minute zur Erheiterung irgendeiner angesoffenen Runde beitragen würde. München war eine fremde Stadt für mich, ich fühlte mich hier nicht in der Offensive.

Ich verließ die Wohnung, ohne das Licht angeschaltet zu haben, und setzte mich auf die Treppe. Das Flurlicht ging aus, schlagartig schwoll die Stille zu einem Dröhnen an. Hinter der angelehnten Tür der unbekannten Wohnung konnte etwas auf mich warten, das mein Leben verändern würde. Eine offenstehende Wohnung um zwei Uhr nachts, eine halbe Stunde nachdem ich zu dieser Adresse gerufen wurde. Scherz oder Tod, ich sah keine dritte Möglichkeit. Als Scherz war es schlecht, Tod mochte ich nicht. Ich war schon Mitte 30 und hatte 15 Hungerjahre hinter mir.

Vor acht Wochen war mein Buch auf den Markt gekommen, verkaufte Exemplare bis zu diesem Moment 50 582. Tendenz steigend. Das Ende meines Schuldenbergs war absehbar. Vielleicht würde der Bucherfolg auch für etwas Schönes reichen: ein Häuschen am Wasser, eine Zweitwohnung im Schnee mit Loipenanschluß. Und warum nicht ein Automobil mit langen Lieferfristen, die bei mir nicht ganz so lang ausfallen würden. Und für den Alltag dit un dat. Ich hatte ein Recht darauf. Hunderttausende von überbehüteten Kindern bezogen in diesem Land im Alter von 25 ihr Eigenheim – ausgestattet mit vier bis sechs Bausparverträgen von Mami und Vati und Onkel und Tante.

Auf mich wartete die Sonnenseite des Lebens. Und ich wartete auf sie. Wir ergänzten uns aufs trefflichste. So etwas Abgeschmacktes wie Tod und Blut und herausquellende Eingeweide paßte nicht zu diesem Szenario. Vielleicht lebte er auch noch und wartete auf Hilfe. Theoretisch möglich. Aber ich war kein Hellseher, und ich würde garantiert nicht heute nacht damit anfangen, meine hellseherischen Fähigkeiten zu vervollkommnen. Ich wollte mir in meiner jetzigen Situation nichts ans Bein hängen, das war die schlichte Wahrheit. Ich war ein Mann des beginnenden 21. Jahrhunderts, unbelastet von zentnerschweren Machoallüren wie Stolz, Mut und Entdeckerfreude. 15 Jahre hatte ich gesät und gesät, geschrieben und geschrieben, war abgelehnt worden noch und noch. Ich besaß eine Liste aller Lektoren und Verleger, mit denen ich mich in besseren Zeiten gern noch einmal unterhalten würde. Diese Aussichten waren die Freude meiner reifen Mannesjahre. Und es gab eine todsichere Methode, sie aufs Spiel zu setzen: Ich mußte noch einmal durch diese verlauste Tür treten und den Lichtschalter betätigen.

Das Licht ging an, und von unten sagte eine Frauenstimme

verwundert: «Warum ist denn die Tür offen?» Dann kamen zwei Personen die Treppe herauf. Bei acht Wohnungen betrug die Chance, daß sie bis ins Endgeschoß aufsteigen würden, ein Viertel. Ich hielt viel von Wahrscheinlichkeiten. Sie kamen bis in den zweiten Stock. Das Licht erlosch. Zeit verstrich. Eine Entscheidung fiel. Ich stand auf.

6 Der Nachtportier sah fast so gut aus wie meine Suite. In billigeren Häusern achten sie bei der Auswahl der Nachteulen nicht auf die Optik. «Ich hoffe, Sie genießen Ihren Aufenthalt in unserer Stadt. Wenn ich noch etwas für Sie tun kann …»

Ich nickte bedeutungsschwer zum ersten Satz Dann schüttelte ich den Kopf zum zweiten Satz.

Der Lift fuhr geräuschlos, das war gewöhnungsbedürftig. Wahrscheinlich würde er auch geräuschlos abstürzen.

Meine Tür öffnete ich durch Handauflegen. Ein Schritt in den Serail, und gedämpftes Licht erhellte meinen Lebensweg. Ich schaute in den Flurspiegel, den Kerl kannte ich von irgendwoher. Aber ich würde ihm keinen Gebrauchtwagen abkaufen, ab jetzt nur noch fabrikneu.

Ich schaltete den Fernseher ein und begann mich auszuziehen. Mit jedem Kleidungsstück fiel ein Teil der Anspannung des Tages von mir ab. Ruhm kostete Kraft, ich mußte noch lernen, ihn ökonomischer zu händeln. In der Dauerwerbesendung ging es um Nackenrollen. Am liebsten mochte ich amerikanisches Advertising mit der hundsmiserablen deutschen Synchronisation. Ab ins Badezimmer. Auch hier derselbe Kerl im Spiegel. Dann sah ich die Wanne hinter mir, ein Mordsding, groß genug für eine Orgie. Der Körper in ihr wirkte einsam und verloren. Aber das war nicht der Grund, warum der Mann so einsam war. Sein Blut hatte ihn verlassen.

Die Kommissarin betrat das Badezimmer und sagte: «Wer hat in das Waschbecken gekotzt?»

Ich hob den Arm.

«Haben Sie sonst noch etwas verändert?»

Ich fragte den Arzt nach Tabletten.

Er sagte: «Gegen was?»

«Egal.»

Er gab mir Tabletten, ich schluckte sie. Ständig stand ich jemandem im Weg. Meine Suite gehörte mir nicht mehr, ich zählte vier Uniformierte und fünf Nichtuniformierte.

Die Kommissarin stellte sich vor mich hin und sagte: «Sind Sie nicht der mit dem Buch?» Ich glotzte sie an. Sie war klein und hart und knuffig. Die Art von Frauen, die man nicht kneifen kann, weil man kein Stück Haut zwischen die Finger bekommt. Sie sagte: «Sie sind das doch. Der Dings ... nun helfen Sie mir doch mal weiter.»

«Simmel.»

«Genau! Nein, ach Quatsch! Nicht Simmel.»

Ich nannte meinen Namen, sie tippte gegen meine Brust und sagte befriedigt: «Exakt.»

Noch nie im Leben hatte mich jemand dafür gelobt, daß ich meinen Namen wußte. Entweder lag das an der Stadt, oder ich war durchgedreht. Im Badezimmer stritten sie sich wegen etwas, das ich nicht genauer wissen wollte. Ein Spurensicherer betrat den Wohnraum: «Sollen wir die Kotze auch ...?»

Ich schüttelte den Kopf, die Kommissarin sagte: «Selbstverständlich.»

Der Spurensicherer sagte: «Oktoberfest. Du erkennst das Oktoberfest am Mageninhalt.»

Sie sagte: «War's schön?»

«Was war schön?»

«Das Oktoberfest. Ich komme auch nicht aus München. Ich find's schön. Einmal hat direkt vor mir ein Australier einem anderen ein Auge ausgeschlagen.»

Ich bat darum, mich hinlegen zu dürfen. Sie untersagte es mir, wegen der Spurensicherer. Ich wollte ein anderes Zimmer, aber telefonieren durfte ich auch nicht.

Fünf Minuten später betrat ich die Bar. Mit mir waren wir zwei Gäste. Der Keeper lächelte mich an. Ich musterte ihn intensiv, aber er freute sich tatsächlich, mich zu sehen.

«Was darf's sein?»

«Was hat die Dame? Ich meine jetzt nicht die Zimmernummer.»

Sie blickte mich an. In ihren Augen las ich: Du bist Müll. Der Keeper rührte Rot und Orange zusammen, es schmeckte wie eine blutende Margarita. Ich durfte nicht daran denken. Jetzt stand hinter mir die Kommissarin und führte mich zu einem Ecktisch. «Gehen Sie nie mehr irgendwohin, solange ich es Ihnen nicht erlaubt habe.»

«All right, Mam.»

Dann begann die Befragung. Ich war viel zu fertig, um eine andere Variante als die Wahrheit auch nur anzudenken. Natürlich fiel mir in der Aufregung nicht alles auf Anhieb ein, möglicherweise vergaß ich sogar den einen oder anderen Punkt. Ich mußte alle Personen nennen, die mich auf dem Oktoberfest gesehen hatten. Zuerst nannte ich Karoline, zuletzt den Verleger. Spaß muß sein. Die Kommissarin schickte in meiner Anwesenheit einen Wagen zu der Wohnung in Pasing. Dann wollte sie wissen, wie lange ich noch in der Stadt zu bleiben gedächte. Ich sagte: «Morgen habe ich eine Lesung. Sie sind herzlich eingeladen. Sagen Sie, Sie sind meine Schwester, dann zahlen Sie nichts.»

«Ich zahle nie.»

Mehr Fragen stellte sie nicht. Dafür war ich ihr sehr dankbar. In einer Stunde würde mir meine Suite wieder gehören. Ich hatte also eine Stunde Zeit, um darüber nachzudenken, ob ich sie zurückhaben wollte. Der Keeper zeigte mir das Telefon.

«Karoline? Ich weiß, es ist spät. Aber kannst du nicht herkommen und mich trösten?»

«Oh.»

«Nur trösten. Ich habe etwas Schreckliches erlebt.»

Dann war da die andere Stimme, männlicher. «Wer ist da? Was wollen Sie?» Ich wußte schon vorher, daß seine nächsten Worte lauten würden: Wissen Sie eigentlich, wie spät es ist ...? Und so weiter. Er entschlackte sich, ich wollte nicht stören und legte auf. Karoline war ein Ferkel. Wie konnte sie mich einen Abend lang anhimmeln und danach mit einem anderen ins Bett gehen?

Der Keeper schaute mich an und sagte: «Ich mixe Ihnen etwas, das auf Ihre persönliche Situation zugeschnitten ist.»

«Verstehe. Sie kochen mir Kaffee.»

Der zweite Gast blickte mich so hartnäckig nicht an, daß ich sagte: «Wenn ich etwas im Gesicht habe, was dort nicht hingehört, sollten Sie mir es sagen.»

Nun trafen sich unsere Augen. Ich mag keine Frauen, die auf dem Kopf so aussehen wie mein Kinn nach drei Tagen Rasierpause. Sie lächelte, lächelte, dann: «Nein, nein, Sie sehen phantastisch aus ...»

«... für einen, der blind ist.»

«Sie wollen es hören, was?»

«O ja. Sagen Sie's mir. Bitte, bitte.»

«Sie suchen ein Quartier für die Nacht? Den Rest der Nacht?»

Ich schluckte. Sie lachte und sagte: «Nur tauschen. Ihr Bett gegen meins. Ich habe gehört, was Ihnen passiert ist.»

Ich hielt ihr die Hand hin, sie schlug ein.

7 Vor dem Frühstück kam der Manager. Im Namen des Hauses sprach er mir sein Bedauern über die Vorgänge der letzten Nacht aus. «Umgekehrt wird ein Schuh draus. Ich habe Ihnen das eingebrockt», antwortete ich.

Aber das wollte er nicht hören. Statt dessen bot er mir die gesamte Infrastruktur des Hauses an. Aber die stand mir doch schon zur Verfügung, oder?

Während wir plauderten und er sich hartnäckig weigerte, meiner Einladung zum Setzen Folge zu leisten, traf Karoline ein. So sehen die begnadeten Menschen aus, die morgens die Augen aufschlagen und bereit sind für den Tag. Der Manager zog sich sofort zurück, Karoline legte mir die Hand auf den Arm und sagte: «O mein Gott.»

Man hatte sie noch in der Nacht angerufen, Karoline hatte bestätigt, daß sie auf dem Oktoberfest pausenlos mit mir zusammengewesen war. Ich sagte: «Danke.» Und Karoline: «Dafür nicht.» Sie fand es unerhört, daß auch nur der Hauch eines Schattens auf mich gefallen war. Ich sagte: «Warum sollen Autoren keine Killer sein?» Sie sagte: «Aber Sie doch nicht.» Irgendwie fühlte ich mich nicht ernst genommen.

Sie hatte alle Tageszeitungen dabei, in München erscheinen fünf. Für meinen Geschmack einer der wichtigsten Gründe, in dieser Stadt zu leben. Nur die Hotelbadezimmer müssen sauberer werden. Und weniger rot.

Karoline sprach mir im Namen des Verlags ihr Beileid aus. Sie war am Kondolieren, als noch jemand den Raum betrat. Wir nickten uns zu, und ich sagte: «Danke für das Bett. Es war die richtige Entscheidung.»

Sie lächelte und sagte: «Ich schlafe überall gut.»

Karolines Kopf flog hin und her. Ich erklärte ihr die Zusammenhänge. Dann entschuldigte sie sich für den Ausfall ihres Freundes am Telefon. «Wir sind schon lange zusammen.» Ich sagte «Ja, ja», als wäre es unheilbar. Dann aß sie, und ich las.

«Das Haus Wittelsbach äußert seine tiefe Bestürzung und Betroffenheit über den abscheulichen Akt, den Unbekannte in der Michaelskirche verübt haben. Die Störung der Totenruhe und der Raub des Leichnams von König Ludwig II. erfüllen jeden Menschen mit tiefem Abscheu vor den Tätern. Hier waren ohne Zweifel kranke Geister am Werk, die hoffentlich bald ihrer gerechten Bestrafung zugeführt werden. In dieser schweren Stunde sehen sich die Bevölkerung Bayerns und das Haus Wittelsbach vereint in ihrem Abscheu vor einer Tat, die einen Schatten auf München, auf Bayern und auf Deutschland wirft. Das Haus Wittelsbach fordert jeden, der sachdienliche Hinweise zu den Tätern geben kann, auf, dies zu tun. Zur Ergreifung der Täter setzen wir eine Belohnung von 20000 Mark aus.»

Schon entdeckte mich der erste Reporter. Natürlich ein privates Radio. Sie verfügen über die größere Grundschnelligkeit – vorausgesetzt, sie leisten sich den Luxus einer aktuellen Berichterstattung. Ein Knirps von höchstens 20, der vor Übermotiviertheit hechelte, hielt mir das Mikro zu dicht vor den Mund. Ich korrigierte das und mußte es nach jeder Frage erneut tun, weil er zwanghaft in meinen Mund eindringen wollte. Hätte Karoline nicht am Tisch gesessen, hätte ich eine sexistische Bemerkung in Erwägung gezogen. Seine erste Frage lautete: «Herr Kultermann, Sie sind der Autor des neuen Buchs über den Märchenkönig und sind seit einem Tag in München. In dieser Zeit wird erstens die Leiche des Königs gestohlen und zweitens ein Mann ermordet – in Ihrem Badezimmer. Wie fühlt man sich, wenn einen die Realität einholt?»

Das war seine Linie: Fiktion und Realität. Ich hatte schon dümmere Ansätze erlebt. Während ich antwortete, spürte ich, wie man uns von den Nebentischen musterte. Die Gäste waren dermaßen diskret, daß sie dafür kaum den Kopf drehten. Eigentlich schade. Nachdem der Junior abgefertigt war und auch das erbetene Autogramm ergattert hatte, verriet mir Karoline, daß sie mir heute während der Medientermine nicht von der Seite weichen würde. Sie war mir lieber als die Pressefrau, die eine nervöse Unrast ausstrahlte und mir gestern zu verstehen gegeben hatte, daß sie mich für einen Autor unter vielen hielt.

8 Beim lokalen Fernsehsender waren alle so locker, daß sie erst nach dem Interview spitzkriegten, daß Mikrophone noch besser funktionieren, wenn man sie vorher einschaltet. Während des Interviews zählte ich mit, wie viele Klischees die blonde Interviewerin erfüllte. Ich kam auf acht. Dafür stellte sie vernunftbegabte Fragen: Fiktion und Realität.

Danach fuhren wir in die Redaktion der «Süddeutschen». Ich war eingeschnappt, weil sie sich nicht zu mir bequemten. Aber Karoline kannte den Redakteur. Es gab Kekse und den Versuch zu besichtigen, eine fabrikneue Espressomaschine erst auszupacken, danach zusammenzubauen und ihr zum Schluß ein Täßchen abzuringen. Dabei lernte ich, daß man einerseits ein liberaler Redakteur und handwerklich gleichzeitig das Ende vom Schwein sein kann. Der Redakteur war erschrekkend jung, aber er liebte das Leben und sagte mir mehrfach, daß er sich freuen würde, mich kennenzulernen. Außerdem verfügte er über einen heißen Draht zur Polizei. Dort gab es einen ersten Verdacht, wer den Leichnam gestohlen hatte. «Ludowicus Rex» hieß ein Verein königstreuer Monarchisten, der seit Jahren den Wittelsbachern mit dem Wunsch in den Ohren lag, endlich den Leichnam zur Obduktion freizugeben, um die Todesursache festzustellen. Weil sich Ludwigs Nachfahren bekanntlich taub stellten, war der Ton der Rexianer angeblich immer drängender und am Ende drohender geworden. Telefonisch und auch brieflich. Ich las eine Fotokopie.

«Wir haben Sie gewarnt. Wundern Sie sich nicht, wenn die Dinge nun ihren Lauf nehmen.»

Hochachtungsvoll, Karl-Friedrich Wutt, Erster Vorsitzender. Es handelte sich dabei um einen Zahnarzt aus Bad Aibling, einem Kurstädtchen, 50 Kilometer von München entfernt. Der Mann war von der Polizei befragt worden, hatte sich von der Grabräuberei distanziert und bei der Gelegenheit gleich einen Giftpfeil auf einen anderen König-Ludwig-Verein abgeschossen, der «Verrückte Propheten» hieß und seinen Sitz in Schwangau in Sichtweite von Neuschwanstein hatte. Der Vorsitzende war Lehrer für Geschichte, Sport und Physik. «Eine gefährliche Kombination. Er kann eine Bombe bauen, um eine historische Person zu rehabilitieren, und ist fit genug, um schnell wegzulaufen.» Diesen Satz wollte der Redakteur unbedingt zitieren. Als Bestsellerautor muß man schon einen exorbitanten Flachsinn erzählen, bevor man nicht mehr als zitatwürdig angesehen wird.

Angeblich waren die Verrückten Propheten weniger ästhetisch, dafür weitaus praktischer angehaucht. Sie traten für die Wiedereinführung der Monarchie ein. Ihre Vorbilder waren Holland und Dänemark – ein König, über den Parteien thronend und höfischen Glanz verbreitend. Nachdem sie mit dieser Forderung allen politischen Parteien auf den Wecker gefallen waren, stand nun die Gründung einer Partei unmittelbar bevor. Der Lehrer hielt sich für den natürlichen Ersten Vorsitzenden. Die Sehnsucht nach einem Leben als Chef war offenbar der rote Faden im Leben dieses Zeitgenossen. Nur der Scheidungskrieg mit seiner Frau hatte ihn davon abgehalten, der Parteigründung schon im letzten halben Jahr näherzutreten. Seine Frau war ebenfalls Lehrerin. Der Redakteur blickte mich lauernd an. Aber ich sagte nur pflaumenweich: «Es muß auch Lehrer geben.»

Über die Identität des Toten in meinem Badezimmer wußte er nichts, nur über die Todesursache. Ich bat ihn, auf

Details zu verzichten. Er sagte: «Wie Sie wünschen. Es ist sowieso nicht besonders appetitlich. Sieht so aus, als hätten sie versucht, ihm sein bestes Stück abzusäbeln. Aber das wollen Sie sicher gar nicht hören.»

«In der Tat. In der Tat», sagte ich vibrierend, aber Karoline, das Schaf, fragte: «Was für ein Stück denn?» Er umschrieb es mit großem Einfallsreichtum und feuerte damit meine Phantasie immer mehr an. Glücklicherweise platzte dann der Feuilletonchef herein. Er trat von hinten an meinen Stuhl, drückte mich mit beiden Händen nieder und sagte: «Behalten Sie Platz.» Dann verriet er mir, daß er noch nichts von mir gelesen habe. Ich las seit Jahren seine Artikel und verriet ihm das. Es schien ihn nicht zu wundern. Er ging auch gleich wieder. Dann klingelte Karolines Handy. Die Kommissarin verlangte nach mir.

9

Der Biergarten war leidlich gefüllt. Selbständige und Nichtstuer lümmelten herum und nun auch noch wir. Ich fragte den Bierausschenker: «Haben Sie 0,2-Gläser?»

Er starrte mich an und fragte: «Host ein Leberschaden?»

Ich nahm einen Eimer Brause. Die Kommissarin sagte: «Nicht dahin. Da stehen Kastanien» und entführte mich unter eine schmerzfreie Baumzone. Dann sagte sie: «Wir brauchen Ihre Hilfe. Sie wissen etwas, und wir müssen es erfahren.» Aber ich wußte nichts. Ich war noch nie in Pasing gewesen, ich kannte keinen Menschen, der Rochlitz hieß, und den Toten in der Wanne hatte ich auch noch nie gesehen. Bei ihm handelte es sich übrigens um Herrn Rochlitz. Ingenieur bei Siemens, kein Monarchist, geschieden, zwei Kinder, keine Feinde. Es gab keinen Hinweis, daß er zu den Leichenräubern gehörte. Noch wußte die Polizei nicht, wie er in mein Hotel und in mein Zimmer gefunden hatte. Aber daß er tot war, das wußten sie. Tod infolge von 20 Messerstichen und weiteren Schnittstellen, womöglich war er gefoltert worden. Wenn er gefoltert worden war, dann, um ihm eine Information zu entringen. Zum Beispiel die Information, die er mir geben wollte. Die Kommissarin sagte: «Herr Kultermann, was wissen Sie?»

Ich hatte einen Film gesehen, in dem der Held auf die identische Frage geantwortet hatte: «a^2 plus b^2 gleich c^2.» Um die Stimmung aufzulockern, probierte ich den Scherz. Sie lachte nicht, sie sah nur leidend aus. Vielleicht hatte sie Zahnschmerzen. Für sie stellte sich der Fall so dar: Rochlitz hatte mich angerufen und mich in seine Wohnung bestellt, wo er sich aufhielt. Gleich danach war er dort bedroht worden, etwas hatte sich zugespitzt. Er mußte raus aus der Wohnung und wußte, daß wir uns verpassen würden. Aber er wollte sichergehen, daß mich seine Nachricht erreichte. Nun gab es zwei Möglichkeiten: Entweder hatte der Täter die Information gefunden bzw. erhalten. Oder nicht. Die Kommissarin tippte auf Möglichkeit zwei. Ich fragte: «Warum?» Sie sagte: «Warum nicht?» Unser Gespräch hatte das Niveau von Vorabendserien.

«Wir haben gestern Ihre Zimmer durchsucht, aber offensichtlich nicht gründlich genug. Deshalb sind wir noch einmal reingegangen.»

«Nett. Wann habe ich Ihnen das erlaubt?»

«Sie sind ein kluger Mann. Sie wissen, was Ihre Pflicht ist.»

Wie gern hätte ich jetzt nein gesagt. Ich schwieg. Natürlich war es reizvoll, der Polizei Illegalität vorzuwerfen und sogar zu beweisen. Aber ich sah ständig die Leiche in der Wanne vor mir, ich war zu vielem bereit, auch zu Laxheit im rechtspolitischen Bereich. Sie bat mich, mein Zimmer noch einmal selbst zu durchsuchen, vor allem meine Habseligkeiten. Sie bat mich, dies schnell zu tun.

10 Eine halbe Stunde später fing ich an. Ein Koffer voller Klamotten, darunter todschicke Boxershorts. Die Kommissarin blieb kühl und sagte: «Wer's mag.» Dann die Tasche. Der Laptop. Ein Spurensicherer war ganz scharf darauf. In seiner Gegenwart überprüfte ich alle Dateien. Es waren nur wenige drauf, denn ich hatte mir den Computer erst vor zwei Wochen gekauft. Um die Polizei zu beruhigen, machte ich Stichproben. Ich erkannte alles wieder, und die Dateigrößen stimmten auch. Dennoch gestattete ich den Cops, den Laptop mitzunehmen. «Wiedersehen macht Freude.» Das fand ich selbst piefig, aber ich wollte noch einmal einige Kleinbürgerlichkeiten aus meinem Mund hören, bevor ich anfangen würde, sie mir abzugewöhnen.

Danach ging ich meine Papiere durch, es war nicht viel. Ein Notizbuch, ebenfalls brandneu. Das Geschenk einer mir einst nahestehenden Bekannten. Dann die Bücher. Zwei für den Nachttisch, zwei von mir, darunter das neue. Die Kommissarin sagte: «Was sind das für Striche?»

«Das ist das Buch, aus dem ich lese.»

Sie nahm es in die Hand, wobei sie sich bemühte, nicht zu interessiert zu erscheinen.

«Und sonst?»

«Sonst ist hier nichts, was mir gehört.»

Während wir uns unterhielten, war die Spurensicherung in den beiden Räumen unterwegs. Sie bauten alles ab, auch Glühbirnen und Abflüsse. Ein Spurensucher kam aus dem Badezimmer und hielt mir auf ausgestrecktem Zeigefinger einen Slip entgegen.

«Den hat eine Bekannte vergessen.»

Die Kommissarin sagte: «Nur eine Bekannte. Was lassen denn Ihre Geliebten liegen? Einen Eileiter oder was?»

Ich erzählte die Geschichte mit dem Zimmertausch und wunderte mich, wie elektrisiert sie reagierte. Sie wollte den

Namen wissen, die Zimmernummer, und das schnell. Dann starrte sie mich an. «Sie wissen den Namen nicht? Sie lassen eine Frau in Ihr Zimmer, die Sie nicht kennen? Mann, wie naiv sind Sie eigentlich?»

«Jetzt, wo Sie mich so fragen ...»

Ich nahm die Geschichte so lange leicht, bis ein Beamter zurückkehrte. Zimmer 212 war in der letzten Nacht nicht belegt gewesen. Eine Frau, wie ich sie beschrieben hatte, war nie Gast im Haus gewesen. Alle in Frage kommenden weiblichen Gäste vergleichbaren Alters würden zur Zeit abgefragt. 212 war jedenfalls nicht belegt gewesen. Die Kommissarin blickte mich an, als würde ich schuld sein, wenn sie vorzeitig in den Ruhestand gehen müßte.

Plötzlich standen die beiden Jugendlichen im Zimmer. Sie war rothaarig und unter den vielen Sommersprossen fast nicht mehr zu sehen. Er, einen Kopf kleiner und rundlich, sah mich und sprang auf mich zu. Merle und Sebastian, die Abgesandten der Schülerzeitung. Er hatte mich schneller zum Mittagessen eingeladen, als ich einen Versuch machen konnte, ihn abzuschieben. Huldvoll gab mich die Kommissarin frei.

11

Für Sebastian war die Zukunft klar. Er würde Chefredakteur des «Spiegel» werden. Im schlimmsten Fall Chef des «Stern». «Und wenn ich vorher eine anbuffe, und ich muß sie heiraten, mache ich zur Not den Chefjob bei ‹Focus›.»

Merle saß daneben und lächelte so strahlend gesund, als würde bei ihr eine permanente Grundschwangerschaft vorliegen. Sie hatten mich in einen Diner geschleppt, in dem man so saß und aß wie die Amerikaner in jedem zweiten Film. Sie hatten zwei Recorder dabei, einen als Reserve. Sie hatten zwei hochwertige Kameras dabei, eine als Reserve. Sie spendierten mir einen turmhohen Hamburger, Sebastian drückte mir eine

Tablette aus der Folie in mein Wasserglas und sagte: «Vitamine. Damit die Gesamtbilanz stimmt.»

Er war so selbstbewußt, daß man nur zwei Möglichkeiten hatte: lachend abgehen oder ihm zärtlich das Haupthaar verwüsten. Ich kannte einen Jungen, der in seinem Alter sehr ähnliche Wesenszüge an den Tag gelegt hatte. Beide hatten mein Buch gelesen und sich vom Verlag weiteres Material besorgt, außerdem hatten sie das Archiv der «Süddeutschen» angezapft. Merles Mutter bekleidete dort einen wichtigen Posten. Sie kannten auch frühere Bücher von mir und hatten untereinander im Vorfeld darüber diskutiert. Noch nie im Leben hatte ich mit auch nur halb so gut vorbereiteten Menschen gesprochen. Und diesen Termin hätte ich um ein Haar abgesagt.

Leider begannen sie mit Fragen zum Privatleben, weil sie darüber kaum etwas in den Akten gefunden hätten. Kein Wunder, ich hatte viel Energie darauf verwandt, hier Nebelkerzen zu zünden. Dementsprechend vage hielt ich die Antworten. Einmal verheiratet gewesen, keine Kinder, Herkunft aus kleinbürgerlichen Verhältnissen, Vater Beamter, Mutter Hausfrau. Sebastian sagte: «Kleinbürgertum ist gut. Dann ist man nicht so satt.»

Merle lachte und sagte: «Sein Vater ist nämlich ein Geldsack. Darunter leidet er.»

Dankbar stieg ich auf das soziologische Gesülze ein, es lenkte die Kids von Frauengeschichten in Künstlerkreisen ab und inwieweit sie eine Karriere fördern oder blockieren. Aber zum Buch kamen wir dann immer noch nicht, weil Sebastian sagte: «Eigentlich traurig, daß Sie hier rumsitzen und mit uns Klopse essen.»

«Was sollte ich denn deiner Meinung nach sonst tun?»

«Am Schreibtisch sitzen und Ihre Version des Leichenraubs in den Laptop hämmern.»

Ich starrte den Knaben an und hatte gute Lust, ihm Ketchup in seine altkluge Visage zu kippen. Sebastian war besessen von der Idee eines Autors, der der Aktualität im Nacken sitzt, dafür aber mehr Zeit hat als die atemlosen Redakteure bei Tagesmedien. Andererseits dauerte ihm die Herstellung eines Buchs viel zu lange. Ein Jahr oder zwei, so lange würde doch keine Neuigkeit aktuell bleiben. Ihm schwebte die große Reportage vor, Fakten und Fiktionen und dann 20 Seiten im «Spiegel» oder auch im «Playboy». Sebastian sah das nicht so eng.

Ich sagte: «Okay, so siehst du das.»

«Warum sehen Sie das nicht auch so? Sie haben doch ein Buch über Ludwig geschrieben. Und jetzt klaut jemand seine Leiche. Warum macht Sie das nicht an? Warum sitzen Sie hier mit uns rum? Haben Sie nichts Besseres zu tun?»

Nur weil ich vor zwei halben Kindern nicht als überempfindlich gelten wollte, blieb ich sitzen. Der Kerl ging mir auf die Nerven. Spaßeshalber erzählte ich ihm von meinem Prinzip, nicht auf jede Sau zu springen, die durchs Dorf gejagt würde. Er sagte: «Ja, ja», als würde er solche immerhin nicht gerade plumpe Rationalisierung persönlicher Faulheit jeden Tag zehnmal hören.

Ich erklärte dem Eiferer, es sei nichts Ehrenrühriges, wenn die Beschäftigung mit einem Thema irgendwann ein Ende finden würde. «Aber das ist es ja gerade», rief er, «Thema abgehakt, nächstes Thema. Ich denke, Sie sind ein Künstler. Sie machen einfach nichts daraus.»

«Schnitz dir doch deinen Idealkünstler selbst!»

«Und jetzt sind Sie auch noch eingeschnappt!»

«Bin ich nicht.»

«Sind Sie doch. Sie hassen mich. Das tun alle, weil ich immer die Wahrheit sage. Und ich dachte, Ihnen würde Ludwig etwas bedeuten. Damit haben Sie überall angegeben.»

Natürlich hatte ich das. Weil es geschäftlich und psychologisch das klügste war. Und Ludwig war ja auch eine spannende Figur. Aber eine Figur der Geschichte. Ideal als Held eines Romans, in dem es um den Zwiespalt zwischen Wirklichkeit und Traum, Realität und Visionen ging. Eine zerrissene Figur eben. Ich hatte ihn nicht zufällig ausgewählt.

Ich sprach mit dem fanatischen Jungredakteur wie zu einem kranken Pferd. Aber er bewunderte mich nicht mehr, sondern hielt mich für einen Vampir. Einen, der sich über ein Thema hermacht, es aussaugt, um am Ende die leere Hülle auszuspucken. Kein langfristiges Interesse, nur auf Verwertung bedacht. Ein widerwärtiges Tier aus dem Kulturzirkus, nicht wert, um darüber zu schreiben, nicht einmal in einer Schülerzeitung.

Ich sagte: «Dann laß es doch, wenn es dich so sehr quält.»

Er sagte: «So leicht kommen Sie uns nicht davon.»

«Warum redest du im Plural? Meint deine Freundin das auch?»

Erstaunt blickte sie mich an. «Aber selbstverständlich. Was glauben Sie denn?»

«Daß du bei euch für die Vernunft zuständig bist. Und er für die Dampferzeugung.»

Dann stand Karoline hinter uns. Jetzt, wo sie mich gefunden hatte, rief sie: «Wo stecken Sie denn? Alle sind hinter Ihnen her!»

12

Eine halbe Stunde später stand ich in der Fürstengruft. Die Japaner hatten schon das Licht installiert. Ich bat Karoline, mir Nase und Stirn abzutupfen, dann ließ ich mein Statement vom Stapel. Den ersten Versuch in englisch. Ich fand es haarsträubend, aber die Japaner waren entzückt oder taten entzückt. Ich hatte dieses Volk noch nie durchschaut. Ich dozierte über Ludwig und seine Bedeutung für den heutigen Tourismus. Ich weckte Sympathie für sein tragisches Schicksal, die verdrängte und am Ende wohl nicht mehr unterdrückte Homosexualität, die Angst vor dem Zahnarzt, die Sehnsucht nach einem Leben in der Vergangenheit. Ich sprach über seinen Tod im Starnberger See, den letzten Spaziergang mit dem Psychiater und die beiden Leichen im Wasser. Mir fielen Details ein, an die ich seit Jahren nicht mehr gedacht hatte. Ich war richtig stolz auf mich. Und die Japaner erst. Sie klatschten in die Hände vor Freude. Vor zwei Stunden waren sie aus London eingeflogen, wo sie das Porträt einer uralten Adelsfamilie drehen wollten. Aber ein Anruf aus der fernen Heimat hatte sie nach München umdirigiert. Herr Yoon sagte: «Wissen Sie überhaupt, wie gespannt die Welt ist? König Ludwig gehört nicht euch Deutschen allein. Er gehört der ganzen Welt. Und besonders meinem Land.»

Das war für japanische Verhältnisse extrem freimütig gesprochen, sogar auf deutsch, denn er hatte in Heidelberg Medizin studiert, bevor er in Köln das Filmen erlernt hatte.

Von der Treppe rief ein Mann: «Seid ihr fertig? Die Touristen werden unruhig.»

Sie hatten für uns die Gruft zehn Minuten reserviert. Jetzt brachten die Japaner die Kamera in Stellung, dann ließen sie oben die Massen los. Sie stürmten die Gruft in wenig feierlicher Weise. Kein Blick für 30 Särge, alle Blicke für einen einzigen. Er war wieder geschlossen, es gab nichts Außergewöhnliches zu sehen. Nur 50 Kränze und Gebinde oder mehr. Ludwig hatte viele Freunde, die in dieser schweren Stunde zu ihm standen und ihm dies auf den Schleifen schriftlich gaben. Die Gruft summte vor Vermutungen. Die Geheimpolizei hatte ihn abgeholt. Welche Geheimpolizei? Egal, irgendeine. Monarchisten hatten ihr Idol geholt. Welche Monarchisten? Egal, es gab doch genug von ihnen in Bayern. Sie würden Lösegeld fordern oder die Freilassung inhaftierter Krimineller. Oder Terroristen. Der Vatikan steckte dahinter. Warum das denn? Weil der Vatikan immer dahintersteckte. Keine Theorie war zu abwegig, um nicht doch geäußert zu werden. Allen tat der König leid. Das war nicht einfach eine Leiche, über die die Besucher spintisierten. Sie mochten den Kerl, weil er Sisi geliebt hatte. Und weil er Neuschwanstein gebaut hatte. Und weil sie ihn für verrückt erklärt hatten, nur um ihn loszuwerden. Das kannte man doch aus den Erbkriegen in der eigenen Familie. Die Japaner strahlten, erst recht, als sich ein Mann seinen Weg bahnte und einen Strauß Lilien vor dem Sarg niederlegte. «Lilien hat er immer gemocht», wisperte man. Der Mann trug lange Lederhosen und eine Jacke aus Leinen. Er war bodenständig und sehr traurig. Er hielt den Kopf gesenkt, die Hände übereinander gelegt, und prompt wurde allen Kindern in der Gruft der Mund verboten, um die Andacht nicht zu stören.

Oben, am Eingang, ließen sie nur noch abgezählte Mengen passieren. Erst mußten zehn die Gruft verlassen, bevor zehn herunter durften. Ein zweites Kamerateam tauchte auf, natürlich von RTL. Und ich sah jemanden, den ich kannte. Mein Verleger, leibhaftig und lebhaft begrüßte er mich in seiner einnehmenden Weise, die dem Gegenüber zweifelsfrei signalisierte: Du bist mein, ich lasse dich nie mehr los. Oder erst, wenn es mir in den Kram paßt. Er hatte einen Mann bei sich, den er mir flüsternd vorstellte. Leider flüsterte er zu sehr, ich verstand nur «Ausgleichsfonds» und «Herzog». Wir nickten uns zu, der Verleger bat ein Stockwerk höher.

In der Kirche kamen wir uns näher. Der Herzog wünschte mir einen glücklichen Aufenthalt in Bayern. Ich drückte ihm mein Mitgefühl für die Aufregungen um den Raub des Leichnams aus. Das nahm er entgegen und sprach dann die Einladung aus. Das kam so überraschend, daß ich nicht gleich schaltete. Aber ich war zweifellos ins Schloß Berg eingeladen, direkt am Starnberger See, dort, wo Ludwig zu Tode gekommen war. Der Herzog sagte: «Ganz zwanglos selbstredend. Wir wollen ein wenig plaudern.»

Da erst fiel's mir ein: die Lesung. In einer wichtigen Buchhandlung. Verschiebung unmöglich. Der Herzog sagte: «Das weiß ich doch. Ich werde selbst zugegen sein. Im Anschluß an die Lesung chauffiere ich Sie an den See. Und zurück.»

Mein Verleger strahlte. Seine Augen sagten: Glückspilz! Kaum hier, schon Gast bei Herzogs. Ich war beklommen. Aber dann kam ein Abgesandter von RTL und bat mich vors Mikrophon.

Zwei Stunden verbrachte ich wahlweise in der Kirche und in der Gruft. Zwischendurch gingen wir hinaus, um uns in der Sonne aufzuwärmen. Am Ort der Leichenschändung bekam ich einen Eindruck davon, wie die Medien auf den Vorfall abfuhren. Es kam zu erregten Debatten mit Kirchenvertretern, die um Zurückhaltung baten. Ein unsinnigeres Ansinnen kann man an ein TV-Team nicht herantragen. Danach drohte der Gottesmann mit der Aussperrung. Die Sprache verstanden sie, in leisem Ton kam man überein, Rücksicht zu nehmen.

Der Verleger blieb zehn Minuten an meiner Seite und beglückwünschte mich zur Einladung. «Darauf warten Normalsterbliche ein Leben lang.»

«Sie können gern für mich gehen.»

Er lachte herzhaft. Natürlich hatte er bereits die Ehre gehabt, mehr als einmal. Ich staunte übertrieben und sagte: «Mein Herrscher.»

Das hörte er gern, aber dann mußte er weiter. Die Pflicht, die Pflicht ... Angeblich gab es einen kleinen Verlag zu kaufen. Sehr fein, aber eben auch sehr klein, unterhalb der Wahrnehmungsschwelle der großen Haie. Ich sah ihn davoneilen. Er war 20 Jahre älter als ich, aber in ihm brannte ein Feuer wie in mir nur zu den manischsten Zeiten während des Schreibens.

Dann war Sat. 1 dran. Sie interessierten sich für den König, aber sie wußten auch von dem Mann in meiner Wanne. Ein blutender Mann. Und dann noch tot. Fast zu schön, um wahr zu sein. Ich hätte nicht zufällig ein Foto? Nein, aha. Er hielt mich für einen Trottel, aber er sagte: «Das war sicherlich der Schock.»

«Nein, ich besitze keine Kamera.»

Das Kameraauge leuchtete auf, ich beantwortete die Frage. Im Grunde war es nur eine einzige, vielfach variiert: Warum haben sich die Leichenräuber ausgerechnet an Sie gewandt?

Ich sagte: «Vielleicht lieben sie Literatur.»

«Enthält Ihr Buch ein Geheimnis?»

«Enthält nicht jedes gute Buch ein Geheimnis?»

An dieser Stelle wurde unterbrochen.

«Wollen Sie mich veräppeln?»

Ich dachte nach und sagte: «Nein.»

«Mann, kapieren Sie nicht, was das für Ihr Buch bedeuten kann? Wenn wir lancieren, daß es ein Geheimnis enthält, dann stürmen die Leute die Buchläden.»

«Was für ein Geheimnis denn, wenn ich fragen darf?»

«Na, die Lösung des Rätsels. Warum Ludwig entführt wurde.»

Wir fingen noch einmal von vorn an. Weil ich nicht lügen wollte, log er, und ich widersprach seinen Unterstellungen nicht direkt, sondern schipperte rhetorisch um sie herum.

Während ich die letzten Fragen beantwortete, bemühte ich mich, die Kommissarin zu übersehen, die jetzt schräg hinter der Kamera stand.

Das erste, was sie sagte, war: «Sie lügen.»

Ich sagte: «Ich bin Künstler.»

«Ein lügender Künstler.»

«Oder so.»

«Haben Sie mich gestern auch angelogen?»

«Das würde ich nie tun. Kommen Sie zum Thema.»

Die Entführer hatten sich gemeldet. In der Redaktion der «AZ» war ein Fax eingegangen, es kam von der Post auf dem Hauptbahnhof.

«Wir haben den Leichnam unseres verehrten Königs Ludwig II. aus der Michaelskirche an einen sicheren Ort gebracht. Wir sind keine Grabräuber und keine Perversen. Aber wir hatten keine andere Wahl, um endlich die Wahrheit ans Tageslicht zu bringen. Seit nunmehr 112 Jahren weigert sich das Haus Wittelsbach, der Welt die Wahrheit über die letzten Minuten im Leben unseres Königs zu verraten. Wahrheitssucher wurden als Phantasten und Neurotiker abgetan. Jetzt steht die Wahrheit fest. Jetzt wissen wir und können beweisen, wie unser König tatsächlich ums Leben kam. Niemand kann uns daran hindern, dies auf der Stelle zu enthüllen.

Aber als Zeichen des guten Willens geben wir dem Haus Wittelsbach sechs Stunden Frist, um selbst vor die Öffentlichkeit zu treten. Was wir wissen, weiß auch das Haus Wittelsbach. Uns liegt nichts daran, die Autorität des Adels anzukratzen. Nutzen Sie die Zeit, nutzen Sie sie gut.

Unser König Ludwig II. von Bayern, er lebe hoch und ewiglich», las sie mit ruhiger Stimme.

«Authentisch», sagte ich.

«Wieso?»

«Der Stil ist dermaßen hölzern. So schreibt nur jemand, der es wirklich nicht besser kann. Oder sehr aufgeregt ist.»

Die Kommissarin faltete den Zettel und tockerte mit einer seiner vier Ecken gegen ihre oberen Schneidezähne. Ich bekam Zahnschmerzen. Dann sagte sie: «Das ist das eine. Die Leiche. Ehrlich gesagt, ist mir diese verstunkene Leiche so was von egal.»

Ich blickte mich um, aber niemand hörte zu. Sie suchte einen Mörder und wußte immer noch zu wenig über das Opfer. Vor allem hatte es keine Kontakte zu monarchistischen Kreisen gehabt. Auch nicht zu bürgerlichen politischen Kreisen. Nicht einmal zur CSU, der Staatspartei. Ein wenig Umweltschutz, ein Wasserrad im Garten für die Kinder und die Mitgliedschaft im BUND, einer unverdächtigen Naturschutzorganisation.

Ich sagte: «Also hätte ich nichts gefunden, wenn ich gestern die Wohnung betreten hätte.»

Die Kommissarin sagte: «Außer einer vollen Spüle nichts.» Und dann: «Er hat übrigens Ihr Buch besessen.»

«Hoffentlich hat er es noch gelesen.»

«Wieso? Glauben Sie, man stirbt dann leichter?»

«Gibt es eigentlich ein Klischee, das Sie nicht ausfüllen? Wahrscheinlich sind Sie gar keine Frau. Stimmt's?»

Sie lächelte und sagte: «Ich meine es gut mit Ihnen. Halten Sie sich raus.»

«Woraus?»

«Das kriegen wir noch heraus.»

«Aber solange soll ich mich raushalten.»

«Genau.»

«Glauben Sie, daß ich in Gefahr bin?»

«Glauben Sie, daß die Leiche ein Liebesgruß war?»

«Was ist mit der Frau, mit der ich die Zimmer getauscht habe?»

«Nächste Frage.»

«Können Sie mehr über den Absender des Fax herausbekommen?»

«Zuviel Betrieb im Postamt.»

«Was werden die Wittelsbacher tun?»

«Wir werden es abwarten. Jedenfalls kennen sie das Fax.»

«Ach nee. Ist es etwa …?»

«In der Tat. Eine Minute später ist es bei ihnen angekommen.»

Also hatte der Herzog das Fax gekannt, als er mich eingeladen hatte.

13 Karoline stopfte mich in ihr kleines Auto und dieselte zum nächsten Fernsehsender. Im Verlag standen die Telefone nicht mehr still. Jeder wollte mich interviewen, und ich stieß nach Zwiebeln auf. Karoline kurbelte das Fenster herunter. Bis zum Nachmittag schaffte mich meine reizende Fahrbereitschaft von einem Termin zum nächsten. Ich durfte ihr Handy benutzen und erfuhr, wann der Barkeeper heute seinen Dienst antreten würde. Seine Adresse nannten mir die Hotelmanager mit einer Beflissenheit, die mich im Zeitalter des Datenschutzes etwas betroffen machte.

Ich schüttelte mich und sagte: «Was für ein Hobby.»

Der Keeper spuckte in die Tauchermaske und sagte: «Jedem Tierchen sein Pläsierchen.»

«Aber Tauchen, Mann. Wissen Sie, wie tief es unter Wasser ist?»

«Meistens. Jedenfalls weiß ich, wie tief ich bin.»

Schaudernd sah ich zu, wie er sich aus der Gummihaut pellen wollte. Er drehte sich um und rief seinen Mittauchern zu: «Nur fünf Minuten!»

Dann sah er mich aufmerksam an, während hinter ihm schwarze Marsmenschen ins Wasser eintauchten, um nie mehr hervorzukommen. Mit Tauchern hatte ich ein Problem. Es war wohl Panik. Ich begriff einfach nicht, wie sie es anstellten, unter Wasser seelenruhig zu atmen. Einem Freund von mir waren in Saudi-Arabien wesentliche Teile seines Hirns geplatzt, als er zu schnell aufgestiegen war, weil er rechtzeitig vor den Fernseher kommen wollte, um ein Spiel der Deutschen bei der letzten Fußball-WM zu sehen.

Ich übersprang den Small talk und fragte: «Was wissen Sie über die Frau, die gestern in der Bar saß, als ich hereinkam?»

«Nichts.»

«Kommen Sie. Irgendwas müssen Sie wissen.»

«Sie meinen, weil wir Barkeeper so großartige Menschenkenner sind.»

«Ich hätte es weniger schleimscheißerisch formuliert, aber meinetwegen.»

Sie war zehn Minuten vor mir gekommen, als er schon die Hoffnung hegte, heute früher dichtmachen zu können. Sie hatte eine Caipirinha bestellt und kannte sich in den verschiedenen Methoden aus, Eis zu machen. Einen Namen hatte sie natürlich nicht genannt. Auch nicht, wo sie herkam und wo sie hinwollte. Er hatte sie für einen Hotelgast gehalten, denn sie war ohne Jacke oder Tasche, aber mit der Chipkarte für das Zimmer erschienen. Er hatte sie für sehr attraktiv gehalten, aber sie nicht angeglotzt. Erstens, weil er schwul war, zweitens, weil in diesem Haus alleinreisende Frauen nicht angeglotzt wurden. Sie hatte nicht müde oder abgespannt gewirkt. Auch nicht aufgedreht. Keine Drogen. Nach dem Eis hatten sie über nichts mehr geredet, das war normal. Das liebte der Keeper an seinem Job besonders: daß man sich unsichtbar machen konnte. Daß man anwesend war und gleichzeitig nicht. Er wußte, daß viele Gäste seine Art mochten. Er mochte dafür die Kunden. Und seine Arbeit. Sein Traumjob. Das Tauchen hatte er bei der Bundeswehr gelernt. Kampftaucher, nur Delphine sind schneller. Und das war die Perspektive: eine Bar in der Karibik und Tauchkurse als zweites Standbein.

Ich sagte: «Hört sich gut an. Sie sind der Typ, der es schaffen könnte.»

«Warten Sie. Da war doch noch was. Marbella. Als wir über Eis geredet haben. In Marbella machen sie in dieser Saison viel Gedöns um Mineralwasser. Und um Eis aus Mineralwasser. Wie man die Blasen in den Würfel kriegt. Da wetten sie drum. Und wer verliert, bezahlt mit einer anderen Art von Kribbelwasser.»

Nach dem Taucher ins Hotel. Ich entließ Karoline, die darüber enttäuscht schien. Ich fragte: «Was hattest du gedacht: daß wir beide auf mein Zimmer gehen?»

Sie lachte und sagte: «Mein Freund ist schon eifersüchtig.»

«Was ist er denn von Beruf? Auch Autor?»

«Polizist.»

14

Die Mutprobe mit dem Badezimmer bestand ich nach zehn Minuten Anlauf. Als alle Lampen brannten und zusätzlich das Fenster offenstand, konnte ich endlich pinkeln. Kachel für Kachel eroberte ich mir meine Suite zurück. Ich duschte auch, aber nur, weil es eine separate Dusche gab. Heute kam mir meine Nacktheit hermetischer vor als sonst. Nackter als nackt. Ich tippte eine Nummer ein und betrieb Herz-zu-Herz-Kommunikation mit einem Anrufbeantworter. Danach ging ich durch alle Räume und überlegte, wo ich etwas verstecken würde. Ich inspizierte auch die Spiegel, aber niemand hatte mit Lippenstift eine Botschaft hinterlassen. Die Spurensicherer hatten alles tipptopp aufgeräumt, auch mein Buch mit den angestrichenen Passagen für die Lesung lag wieder an seinem Platz. Traditionell blätterte ich vor der Show alle Passagen einmal durch und vergewisserte mich, daß ich die Übergänge, Zeit- und Handlungssprünge parat hatte. Ich hielt das Buch schon in der Hand, als mich auf dem Bett eine bleischwere Mattigkeit überkam. Ich schloß die Augen, das war nicht gut für meine Phantasie, die mir unverzüglich die letzte Nacht vors geistige Auge projizierte. Ich öffnete die Augen und ärgerte mich, daß mir der Anblick so naheging. Unprofessionell. Ich wollte nicht so lachhaft cool tun wie ein Fernsehdetektiv, der nichts an sich herankommen ließ, weil er keine Seele und kein Herz besaß. Aber ein wenig abgebrühter hätte ich mir mich schon gewünscht. Natürlich war alles ein Irrtum. Warum der Mann in meiner Wanne gelandet war? Es mußte sich um einen Irrtum handeln. Alles andere war undenkbar. Ich kannte niemanden in München, ich hatte hier keine anderen Beziehungen als die zu meinem Verlag. Es war Zufall, daß dieser Rochlitz mich angerufen hatte, er hatte irgendwo gelesen, daß ich in der Stadt bin. Aber wo hatte es gestanden? Hatte es irgendwo gestanden? Ich mußte Karoline fragen. Oder die Pressefrau, die war dafür zuständig. Aber Rochlitz konnte zum Zeitpunkt seines Anrufs unmöglich gewußt haben, daß er sich in meiner Wanne ermorden lassen würde. Rochlitz nicht, er war das Opfer. Der Täter mußte es gewußt haben. Also hatte mich nicht Rochlitz angerufen, sondern sein Mörder. Aber warum gerade in meiner Suite? Und wie paßte die kurzhaarige Schöne in das Puzzle? Warum hatte sie mir den Zimmertausch angeboten? Sie hatte den Zimmertausch vorgeschlagen, und sie hatte es getan, weil sie wußte, daß es bei mir etwas zu finden gab. Oder weil sie wußte, daß auf sie ein Auftrag wartete. Eine Profikillerin.

Ich stand auf, trat ans Fenster, blickte ins Nichts oder auf Kirchtürme. Ich hatte Angst. Nein, keine Angst. Ich hatte Befürchtungen. Etwas spielte sich um mich herum ab, und ich hatte keine Ahnung, worum es sich handelte. Das machte mich ärgerlich. Ich wußte gern Bescheid, erst recht, wenn ich eine Hauptrolle in dem Spiel spielte. Hunger hatte ich auch. Es gab also Hoffnung. Realität und Fiktion, darum ging es. Ich hatte ein Buch geschrieben, und Ludwig war mein Held. Fiktion. Unbekannte entführten Ludwigs Leichnam und töteten einen Menschen. Realität. Langsam bröckelte die letzte meiner Gewißheiten ab. Bisher hatte ich gedacht, mein Aufenthalt in München und die Tat in der Michaelskirche seien Zufall. Jetzt war ich mir nicht mehr sicher. Ich hatte also Feinde, vielleicht nur einen einzigen. Aber er war mächtig. Und schlau. Und mörderisch. Als der Durchfall kam, wußte ich, daß mein Körper die Herausforderung angenommen hatte. Mit einer Niederlage.

Lesungsbeginn 20 Uhr, Ankunft des Autors kurz nach 19 Uhr 30, damit der Veranstalter seine stillen Befürchtungen verlor. Aufbruch vom Hotel 19 Uhr 15. Vorher lief in meinem Zimmer das Regionalfernsehen.

Vor der Kamera machte der Herzog eine noch bessere Figur als im richtigen Leben. Der Mann strahlte etwas aus, das durch die Wahl einer günstigeren Brille sicher nicht torpediert worden wäre. Er las routiniert vom Blatt ab, am Ende der Sätze fixierte er mich. Ich zeigte ihm den gereckten Daumen, weil ich wußte, was Mikrophonangst ist.

«Das Haus Wittelsbach stellt fest, daß es nicht erpreßbar ist. Insofern sollten die Entführer dieses Statement nicht als Erfolg ihrer hinterhältigen Taktik feiern. Doch wir fühlen eine öffentliche Verpflichtung. In diesen aufgewühlten Stunden, die von der Sorge um das Schicksal des Leichnams von König Ludwig II. von Bayern geprägt sind, ist es wichtig, zwischen Wahn und Wirklichkeit zu unterscheiden. Wir haben 100 Jahre zu den absurden Gerüchten um die Todesursache von König Ludwig geschwiegen. Wir gedenken, dies weiter so zu halten. Wir stellen hier und heute und zum letzten Mal fest: Der Sarg in der Michaelskirche, der jetzt leer ist, war auch vorher leer. König Ludwig hat nie in der Fürstengruft gelegen. Deshalb entbehren alle jetzigen und künftigen Behauptungen, die sich auf den Zustand des Leichnams beziehen, jeder Grundlage. Die Entführer befinden sich nicht im Besitz des Leichnams. Jede anderslautende Behauptung ist eine Lüge und kriminelle Tat, die ihre gerechte Strafe finden wird. Um dem Spuk so schnell wie möglich ein Ende zu machen, erhöhen wir die Summe, die wir zur Ergreifung des oder der Täter ausgesetzt haben, auf 100000 Mark.»

Im Fernseher sprang ein Mann ins Bild und platzte sofort mit der Frage heraus: «Hoheit, ich muß Sie das fragen, ich ...»

«Das widerspricht der Abmachung», sagte der Herzog und funkelte den eifrigen Fernsehmann an.

«Ich weiß, ich weiß», sagte der, «aber die Öffentlichkeit hat ein Recht darauf zu erfahren ...»

«Ich habe der Erklärung nichts hinzuzufügen. Die Erklärung ist zwischen den Mitgliedern unserer Familie abgestimmt. Ich habe also ...»

«Wo! Wo ist König Ludwig begraben? Die Öffentlichkeit hat ein Recht ...»

Da ging der Herzog aus dem Bild, und ich schaltete das Gerät ab.

15

Ich betrat den Raum und war sein Mittelpunkt. Sie sprangen auf mich zu, ergriffen gleichzeitig meine rechte und linke Hand. Ein entzückendes Gebalge entstand, bevor sie sich auf ihre gute Erziehung besannen. Was war der Autor aber auch wieder reizend heute abend. Wie versiert er parlierte, zeitweise mit zwei Gesprächspartnern gleichzeitig. Es war eine Freude, ihm zuzusehen. Es ist nicht jedermann gegeben, die Mitte zwischen stolzem Selbstbewußtsein, souveräner Zurückhaltung und lächelnder Ironie zu finden. Ich kannte keinen zweiten Autor aus dem deutschsprachigen Raum, dem dieses Talent gegeben war. Großkotzige gab es und Sensibelchen, Gecken und Snobs, Theoretiker und Naturburschen. Aber die meisten fuhren nur auf einer einzigen Schiene. Das fand ich etwas dürftig. Allerdings besaßen die meisten ein besseres Namensgedächtnis als ich, das mußte der Neid ihnen lassen. Ich war in dieser Übung nie gut gewesen, und seit drei Jahren ging es noch weiter bergab. Dabei arbeitete ich an dem Manko, denn ich wußte, wie gern der Mensch mit seinem Namen angeredet wird, auch der kleinste und gemeinste. Immerhin konnte er im Feuilleton der Tageszeitung arbeiten oder im Buchverlag der kommende Lektor sein. Bei ihr konnte es sich um die meinungsführende Buchhändlerin im Laden handeln oder um den Shooting Star im Kulturreferat der Stadt. Es gab so viele Möglichkeiten, es sich mit ihnen zu verderben. Und ich wollte doch geliebt werden. Nach 15 Jahren nicht enden wollender Nichtbeachtung hatte ich mir das verdient.

Heute abend war es extrem. Ich hätte darauf gefaßt sein können, daß ich am Standort meines Verlags mit mehr Prominenz konfrontiert sein würde als mit dem stadtbekannten Lyriker und Heimatdichter sowie der Leiterin der Volkshochschule. Aber es kam knüppeldick. Der Bürgermeister war da und die Spitze des Kulturreferats, drei Chefredakteure von Tageszeitungen samt Korona, die Hauptabteilung Kultur des Bayerischen Rundfunks, Verlagsleute, Prälaten und Theologen, die Banken, die Spitzentechnologie, BMW war nicht da, aber dafür hatte Audi den Weg aus Ingolstadt auf sich genommen. Ein grinsendes Gesicht des Burda-Verlags gab mir das Gefühl, einer seiner TV-Diskussionen beizuwohnen. Und die Chefredakteurin der Monatszeitschrift für die über 30jährige beruflich etablierte Karrierefrau sah dermaßen schäbig angezogen aus, daß ich auf eine Zahl hoch im vierstelligen Bereich tippte. Ich sah auch Gamsbartträger, Loden und Leinen, Hirschhornknöpfe und bulliges Schuhwerk. Ich sah lächelnde Gesichter, die mir ihre Lebensgefährten vorstellten, und lächelnde Gesichter, die mir ihre schlaffen halbwüchsigen Kinder mit den Worten präsentierten: «Hier! Bringen Sie dem Bengel Ehrfurcht vor der Schriftkultur bei. Wir haben resigniert.»

Ich sah ernste Gesichter, unter deren Mund ein Kreuz hing und die in ihrem weichgespülten südlichen Sprechgesang die theologisch-anthropologische Humusschicht meines Buchs würdigten. Ich sah ein lächelndes frisches Frauengesicht, das mir keinen Vortrag hielt, sondern nur sagte: «Ich bin Karoline, du erinnerst dich?» Und ich sah den größten Buchhändler der Stadt, der zu mir sagte: «Bei Büchern, von denen wir etwas erwarten, bauen wir immer wenigstens vier Türme im Laden auf, keiner niedriger als eins siebzig.»

Ein Kabarettist war da, den ich seit 35 Jahren kannte, und eine verlebte Figur, die mir in einer langen Nacht in anonymer Vergangenheit gefrorene Margaritas vor die Nase gestellt hatte. Eine Schauspielerin war da, die in der linken Hand Heilsteine knetete und in der rechten Krankmachgetränke hielt. Und dann stand der Herzog vor mir. Er nickte mir zu und sagte: «Ich beneide Sie nicht» und schob ein Mädchen in mein Blickfeld, das er «meine Enkelin» nannte. Sie war maximal 18 und dermaßen süß, daß ich mir schlagartig vorkam wie ein Schwein. Dabei war ich sonst nicht der Typ, der an so etwas dachte, jedenfalls nicht so schnell.

Sie drehten mich durch den Wolf, sie überforderten meine Aufmerksamkeit, sie waren gnadenlos. Sie drückten mir Sektgläser in die Hand, und Kamerablitze machten mich blind. Ich hielt schon jeden zweiten für einen Japaner. Karoline flüsterte in mein Ohr: «Toll, wie viele Japaner hier sind.»

«Aber was wollen die alle hier?»

«Ja, was wollen die wohl alle hier?» Ihr Gesicht strahlte vor Wonne.

«Du warst das! Du hast ihnen gesagt, daß ich heute abend lese.»

Mit der mütterlichen Ader, die schon blutjunge Frauen besitzen, brachte sie mir bei, wie es seit gestern in der Medienwelt zuging. Die Entführung von Ludwigs Leiche war weltweit zum Thema Nummer eins geworden. In Österreich und der Schweiz, vor allem aber in den Vereinigten Staaten und am stärksten in Japan fuhren die Medien voll auf den Leichenklau ab. Im Verlag war im Verlauf des Tages zweimal die Telefonanlage zusammengebrochen. Der Verleger persönlich hatte sich an den Hörer geklemmt und Fragen beantwortet, weil die Pressefrau nach zwei Stunden Streß erste Verfallserscheinungen gezeigt hatte.

«Aber wieso», sagte ich fassungslos. «Warum rufen die bei euch an?»

«Bei uns», sagte Karoline milde. «Bei uns.»

«Oder bei uns.»

«Nicht ‹oder›. Es heißt schlicht: bei uns. Du mußt endlich lernen, dich zu identifizieren.»

Ich versprach, es zu lernen. Aber ich kapierte es nicht. Als sich dann der – pardon: mein – Verleger kumpelhaft bei seinem Autor einhakte und ihn in ein stilles Eckchen zwischen «Recht» und «Erbschaft» entführte, klärte es sich auf. Alles war das Resultat einer ungeheuren Manipulation. Karoline hatte einen Bekannten bei «dpa kultur» und bei «dpa national», den Anlaufstellen für ausländische Medien, wenn es darum ging, weiterführende Informationsquellen im deutschen Raum genannt zu bekommen. Beide hatten bereitwillig Auskunft gegeben, daß just ein Buch über König Ludwig auf den Markt gekommen sei und der Autor als der profundeste Kenner von allen Themen rund um Ludwig gelten müsse – vielleicht mit Ausnahme des Hauses Wittelsbach und einiger Heimatforscher, die man jedoch nicht empfehlen könne, weil sie dazu neigten, vom Hundertsten zum Tausendsten zu kommen und darüber die Ausgangsfrage vergaßen. Kurz gesagt: Wer mich auf dem Zettel haben würde, der würde sich auf der sicheren Seite befinden. Außerdem hatte der Verlag am Morgen nach der Sargöffnung Faxe an alle Nachrichtenagenturen der westlichen Welt abgesetzt, in denen ich und mein Buch in Verbindung mit der Sargöffnung gebracht wurden. Möglicherweise hatte ich meinen Verleger etwas blöde angestarrt, denn er brach in Lachen aus und sagte: «Gut, daß nicht dieses Gesicht auf dem Umschlag ist.»

«Aber … aber finden Sie nicht, daß das ein wenig … unseriös ist?»

«Wieso ‹ein wenig›? Frech ist das. Oberfrech. Dreist. Ich hatte lange keine bessere Idee. Ich weiß noch nicht, was es in absoluten Zahlen bringt. Aber alles, was jetzt folgt: die Taschenbuchrechte und der Film, da vergessen wir mal die Zahlen, von denen wir bis vorgestern ausgegangen sind. Die Karten werden neu gemischt. Und alle Könige sehen so aus wie du, mein Junge. Na, freust du dich?»

Er schlug begeistert auf meinen Rücken, ich bat darum, die Toilette aufsuchen zu dürfen. Er gestattete es mir. Die zufallende Tür schnitt das Gesums hinter mir ab. Ich holte tief Atem, möglich, daß ich seit Stunden falsch Luft geholt hatte. Selten hatte ich mich überforderter gefühlt. Um mich herum drehten alle an dem ganz großen Rad, und ich wußte nicht, wie mir geschah. Diese schamlosen Manipulateure! Verkauften mich als Spezialisten in Sachen Ludwig, nur weil eine Handvoll durchgeknallter Monarchisten bei Nacht und Nebel Ludwigs Leiche geklaut hatte. Obwohl ich mich dagegen wehrte, war mir bereits in dieser Sekunde klar: Die Geschichte hatte das Zeug, mein Buch in ungeahnte Höhen zu katapultieren. Wenn die Medien mich tatsächlich als Fachmann ansahen, mußte ich mich dem stellen. Das war nicht einmal total gelogen. Ich wußte viel über Ludwig. Nicht soviel wie seriöse Wissenschaftler und nicht soviel wie bienenfleißige Heimatforscher, aber ich hatte den besseren Draht zur Öffentlichkeit, und ich hatte einen aktuellen Aufhänger. Einen Schriftsteller holte man sich lieber vor die Kamera als einen kompliziert-drögen Forscher und einen tapsigen pensionierten Lehrer mit Kamerascheu. Je länger ich in den Spiegel blickte, um so naheliegender kam mir das Verhalten meines Verlegers vor. Komisch, plötzlich hatte ich etwas in den Augen, das ich bis eben nicht bemerkt hatte. Ich ging näher an den Spiegel heran. Tatsächlich, in jeder Pupille saß etwas. Es sah aus wie … wie ein Dollarzeichen. Plötzlich waren die Dollarzeichen fort.

Plötzlich war das Licht aus. Panik. Atemnot. Platzangst. Ich ließ nichts aus. Es war still, es war nicht still. Etwas raschelte oder rauschte. Menschenskind, ich stand in einem Scheißhaus. Auf der anderen Seite der Tür tummelte sich tout Munich. Ich mußte nichts anderes tun als mit wenigen Schritten zur Tür gehen, den Drücker zu ergreifen, die Tür zu öffnen und dann ... Und dann drückte mir etwas den Hals zu. Ich spürte gleich, daß es sich um einen Unterarm handelte. Ein Unterarm mit großer Kraft. Ich packte den Arm, wollte ihn wegdrücken.

Der Unterarm konnte sprechen. «Hör zu, du kleiner Scheißer. Du hältst dich für mächtig schlau. Du glaubst, du hast die Sache im Griff. Aber du irrst dich ganz gewaltig. Wir verfolgen jeden deiner Schritte. Hör auf zu zappeln. So schnell stirbt man nicht. Die Welt ist voller Luft. Aber es könnte passieren. Du mußt dich nur weiter so benehmen wie bisher.»

Der Arm ließ los, ich stürzte ungebremst zu Boden.

«Was wollen Sie?»

Natürlich hörte sich meine Stimme heiser an.

Der Unterarm sagte: «Stell dich nicht so dumm an. Du weißt, wo sich die Leiche befindet. Wir wollen, daß du es uns sagst.»

«Die Leiche? Aber ich weiß doch nicht, wo sich die Lei ... gut, gut, aufhören! Nicht weiterschlagen! Es kann sein, ja, ja. Es kann sein, daß ich weiß, wo sich die Leiche ...»

«So ist es brav. Jetzt sprechen wir eine Sprache. Wo ist unser König?»

«Das weiß ich nicht! Ich ... Nicht schlagen! Nicht schlagen!»

«Für einen, der mit Worten umgehen können sollte, redest du bemerkenswert viel dummes Zeug. Also!»

«Ich ... ich brauche Zeit.»

«Wofür?»

«Ich muß ... ich muß Kontakt aufnehmen. Ja, genau. Kontakt aufnehmen.»

«Mit den Entführern?»

«Ja natürlich.»

«Gut. Wieviel Zeit?»

«Eine Woche. Nicht!»

«– – –»

«Ich höre ja gar nichts mehr. Du wirst dir doch nicht weh getan haben.»

«Nein, nein.»

«Das höre ich gern. Also, wieviel Zeit brauchst du?»

«Drei Tage.»

«Wieviel?»

«Zwei Tage. Bitte. So lange ...»

«Ich werde dir sagen, wie lange du brauchst. Einen Tag.»

«Einen Tag? Das ist unmöglich! Ich kann nie ...»

«Wie lange?»

«Einen ... einen Tag.»

«In Ordnung. Du hast 24 lange Stunden. Dann sprechen wir uns wieder. Und Gnade dir Gott, wenn du einen Trick versuchst.»

«Wie finde ich Sie?»

«Wir finden dich.»

«Und woran erkenne ich Sie?»

«Die Frage wird sich beantwortet haben, wenn wir vor dir stehen. 24 Stunden. Versuch keine Tricks. Sonst beginnen in 24 Stunden deine Erben mit dem Streit um deine Tantiemen. Wann verfallen gleich noch mal die Rechte?»

«70 Jahre. 70 Jahre nach dem Tod des Autors.»

«70 Jahre, sieh mal an. Aber auch 70 Jahre sind schnell um. Spürst du, was das ist?»

«Ein ... ein Messer?»

«Fast. Ein Rasiermesser. Mein Lieblingswerkzeug. Ein fixes kleines Ding. Macht, was es will. Und du weißt ja, was Rasiermesser wollen: schneiden, immer nur schneiden. Du willst doch nicht, daß mein kleines Rasiermesser böse wird?»

«Nein!»

«Leiser bitte.»

«Nein, natürlich will ich nicht, daß Ihr Rasiermesser ...»

«Ich habe gewußt, daß wir uns verstehen. Wir sehen uns.»

«– – –»

Ich überhörte das Klopfen und Rufen so lange, bis es unheilverkündend anschwoll. Dann rappelte ich mich auf und rief: «Zwei Minuten!»

Natürlich schaffte ich es nicht, in zwei Minuten die Angst aus dem Gesicht zu waschen. Ich arbeitete mit kaltem, sehr kaltem Wasser.

16 Ich überlebte die Lesung. Routine und Selbstbeherrschung brachten mich über die Runden. Nach furchtbaren ersten zehn Minuten wurde ich lockerer, nach zwanzig Minuten hatte ich den ersten Lacher. Zwölf Minuten später als normal, aber ich hätte es ihnen auch nicht verübeln können, wenn sie aufgestanden und nach Hause gegangen wären. Ich spürte, daß ich etwas sagen mußte. Etwas, was sie für eine Erklärung hielten. Ich brach ab und sagte: «Hoffentlich achten Sie auf mein Gesicht. Ich bemühe mich, so wächsern auszusehen, wie Ludwig in dieser Minute wahrscheinlich aussehen wird.» Neben denen, die das für degoutant hielten, gab es 80 Prozent, die schmunzelten. Um das verbockte Fünftel zu kriegen, sagte ich: «Gestern hatte ich meine Oktoberfest-Geburt. Es kam alles zusammen: Kaiserschnitt, Steißlage, Herzstillstand und Allergie gegen betrunkene Australier.»

In der Pause wirkte das Auditorium schon so gelöst, wie ich es mir nur wünschen konnte. Sie waren gekommen, um mich zu lieben. Davon ließen sie sich auch durch meine käsige Visage nicht abhalten. Dazu kam, daß ich gut vortrage. Nicht mit der exaltierten Mimik, mit der Kinderbuchautoren nervöse Kindergärtnerinnen zu bändigen versuchen. Aber auch meilenweit entfernt von dem verhuschten Flüsterstil von Kollegen mit Angst vor der Öffentlichkeit. Ich blieb in der Pause auf dem Podium sitzen. Bis auf zwei vorwitzige Journalisten respektierten alle mein Bedürfnis nach Erholung. Die Reporter steckten voller Theorien über Ludwigs Entführung und wollten sie sich vor Druckbeginn nur noch schnell von mir bestätigen lassen. Ich sagte automatisch: «Ich weiß nichts.» Dann durchfuhr mich ein eiskalter Schreck, ich starrte auf den Unterarm des Reporters und sagte: «Natürlich habe ich eine Theorie ... auch den einen oder anderen Kontakt.» Er sprang mir vor Neugier fast auf den Schoß. «Aber Sie werden verstehen, daß ich zum derzeitigen Zeitpunkt ...»

Nein, das verstand er nicht. Er wollte Futter haben, also gab ich ihm Futter. Irgendwann mußte ich anfangen, und er kam von der drittgrößten Münchner Tageszeitung. Ich ließ das Stichwort «enttäuschte Monarchisten» fallen. Redliche, konservativ denkende Menschen, die vom langen Schweigen des Hauses Wittelsbach enttäuscht waren und in einem Zeitalter der Offenheit endlich die Wahrheit wissen wollten. Nicht um ihr egoistisches oder parteipolitisches Süppchen zu kochen, sondern vom schlichten Wunsch getrieben, die Wahrheit zu erfahren. «Wissen Sie, dafür habe ich großes Verständnis. Bei uns wird so viel gelogen. Alles ist nur noch Egoismus und Geldmacherei ...» Er nickte begeistert, dabei wußte ich kaum, wovon ich redete. Nur daß es Makulatur war, das spürte ich. Ich sagte: «Ein bißchen Wahrheit.» Ich wollte noch mehr sagen, aber der Reporter wiederholte enthusiasmiert: «Ein bißchen Wahrheit! Wahnsinn. Das kommt gut. Ich danke Ihnen. Ich werde bei Gelegenheit ... Wie lange bleiben Sie noch in München?»

«Zwei Tage. Drei. Ich bin auch in Neuschwanstein.»

Aber das hörte er nicht mehr.

Die zweite Halbzeit verlief so, wie ich es gewöhnt war. Ich hatte das Publikum im Griff. Wer es nicht erlebt hat, wird mein Glücksgefühl schwer ermessen können. Natürlich war Triumph dabei und Stolz. Aber das hört sich oberflächlicher und eitler an, als es ist. 120 Zuhörer hatten für mich diesen

Abend geopfert. Sie gaben mir einen Teil ihrer Zeit und hatten einen Anspruch darauf, etwas zurückzuerhalten. Mehr als den puren Inhalt des Buchs, den konnten sie sich durch Lektüre zu Gemüte führen. Der Unterschied war ich, der Autor. Es ging um die Mitte zwischen Realität und Fiktion. Ich bemühte mich, aber es war nie so schwer gewesen. Dort saßen ja nicht nur 120 Menschen. Dort saßen 240 Unterarme. Und selbst wenn ich alle Frauen, alle Kirchenmänner und die offensichtlich für Gewaltakte ungeeigneten Körper abzog, blieb immer noch eine irritierend hohe Zahl an Verdächtigen. Denn einer von ihnen mußte es sein. Ich hielt es für ausgeschlossen, daß ein Fremder hier hereingekommen war und unter den Augen von immerhin vier Kamerateams und noch viel mehr Reportern den Star des Abends hopsgenommen hatte. Und nach der Drohung kaltblütig ab durch den Hauptausgang? So viel Kaltblütigkeit gab es nicht. Ich weigerte mich, sie für möglich zu halten. Denn wäre sie möglich gewesen, hätte der Gegner eine solche Größe gewonnen, daß mir nur noch die unverzügliche Abreise übriggeblieben wäre.

Dann die Diskussion. Schon die erste Frage schlug den Bogen zum Diebstahl der Leiche. Auch hier war ich der Experte für Tagesaktualität. Mein Verleger saß in der ersten Reihe und wartete darauf, daß ich weiterführen würde, was er mit seinen Fernschreiben in die weite Medienwelt begonnen hatte. Ich wußte, daß ich alles, was ich jetzt tat, für meine Altersversorgung tun würde. Ich war mir seit eineinhalb Stunden nur nicht mehr sicher, ob ich jemals in die Lage kommen würde, meine Rente zu verzehren. Die Diskussion war ein Heimspiel, sie mochten mich, auch wenn wenigstens einer von ihnen ein Lügner war.

Zeitweise dominierten die Reporter die Debatte. Erst als eine Frau aufstand und den Primat von Literatur und Kunst beschwor, wofür sie Beifall einheimste, hielten sich die Medienleute zurück. Nun war es an mir, mit charmantem Lächeln auf die Ironie der Geschichte zu verweisen. «Darauf muß jeder Autor gefaßt sein: daß er morgens aufwacht, und über Nacht hat ihn die Realität eingeholt. Oder überholt. Hinter sich gelassen. Eine schreckliche Vision. Aber in vertrackter Weise auch ein Kompliment.»

Natürlich wurde in meinem Buch nicht der Sarg mit dem toten König gestohlen. In meinem Buch kam nur der lebendige König vor, denn es spielte im 19. Jahrhundert. Bei mir war Ludwig ein von Industrialisierung und technischer Revolution zerrissener Herrscher. Ein Träumer, der sich in Linderhof eine künstliche Tropfsteinhöhle von 100 Meter Länge und 15 Meter Höhe bauen ließ, weil er die Synthese der Venusgrotte aus «Tannhäuser» und der Blauen Grotte in Capri ersehnte. Das für die Illusionen im Ruderboot nötige rote und blaue Licht lieferte ihm eins der ersten Elektrizitätswerke, die auf bayerischem Boden entstanden. «Ich will nicht wissen, wie es gemacht wird, ich will nur die Wirkung sehen» – denn wovon er träumte, war die Zeit vor der Bändigung der Elektrizität: der Reichtum Ludwigs XIV., die germanisch-mittelalterlichen Mythen und die Pracht des Orients. «Der elektrische König» – anfangs nicht mein Lieblingsbuchtitel, aber der Mensch gewöhnt sich.

Natürlich meldeten sich, wie bei solchen Veranstaltungen unvermeidlich, auch zwei Zuhörer, um in einem Fünfminutenmonolog eine Mixtur ihrer Belesenheit und meines Buchs zu präsentieren. Danach war es das rundum gelungene Beispiel einer Synthese aus bayerisch-bodenständiger Kraft mit sensiblen, ja bisweilen ins Nervöse hochgespannten Gedankengängen eines Monarchen, der alle Möglichkeiten besaß, die das 19. Jahrhundert einem Menschen bieten konnte, und der doch unglücklich werden mußte, weil ihm die Inszenierung, das Theaterhafte seiner Anstrengungen immer wieder bewußt wurden. Ich hatte mich über Ludwig nicht lustig gemacht. Das war mir während des Schreibens nicht immer leichtgefallen. Jetzt war ich froh, daß ich mich beherrscht hatte. So ein Auditorium würde Gemeinheiten und leichte Siege nicht verzeihen. Natürlich hatte ich beim Schreiben nicht an die Leser gedacht, aber nun war es passiert, und es würde mir erneut passieren. In 14 Tagen würde mein Abstecher nach Österreich beginnen. Auch dort lebten Honoratioren, die sich gerne sehen ließen und es liebten, sich beim Monologisieren zuzuhören.

Es dauerte bis 22 Uhr 30, und es gab keinen Durchhänger. Als der Veranstalter mir und dem Auditorium mit warmen Worten dankte, erwachte ich wie aus einem Traum. Konzentration war für mich Schwerstarbeit. Aus Erfahrung wußte ich, daß nun ein Absturz in Erschöpfung und wohlige Entspannung folgen würde.

Als der Herzog vor mir stand, wurde mir bewußt, daß wir im Mittelpunkt des Interesses standen. Er sagte: «Die Familie dankt. Mir ist bewußt, wie schwer es ist, aus diesem hinreichend banalisierten Thema noch frische Funken zu schlagen. Daß Ihnen das gelungen ist, imponiert mir am meisten.»

Ich mochte den Mann, er traf, was er meinte, mit wenigen Worten. Sofort hatten uns die Medien eingekreist. Kameras blitzten, Mikrophone lauerten vor unseren Mündern, bevor die erste Frage erfolgte. Wir waren uns einig, nichts zu sagen. Das japanische TV-Team kam freundlicher davon. Dann drängte der Herzog auf sofortigen Aufbruch. Ich fand kaum Zeit, dem Veranstalter zu danken. Er zog einen spindeldürren Kerl aus der Kulisse, der sich zierte und genierte. Aber sein Chef wußte, daß er danach gierte, mir die Hand zu schütteln und mir eine Geschichte zu überreichen, an der er vier Monate geschrieben hatte. Ich sagte: «Her damit. Ich werde sie sorgfältig lesen. Nur nicht heute. Ich melde mich.»

Der Lehrling erbebte. Ja wirklich, er erbebte. Bis heute hätte ich nicht zu beschreiben gewußt, was das ist: erbeben.

Dafür hatte ich schon vor heute abend gewußt, was das ist: vor Angst in die Hosen scheißen. Plötzlich suchte ich einen Standort mit dem Rücken an der Wand. Ich wollte vermeiden, daß mir jemand beim Hinausgehen ein Messer in den Rücken stach. Oder eine Rasierklinge. Natürlich war ich hysterisch, deshalb fand ich es noch reizvoller, die Stadt hinter mir zu lassen und dann mit diesem Ziel.

Vor dem Buchladen begann das Abschiednehmen erneut. Der Verleger würde nicht mitkommen, das überraschte mich. Aber der Prälat war mit von der Partie, ich saß neben ihm im Audi mit den acht Zylindern und der Unfähigkeit zur Rostbildung. Der Herzog mimte den Beifahrer, am Steuer saß ein junger Bursche, dem man die Zunge herausgeschnitten hatte. Kaum waren die Türen schmatzend ins Schloß gefallen, begann es zu regnen. Ich hätte gern gewußt, ob noch ein zweiter Wagen Richtung Starnberger See aufbrach. Aber etwas hinderte mich, die Frage zu stellen.

Der Prälat, vor dessen Gesprächsführung ich mich gefürchtet hatte, zeigte sich auf der Höhe der Zeit. Oktoberfest, das nächste Heimspiel des FC Bayern München und die Arbeitsweise von Fernsehreportern – er war auf allen Feldern zu Hause und lästerte für sein Leben gern – auch über sinnlose Besäufnisse. In diesem Zusammenhang sagte er: «Halten Sie mich für unpädagogisch, aber mich stört an der Trinkerei primär nicht die Zirrhose und nicht das Schicksal der armen Familien. Mich stört, wie sie aussehen. Wenn bei uns die Wies'n tobt, fahre ich am liebsten mit geschlossenen Vorhängen durch die Stadt. Aber leider hat mein Dienstwagen keine Vorhänge.»

Mit so jemandem an seiner Seite war es nicht schwer, die Fahrt zu überstehen. Der schwere Wagen glitt so sanft durch die Stadt, als würde er keine Bodenberührung haben. Auf der Autobahn wurde es das reinste Vergnügen. Von dort bis zum See waren es nur wenige Kilometer.

17 Bei Nacht war das Schloß nicht so beeindruckend, wie ich es in Erinnerung hatte. Die Auffahrt imponierend, aber nicht einschüchternd. Allerdings stand in der offenen Tür ein Diener, der mit dem Öffnungsmechanismus eines Regenschirms kämpfte und dann auf den Wagen zueilte, wobei er sich schon auf dem Hinweg, wo es noch nichts und niemanden zu beschirmen gab, außerhalb des Schirmdurchmessers hielt. Ich schaute ihm interessiert zu, das würde ja nun auch bald auf mich zukommen: hilfreiche Geister, die den Alltag erleichtern und nicht weiter störend auffallen. Der Herzog bestand darauf, daß der Prälat und ich unter den Schirm kamen. Der Diener begann sich zu entschuldigen, daß kein zweiter Schirm zur Verfügung stand. Ich weigerte mich, unter den Schirm zu treten, der Herzog weigerte sich ebenfalls, und plötzlich stand der Diener doch als einziger unter dem Schirm. Der Herzog legte ihm lachend die Hand auf die Schulter, und wir erledigten das Problem, das keins war, mit schnellen Schritten.

Drinnen sah es aus wie bei Herrschers. Ich begann mich anders zu verhalten, und obwohl ich mir vorgenommen hatte, nicht blasiert zu erscheinen und mein Nichtwissen einzugestehen, war es mir nicht möglich, mich den Preziosen unbefangen zu nähern. Über ein Jahr hatte ich mich mit Goldschmiedearbeiten, Glaskunst und Emaillierwunderwerken beschäftigt, aber jetzt: Sendepause. Tonstörung. Entweder war der Prälat kaltblütig oder nicht zum ersten Mal hier. Dabei waren die Dimensionen der Räume menschlich, keine fußballfeldgroßen Abmessungen wie in Herrenchiemsee, eher die Anmutung einer besseren Villa wie in Linderhof. In der Bibliothek versanken wir in Sesseln, die geboren waren, um Freude zu bereiten. Ich machte es mir bequem und sagte: «Hier müssen Sie mich samt Sessel raustragen.»

Ich durfte so reden, ich war der Künstler.

Aber auch der Prälat durfte so reden, er war der Gottesmann.

Und der Herzog war hier zu Hause und hatte 800 Jahre Familiengeschichte auf dem Buckel. Ein anderer Diener versorgte uns mit warmen Teigtaschen, in denen wahlweise vegetarische und fleischhaltige Köstlichkeiten Wohlleben versprachen. Der Herzog trank Bier, der Prälat roten Wein, ich probierte erst den Gerstensaft aus der Schloßbrauerei Kaltenberg und stieg dann auf einen Armagnac um, der so betörend war, daß ich ihn anfangs nicht für Armagnac hielt. Nun begann das Belauern. Kein Außenstehender hätte gemerkt, daß wir uns umschlichen, denn die Plauderei war warmherzig und geistreich.

Es war dann der Prälat, der den Bann brach. Er sprach über die vielen Medienvertreter auf der Lesung und sagte zu mir: «Einen besseren Zeitpunkt hätten Sie sich nicht aussuchen können.»

«Auf so eine Aktualität hätte ich verzichten können.» Kurzzeitig erwog ich, den Herzog noch einmal meines Mitgefühls zu versichern. Aber ich fand es zu ranschmeißerisch.

Der Herzog brachte Tempo ins Spiel, indem er sagte: «Ich bewundere euch für eure Diskretion. Ihr versteht es mustergültig, eure Neugier im Zaum zu halten.»

«Ach was», sagte der Prälat gemütlich, «das hat mit Neugier nichts zu tun. Mein Haus erfährt früher oder später doch immer, was es wissen will. Meistens früher.»

Ich sagte: «Mein Verdacht wäre, daß Ihr Haus seit hundert Jahren Bescheid weiß.»

Nun lächelte der Prälat genüßlich: «Es ist immer das gleiche. Die, die uns innerlich fern stehen, trauen uns das meiste zu. Ich habe mich oft gefragt, woran das liegen kann.»

Als sich die Tür öffnete, wußte ich, warum es so zögerlich begonnen hatte. Wir waren noch nicht komplett gewesen. Die Kommissarin betrat den Raum, wir erhoben uns. Sie sagte: «Das passiert mir nicht oft in meinem Job.»

Ich sagte: «Sie müssen sich eben auf Morde im Adelsmilieu und im Vatikan konzentrieren.»

Erschüttert über so viel Freimütigkeit, sanken wir in unsere Fauteils zurück. Die Kommissarin sah aus, als würde sie sofort einschlafen. Zum Herzog sagte sie: «Haben Sie ihn schon zur Sache vernommen?»

Er entgegnete: «Ach, ich bin sicher, daß jeder sich der Größe des Augenblicks bewußt ist.»

Hoch erfreut nahm die Kommissarin einen Teller mit Teigtaschen entgegen. So viel Verfressenheit war ein sympathischer Zug. Dann gab sie einen Überblick über den Stand der Ermittlungen. Die Marmorplatte von Ludwigs Sarg hatte ein Gewicht von über vier Zentnern, deshalb ging die Polizei von wenigstens vier Tätern aus, eher mehr. Alle Schlösser in der Kirche waren fachmännisch geknackt worden. Kein Nachbar oder Passant hatte in der Tatnacht etwas Auffälliges bemerkt. Das Bekenner-Fax aus dem Bahnhofspostamt hatte keine verwertbaren Hinweise erbracht. Der König-Ludwig-Fanclub Ludowicus Rex war zur Sache vernommen worden. Der Erste Vorsitzende hatte Abscheu vor der verbrecherischen Tat geäußert – und gleich danach Verständnis. Der Drang des Menschen zur Wahrheit sei eben auf Dauer nicht zu unterdrücken, das müßten Adelshäuser aus der Geschichte gelernt haben.

«Pardon», sagte die Kommissarin. «Aber so hat er es gesagt.»

«Der Mann hat ja recht», sagte der Herzog gelassen.

Die Verrückten Propheten in Schwangau waren ebenfalls befragt worden. Dort sprangen die Korken aus den Flaschen, so sehr bejubelten sie den Leichenraub. «Nur über die Wahrheit zur Monarchie», hatte der Erste Vorsitzende getönt. Die Kommissarin sagte: «Die sind viel zu blöd, um in eine Kirche einzubrechen.» Ich gab zu bedenken, daß es vielleicht einfache Vereinsmitglieder geben könnte, die … «Was soll ich tun?» blaffte sie mich an. «Soll ich jeden Hansel beschatten?» Wütend biß sie in die nächste Teigtasche. Der Herzog bestellte beim Diener unauffällig ein Bier, das die Dame in null Komma nichts wegzischte, ebenso das folgende Bier. Ich fand es angenehm, in einer Runde zu sitzen, in der ich nicht der animalischste Teilnehmer war.

Im Verlauf des Tages hatten weitere Vereine und Einzelpersonen die Verantwortung für den Leichenraub übernommen. Einige hatten gleich ihre Forderungen genannt: Meistens ging es um viel Geld, um die Einführung der Monarchie oder wenigstens um das Eingeständnis der Wittelsbacher, Ludwig ermordet zu haben. «Wir überprüfen alles», sagte die Kommissarin. «Aber bis jetzt gibt es keine heiße Spur.»

«Wie offen sind denn die Wittelsbacher zu Ihnen?»

Sie starrte mich an, als könnte sie nicht begreifen, wieso häßliche Sesselkissen plötzlich sprechen konnten.

«Offen», sagte sie. «Sie sind offen. Anders geht das auch nicht.»

«Okay», sagte ich, «ich höre. Deshalb bin ich doch hier, oder?»

Deshalb war ich hier. Der Herzog betonte, daß Ludwigs Leiche keine Sekunde in dem Sarg gelegen habe. Ich sagte: «Das macht nur dann einen Sinn, wenn Sie wirklich etwas zu verbergen haben.»

Er führte weiter aus, daß das Herz des Monarchen der Familientradition gemäß in Altötting aufbewahrt würde. «Die sterbliche Hülle wurde auf einem Friedhof beigesetzt. In aller Stille. In Bayern.»

«Wieso?»

Ich erwartete nicht im Ernst eine Antwort. Aber ich erhielt sie. «Das hatte damals rein taktische Gründe. Die Lage war aufgeheizt. Die Gerüchteküche am brodeln. Wir mußten damit rechnen, daß ein Fanatiker aufs Ganze gehen würde. Wir wollten dem König das ersparen. Und der Würde des Amts. Und der Würde des Staats.»

«Womit Sie in Kauf nahmen, daß die Gerüchte weiter wabern würden. Stellen Sie sich vor, es hätte tatsächlich jemand den Sarg geöffnet. 1886 schon oder ein Jahr später.»

Er sah mich ruhig an: «Das ist auch geschehen.»

In diesem Moment beschloß ich, von Armagnac auf Bier umzusteigen. Ich durfte meine Aufmerksamkeit nicht noch weiter schwächen. Der Herzog berichtete von zwei gewaltsamen Öffnungen des Sargs in den Jahren 1887 und 1888. In beiden Fällen waren die Täter an Ort und Stelle gefaßt worden. Eine Verurteilung habe nicht stattgefunden, die Täter hätten jedoch ihren Wohnort verlassen müssen. Einer sei in die Oberpfalz gezogen, einer nach Böhmen. Und beide hatten nie darüber gesprochen, was sie im Sarg gesehen hatten.

Ich sagte: «Ist das sicher?»

«Mir ist keine Quelle bekannt, in der danach von Aussagen eines der beiden berichtet wurde.»

Es war nun reichlich nach Mitternacht, aber ich hatte das Gefühl, es würde gerade erst spannend werden.

Ludwig war im Jahr 1886 also an einem unbekannten Ort bestattet worden. In Bayern. Mehr verriet der Herzog nicht.

Ich sagte: «Warum behaupten die Leichenräuber dann, daß sie Ludwig haben?»

«Sie bluffen.»

«Ja, ja, aber warum? Sie müßten doch wissen, daß Sie die Wahrheit kennen.»

Nun wurde der Herzog deutlich weniger redselig. Er sagte: «Ludwig lag nicht im Sarg. Das ist entscheidend.»

Ich sagte: «Hat es damals vielleicht ein Joint-venture zwischen dem Haus Wittelsbach und der Kirche gegeben?»

Es war ein Erlebnis, den beiden dabei zuzusehen, wie sie sich Blicke zuwarfen.

«Welchen Sinn sollte das gehabt haben?» fragte der Prälat.

«Weiß ich nicht. Ich will es nur wissen. Damit ich später, wenn ich mehr weiß, das Bild zusammensetzen kann.»

Die Kommissarin sagte: «Dann ist ja alles geklärt. Kein

Ludwig, keine Entführung des Leichnams. Sie müssen das öffentlich machen.»

«Das ist heute geschehen.»

«Noch einmal und noch einmal. So lange, bis es die Öffentlichkeit gefressen hat. Damit der Dampf raus ist. Damit die Entführer als betrogene Betrüger dastehen. Das ist jetzt ein schiefes Bild, ich weiß.»

«Nein, nein», sagte ich. «So einfach ist das nicht. Es geht längst nicht mehr nur um Ludwig. Vielleicht hat Sie Ludwig nie interessiert.»

«Ich muß doch sehr bitten.»

«Pardon. Ich meine es so: Ludwig ist das eine Problem, das Sie haben. Es gibt aber noch ein zweites. Und das ist mit der heutigen Presseerklärung keineswegs ausgestanden.»

Er blickte mich aufmerksam an und sagte: «Fahren Sie fort.»

Ich nahm Anlauf, aber es kam nur Luft aus der Kehle. «Nein», murmelte ich. «So kann es nicht sein. Wenn die Erklärung der Leichenräuber echt ist, dann wissen sie also, daß keine Leiche im Sarg liegt. Trotzdem behaupten sie es. Warum? Um den Wittelsbachern die Chance zu geben, die Wahrheit zu sagen. Es handelt sich ja nicht um Gegner der Monarchie, das darf man nicht vergessen. So gesehen ist das Fax eine Art Friedensangebot. Ein Deal. – Immer vorausgesetzt, das Schreiben ist authentisch.»

Ich blickte ihn so lange an, bis er etwas sagen mußte. Das klappte nicht immer. Diesmal doch.

«Ja», sagte der Herzog unwillig. «Sie liegen nicht ganz falsch. Immer vorausgesetzt, das Fax ist authentisch. Ist es aber nicht.»

«Das wissen wir noch nicht», sagte die Kommissarin kauend.

«Sie nicht. Ich weiß es.»

«Ach. Und woher?»

«Weil ich es höchstpersönlich gefälscht habe.»

Stille war's im Raum. Sogar die Kiefer hörten auf zu kauen. Dann sagte die Kommissarin: «Das glaube ich nicht.»

«Komisch», sagte ich. «Ich glaube Ihnen jedes Wort.»

«Weil Sie ein Amateur sind», sagte sie scharf.

«Und Sie macht Ihr Profitum blind. Dies hier ist ein Fall für die Kreativen.»

«Geben Sie doch nicht so an.»

Ich wandte mich an den Herzog: «Sie haben das Fax gefälscht, weil Sie nach dem geöffneten Sarg reagieren mußten. Das Ende der Legende vom König im Sarg wird die Öffentlichkeit erregen, aber das wird auch wieder aufhören. Vielleicht drehen Sie es ja sogar geschickt so hin, daß die Menschen ganz gerührt sagen werden: Es war richtig, daß ihr den Kini in aller Stille begraben habt. Aber das ist nur das eine. Das andere ist: Es gibt einen zweiten Skandal, der ist viel größer, über den werden sich die Leute nicht so schnell beruhigen. Vor dem haben Sie Angst. Und der ist durch die Öffnung des Sargs zum Thema geworden. Ich verstehe nur noch nicht, warum. Es kann doch nichts im Sarg gelegen haben, was dort nicht liegen sollte. Dann hätten Sie es doch rausgenommen, verdammt noch mal.»

Wir blickten uns an. Er hatte ein sanftes Gesicht. Aber er war auch erschöpft. Nicht müde, sondern erschöpft.

Dann sagte ich: «Alles klar, Frau Kommissarin. Notieren Sie: Es lag etwas im Sarg, von dem der Herzog nichts wußte. Jetzt weiß er es, denn die Leute, die den Sarg aufgebrochen haben, haben es gefunden, und sie haben es ihm mitgeteilt. Daher weiß er, was drin liegt. Und es bereitet ihm große Sorgen.»

Der Herzog stand auf, stellte sich ans Fenster. Draußen rauschte der Regen. Welche Gnade. In München würde er Hunderte Pfützen mit Erbrochenem wegwaschen und Platz schaffen für Hunderte neue Pfützen.

Der Herzog blickte hinaus, die Hände hatte er auf dem Rücken verschränkt. Dann sagte er: «So sieht es aus.»

Ich sagte: «Habe ich recht?»

«Sie haben recht.»

Triumphierend grinste ich die Kommissarin an und schnappte ihr die letzte Teigtasche fort.

«Das hätten Sie mir sagen müssen.» Man hörte ihr an, wie sehr sie sich um Ruhe bemühte.

Der Herzog sagte: «Dazu war bisher keine Zeit.»

«Hören Sie mal! Hier geht es um polizeiliche Ermittlungen. Was Sie betreiben, ist Behinderung der ...»

«Können Sie sich wirklich nicht vorstellen, daß es Wichtigeres gibt als Ihre polizeilichen Ermittlungen?»

Nein, das konnte sie sich nicht vorstellen. Aber sie verzichtete darauf, ihm dies zu sagen. Denn zum erstenmal hatte die Stimme des Herzogs scharf geklungen. Die Kommissarin wurde immer unruhiger. Sie stand auf, ging hin und her und sagte: «Ich muß meine Leute zurückziehen. Wenn es sich nicht um Leichenschändung handelt, gibt es keinen Grund ...»

«Den gibt es eben doch», sagte der Herzog gequält. «Wir haben zur Zeit ein Problem, an dem wir arbeiten. Aber wir brauchen noch etwas Zeit. Solange wäre ich Ihnen sehr verbunden, wenn Sie ...»

«Nein!»

«Wenn Sie ...»

«Nie und nimmer!»

Der Prälat hob den Kopf. Er war darauf eingestellt, vermittelnd einzugreifen. Vielleicht war er nur für diesen Zweck hinzugebeten worden. Wenn dem so war, mußte ich nur noch herauskriegen, warum ich hier saß. «Es würde um einige wenige Stunden gehen», sagte er milde.

Aber sie schüttelte den Kopf. «Unmöglich. Ohne Fall keine Ermittlungen. Wir sind personell viel zu schwach besetzt, um uns so einen Luxus leisten zu können. Und stellen Sie sich vor, die Sache fliegt auf. Dann heißt es: Ja, für den Adel, da stellt ihr zehn Leute ab. Oder zwanzig. Aber für den kleinen Mann ...»

«Könnten Sie Ihre populistischen Bedenken nicht für kurze Zeit vergessen?»

Ich riskierte es: «Es gibt da noch ein zweites Problem.» Ich schilderte ihnen meine Begegnung der unheimlichen Art auf der Toilette der Buchhandlung. Der Prälat sagte: «Ach, deshalb sahen Sie so aus. Wir haben uns schon Sorgen gemacht.» Die Kommissarin sagte kiebig: «Gucken Sie mich nicht so waidwund an. Was erwarten Sie von mir? Soll ich Ihnen einen Leibwächter abstellen?»

«O ja, bitte, das wäre sehr freundlich.»

«Vergessen Sie's. Das war ein Scherz. Ich kann mich nur wiederholen: Es ist keine Leiche verschwunden.»

«Was ist, wenn mir das meine neuen Freunde nicht glauben?»

«Dann haben Sie ein Problem.»

18

Sie kamen mittags an, kurz nach zwölf, am 12. Juni, es war der Pfingstsamstag. Die Fahrt von Neuschwanstein hatte acht Stunden gedauert, mit drei Pferdewechseln. Alles im Schloß war vorbereitet: die Türdrücker abgeschraubt, die Fensterläden verschließbar, die Türen von Wohn- und Schlafzimmer mit Gucklöchern versehen. Zwischen beiden Zimmern befand sich ein Verbindungsraum, er war als Aufenthaltsort für die Irrenwärter eingerichtet. Sie waren eigens für die sogenannte «scharfe Wache» ausgebildet worden. Ludwig begriff, daß auf ihn ein Leben als Gefangener wartete.

Gegen 13 Uhr wurde das Mittagessen seviert. Statt scharfer Messer lagen Obstmesser auf dem Tisch.

Gegen 15 Uhr legte sich Ludwig zu Bett und wollte gegen Mitternacht geweckt werden. Der diensthabende Psychiater

Dr. Müller lehnte es ab, diesen Rhythmus zuzulassen, nach dem der König in den letzten Jahren gelebt hatte.

Am Nachmittag besichtigten die Psychiater Gudden und Grashey mit hochrangigen Gästen aus München den Park und das Ufer des Sees und machten sich Gedanken, welche Sicherheitsvorkehrungen hier angebracht wären. Zur Debatte stand ein Bretterzaun am Ufer. Eine optisch nicht so hermetische Variante sah vor, Eisenstangen im Seeboden zu verankern und sie bis zu einer Höhe von zwei Metern mit Stacheldraht auszustatten. Eisengitter für die Fenster am Schloß wurden in Auftrag gegeben.

Gudden, der Psychiatriepapst aus München, sah der Zukunft mit Optimismus entgegen. Er ging davon aus, daß der gefangene König sich berechenbar verhalten werde. Keineswegs sei er selbstmordgefährdet, davon würde er nur reden, wenn er aufgeregt sei. Deshalb solle man ihn schonend und rücksichtsvoll behandeln und unmäßigen Alkoholgenuß unterbinden. Gudden hielt es für wichtig, Ludwig nicht zuviel sich selbst und seinen Grübeleien zu überlassen.

Regelmäßige Spaziergänge, natürlich in Begleitung von Aufsichtspersonen, seien dringend anzuraten.

Ludwig wachte gegen Mitternacht auf, aß eine Kleinigkeit und legte sich wieder ins Bett.

Nach dem Erwachen am Sonntag sprach Ludwig mit den Psychiatern. Der König begriff nicht, wie die Mediziner ein Gutachten über ihn abgeben konnten, wenn sie ihn zuvor kein einziges Mal untersucht hatten. Er bat darum, wegen des Pfingstfests einen Geistlichen ins Schloß zu bitten. Dies wurde abgelehnt.

Das Frühstück war gegen zehn beendet. Zwischen elf und Viertel nach zwölf gingen Ludwig und Gudden im Park spazieren. In einiger Entfernung folgte ihnen ein Pfleger, der sie aber nicht in jedem Moment im Auge hatte.

Das Mittagessen nahm Ludwig allein ein. Gudden speiste

mit Kollegen und Gästen aus München im Cavaliershaus am See. Dabei äußerte sich der Psychiater zufrieden über den Verlauf des Spaziergangs. Ludwig habe wissen wollen, ob er gefährdet sei. Offenbar ging er davon aus, daß es Kräfte gäbe, die ihm nach dem Leben trachten wollten. Für den Abend plante Gudden einen weiteren Spaziergang mit dem König, den er wieder allein unternehmen wollte, denn der Monarch sei wie ein Kind und habe sich ja wunderbar in seine neue Situation gefügt.

Die anderen Teilnehmer des Essens äußerten Bedenken und stellten klar, daß sie selbst niemals das Risiko eingehen würden, mit Ludwig ohne weitere Begleitung einen Spaziergang zu unternehmen.

Um 14 Uhr 30 führte der Stabskontrolleur Zanders ein Gespräch mit dem König. Ludwig, der einen lebhaften, sehr präsenten Eindruck machte, zeigte dem Besuch alle Sicherheitsvorrichtungen in den Räumen und erkundigte sich, ob er in einem Jahr wohl immer noch an diesem schrecklichen Ort weilen müsse. Während der Besuch ausweichend antwortete, äußerte Ludwig den Verdacht, daß sich sein Onkel Luitpold über kurz ans Regieren gewöhnen und er, Ludwig, nie wieder freikommen werde. Die, die ihn hier gefangenhielten, würden ihn für immer gefangenhalten, vielleicht sogar töten, denn sie hätten Angst vor Ludwigs Rache. Der König erkundigte sich dann nach der Zahl der anwesenden Gendarmen. Zanders antwortete: Sechs bis acht, aber er kannte die genaue Zahl nicht. Ob sie denn gegebenenfalls auf ihn, den König, schießen würden? Zanders überzeugt: Nein, selbstverständlich nicht. Nächste Frage: Ob die Gendarmen denn scharf geladen hätten? Zanders: Nein. Nun führte Ludwig seinen Gast, den er kannte, seitdem er zu seinem Hofstaat gehörte, in eine Fensternische. Hier, so weit wie möglich entfernt von den Türen und Gucklöchern, wollte er Zanders etwas mitteilen, offensichtlich eine vertrauliche Nachricht. Aber Zanders hatte

Gudden versprochen, mit dem Monarchen nicht über das Thema Flucht zu sprechen. Deshalb beendete er seinen Besuch überstürzt.

Zwischen 15 Uhr und 15 Uhr 30 bestürmte Ludwig sodann den Psychiater Müller mit Fragen nach seinem Schicksal. Es ging ihm um den künftigen Standort seiner Bibliothek, vor allem aber um seine Befürchtung, daß man ihn mit Hilfe von Gift aus dem Weg räumen wolle.

Gegen 16 Uhr 30 nahm Ludwig das Diner zu sich. Er aß sehr viel und trank dazu einen Becher Bier, zwei Glas Maiwein, drei Glas Rheinwein sowie zwei Gläschen Arrak. Serviert wurde alles von dem Pfleger Mauder. Danach bat Ludwig den Pfleger, Gudden zu rufen, um den bereits besprochenen Spaziergang zu unternehmen.

Gudden befand sich zu diesem Zeitpunkt in einer Besprechung mit dem Oberstleutnant Baron Washington, in deren Verlauf er sich verwundert darüber äußerte, daß der König ohne Gegenwehr sein Schicksal ertrage.

In die Unterhaltung platzte ein amerikanischer Journalist und stellte Fragen über das Befinden des Königs sowie den Verlauf der Reise von Hohenschwangau nach Berg. Gudden betonte, daß alles ohne Komplikationen abgelaufen sei. Die Verfassung des Königs sei nicht besorgniserregend, keineswegs würde er in der Gefahr schweben, Selbstmord zu begehen. Der Reporter hatte von Bauern im Wirtshaus der nahe gelegenen Ortschaft Leoni gehört, daß Ludwig sich am Pfingstmontag in München zeigen werde. Gudden betonte, daß dies reine Phantasie sei.

Ludwigs Erscheinen in München hätte in der Tat dramatische Folgen haben können, denn in der Bevölkerung herrschte Empörung über den Umgang mit dem Monarchen. Die von den Psychiatern behauptete Geisteskrankheit wurde belacht und als Zwecklüge abgelehnt. In einflußreichen politischen Kreisen Münchens wurde eine Abdankung Ludwigs favorisiert. Diese Variante hätte zwar den Verlust der Macht bedeutet, Ludwig jedoch eine Apanage und das Recht eingebracht, auch künftig in seinen Privatschlössern residieren zu dürfen.

Unmittelbar vor seinem Spaziergang mit Ludwig gab Gudden ein Telegramm an den Minister Lutz in München auf: «Hier geht es bis jetzt wunderbar gut. Persönliche Untersuchung hat übrigens das schriftliche Gutachten nur bestätigt.»

Abgesehen von der moralischen und charakterlichen Verwerflichkeit, die es bedeutet, ein psychiatrisches Gutachten ohne eine einzige Untersuchung oder Befragung der Person zu erstellen, traf der Wortlaut des Telegramms inhaltlich nicht zu, denn im Gutachten war Ludwig als Berserker und Wüterich dargestellt worden, als Tobsüchtiger, der seine Diener schlagen würde und an Halluzinationen litt. Kurz nach 18 Uhr 30 begaben sich Ludwig und der Psychiater Gudden auf den Spaziergang. Das Wetter war regnerisch, der König trug einen Hut mit Diamantengraffe und einen Überzieher. Gudden trug Hut und Mantel. Im letzten Moment gab ihnen der Pfleger Mauder noch einen Schirm mit. Der Psychiater Müller wollte einen Pfleger in angemessenem Abstand mitschicken, doch Gudden hatte zuvor den ausdrücklichen Befehl erteilt: «Es darf kein Pfleger mitgehen.» Ein Gendarm, der im Park postiert war, sah, wie sie das Schloß verließen und den nach Süden führenden Weg am Ufer einschlugen. Drei weitere Gendarmen, die im Park Patrouille gingen, gaben später zu Protokoll, in den Stunden nach 18 Uhr 30 kein ungewöhnliches Geräusch gehört zu haben. Also auch keinen Schuß.

Das Souper hatte Gudden für 20 Uhr angeordnet. Doch bis zu diesem Zeitpunkt waren er und der König nicht zurückgekehrt. Der Regen war stärker geworden. Der beunruhigte Psychiater Müller schickte einen Gendarmen und kurz darauf zwei weitere Gendarmen in den Park, um nach den Spaziergängern Ausschau zu halten. Als sich auch Baron Washington und der Schloßverwalter Sorgen machten, nahmen fast alle Bediensteten, Pfleger und Gendarmen an einer Suchaktion teil, auch Müller und der Verwalter. Da war es 20 Uhr 30, und es wurde langsam dunkel. Es begann eine Diskussion, ob es sinnvoll wäre, mit Booten den See abzusuchen. Der Baron sprach sich dagegen aus. Er befürchtete, daß sich zu viele Fremde zusammenrotten und die Lage dadurch noch unübersichtlicher werden könnte. Auf dem See befanden sich zu diesem Zeitpunkt stets einige Boote, sie verkehrten zwischen den am Ufer gelegenen Orten.

Die Suchenden erhielten Lampen und Fackeln. Der Baron schickte ein Telegramm an die Regierung nach München.

Gendarmen fanden in der Wiese neben dem geschlossenen Mitteltor des Parks eine frische Wagenspur. Der Baron schickte einen Boten ins nächste Dorf und ließ nachfragen, ob ein Wagen Richtung München durchgekommen wäre.

Gegen 22 Uhr, es regnete stark, fand man im Wasser dicht am Ufer einen schwarzen Gegenstand: den Überrock des Königs. Die Ärmel des Leibrocks steckten in den Ärmeln des Überrocks, wie es geschehen kann, wenn man beide Teile gleichzeitig auszieht. Jetzt konzentrierte sich die Suche auf diesen Ort. Die nächsten Fundstücke: der Schirm des Königs, der Hut des Königs, der Hut des Psychiaters und sein Schirm.

Nun war doch ein Boot hilfreich. Der Psychiater Müller und der Schloßverwalter weckten den Fischer Lidl und liehen sich ein Boot. Zu dritt fuhren sie auf den See. Gegen 23 Uhr stieß der Verwalter einen Schrei aus und sprang ins Wasser, das ihm an dieser Stelle bis an die Brust reichte. Er umklammerte einen Körper: den König in Hemdsärmeln. Aus der Weste hing seine Uhr, sie zeigte 18 Uhr 54 an. Wenige Meter dahinter fanden sie den Körper von Gudden, er war vollständig bekleidet.

Über das, was nun geschah, existieren zwei Versionen. Der Psychiater berichtete, er habe Gudden ins Boot gezogen, und der Fischer sei ans Ufer gerudert. Der Schloßverwalter berichtete, er habe beide im Wasser schwimmenden Leichen in Richtung Ufer geschoben, wo sie von Wartenden aus dem Wasser gehoben und erst danach ins Boot gelegt worden seien.

Müller unternahm bei beiden Männern Wiederbelebungsversuche durch künstliche Beatmung und ließ dazwischen die Brust frottieren. An den Versuchen zur Wiederbelebung beteiligten sich auch mehrere Gendarmen, ein Pfleger und Oberstleutnant Zanders. Gegen Mitternacht stellte Müller offiziell den Tod des Königs und Guddens fest.

Die Rückfahrt führte in den kleinen Hafen an der Fischerhütte. Tragbahren wurden geholt und beide Tote ins Schloß getragen, zuerst der König. Sie wurden in zwei Zimmer des ersten Stockwerks gebracht, wo ihnen die Stiefel und teilweise auch die nassen Kleider aufgeschnitten wurden.

Gegen zwei Uhr morgens erschien eine vierköpfige Gerichtskommission aus Starnberg, sie konstatierte den Tod beider Männer.

Nach drei Uhr morgens wurden die Leichen aufgebahrt und mit blauseidenen Decken bis zum Hals eingehüllt. Die Betten waren mit Blumen geschmückt.

19

«War damals eigentlich schon der Gummistiefel erfunden?»

Ich stand einen Schritt hinter den dreien, die auf den See hinausblickten. Der Regen hatte aufgehört, jeder trug seinen Schirm bei sich und war froh über die Stiefel, eine Leihgabe des Herzogs. Der Prälat hatte schon eine Minute leise gesungen, bevor ich den Wortlaut verstand.

«Und geheime Meuchelmörder,
deren Namen man nicht kennt,
habens ihn in' See neingstoßen,

indem sie ihn von hintn angerennt.»

«Sehr schön», sagte der Herzog. «Verschwörungstheorien sind nun mal eine beliebte Freizeitbeschäftigung der Bevölkerung. Darauf gebe ich nichts. Sie wissen selber, Herr Kultermann, daß niemand ein Tatmotiv besaß.»

«Von den bekannten Gesichtern.»

«Was heißt das?»

«Daß ich der bayerischen Regierung nichts unterstelle. Und Ludwigs Verwandtschaft auch nicht. Gudden natürlich schon gar nicht. Aber es gibt andere Theorien.»

«Die ich mir in quälender Ausführlichkeit zu Gemüte geführt habe. Das ist stellenweise kurios zu lesen, verrät mir aber letzten Endes mehr über den Autor als über die Wahrheit. Neurotiker und Wichtigtuer allesamt.»

«Sie machen sich nur Gedanken über die Widersprüche, von denen es einen Haufen gibt. Die Verletzung des Königs. Die Fußspuren im Wasser. Und wie komisch es ist, wenn jemand, der so ein hervorragender Schwimmer wie Ludwig ist, sich für seinen Selbstmord ausgerechnet das Wasser aussucht. Ganz zu schweigen von dem Telegramm des Barons Washington nach Mitternacht, in dem es sinngemäß heißt: König und Gudden geben Lebenszeichen von sich.»

Der Herzog schwieg. Ich verstand ihn gut, er hatte die stärkeren Bataillone auf seiner Seite. Ludwig will fliehen, Gudden will ihn davon abhalten, Ludwig ertränkt den Psychiater und erleidet einen Herzschlag. Exitus. So konnte es gewesen sein. Aber es war die langweiligste Lösung. In meinem Buch hatte ich Ludwig seinen Tod überleben lassen. Ein raffiniert eingefädeltes Komplott hatte ihn aus den Fängen seiner Häscher befreit. Aber um sicherzugehen, daß ihn die Vergangenheit nicht wieder einholen würde, hatten sie den Tod des Herrschers lanciert, weil er die Voraussetzung war, Ludwig künftig in Ruhe und Frieden leben zu lassen. Was er tat, drei Jahre lang. Dichterische Freiheit.

Immerhin begriff ich jetzt, warum das Haus Wittelsbach sich so lange gegen eine Obduktion der Leiche gesträubt hatte. Ohne Leiche keine Obduktion. Und eine Leiche am falschen Platz war fast so schlecht wie keine Leiche.

Nun meldete sich die Kommissarin zu Wort, sie hatte schon längere Zeit unwillig zugehört. «Alles schön und gut. Aber das bringt uns nicht weiter.»

Ich sagte: «Ich finde, Sie sind von uns vieren die langweiligste Figur. Wird Ihnen das denn nie langweilig, ständig Vernunft und Wahrscheinlichkeit im Munde zu führen?»

«Stellen Sie sich vor: nein. Es ist zufällig mein Beruf.»

«Ja, ja. Aber Sie könnten sich doch mal ein Päuschen gönnen von der vielen Ratio.»

«Danke. Ich komme damit gut zurecht. Im Gegensatz zu anderen Zeitgenossen muß ich nicht ständig den Clown spielen.»

Ich hielt den Mund, es hatte ja keinen Sinn. Außerdem wußte ich, warum ich mich so leidenschaftlich auf die Polizistin einschoß. Es lenkte mich von der Angst ab. In nicht einmal 20 Stunden würde ich einem rabiaten Zeitgenossen die Frage beantworten müssen, wo sich der Körper von Ludwig befand. Der einzige, von dem ich wußte, daß er darüber informiert war, würde es mir nicht verraten. Was blieb mir anderes als zügige Abreise? Trübsinnig blickte ich auf den träge ans Ufer schwappenden See mit dem Gedenkkreuz. Ich hatte zwei Tage vor mir, die mit Terminen vollgestopft waren. Seit kurzem war ich sogar für ausländische Medien interessant. Wahrscheinlich hatte die Pressestelle heute nachmittag ein weiteres Dutzend Termine festgemacht. Würde ich verschwinden, wäre mein Ruhm schlagartig erkaltet. Mir blieb noch eine Chance: lügen. Lügen, was das Zeug hielt. Ich fragte die Kommissarin, wie ich mich verhalten sollte. Sie sagte:

«Das war doch ein Verrückter, der Sie bedroht hat.»

«Und weil er verrückt ist, gilt es nicht, wenn er mich ermordet. Oder wie?»

«Nehmen Sie sich doch nicht so furchtbar wichtig. Es wird nicht jeder ermordet, der sich das aus Eitelkeit wünscht. Sie bleiben uns schon noch ein Weilchen erhalten.»

«Und wenn nicht?»

«Dann kaufe ich mir aus Buße alle Ihre Bücher.»

Das war ihre erste Bemerkung, die mir gefiel. Ich machte dem Herzog noch einmal seine Verantwortung für meine Unversehrtheit klar. Er äußerte sich viel mitfühlender als die Polizistin, aber am Ende blieb auch er hart. «Geben Sie mir einen Hinweis», bettelte ich. «Ein Rätsel. Etwas, das mir Mut macht.»

Statt dessen sagte er zur Kommissarin: «Ich habe morgen früh ein Gespräch mit einem Ihrer Vorgesetzten. Es wird Ihnen helfen, die Suche nach den Sargschändern noch eine Weile fortzusetzen.»

«Was für ein Vorgesetzter? Wie hoch?»

«Sehr hoch.»

«Kriminaldirektor?»

«Ich sagte: sehr hoch.»

Ich wußte sofort, daß er den Innen- oder den Justizminister meinte. Wahrscheinlich beide. Plus den Ministerpräsidenten. Flüsternd steckte ich der Kommissarin die Wahrheit. Sie lachte mich aus und holte sich vom Herzog die Bestätigung. Danach lachte ich sie aus. Sie haßte mich. Ich war glücklich. Endlich ein Gegner, dem ich einen Schlag versetzen konnte. Hätte ich nicht so unter Druck gestanden, hätte sie mir vielleicht leid getan.

Auf dem Rückweg bat mich der Herzog, in meinen künftigen Interviews die Version mit der Leiche so lange wie möglich zu bekräftigen, damit anderslautende Gerüchte so lange wie möglich unter der Decke blieben.

«Aber warum?» rief ich. «Wofür brauchen Sie Zeit? Sie

glauben doch nicht im Ernst, daß Sie die Wahrheit auf Dauer unter dem Deckel halten können.»

«Ach», erwiderte er gemütlich, «das käme auf einen Versuch an.» Und dann: «Nein, nein, es geht nur, wie Sie ganz richtig sagen, um die Zeit.»

«Weil Sie etwas zu erledigen haben.»

«So kann man es ausdrücken.»

«Und wenn Sie es erledigt haben, darf die Wahrheit um die Leiche öffentlich werden.» Vielleicht blickte er mich kurz an, erkennen konnte ich in der Dunkelheit nichts. «Okay», sagte ich. «Dann werden Sie immer noch nichts sagen. Vielleicht geht es gut. Ist ja lange genug gutgegangen.»

«So kann man es sagen.»

«Halten Sie mich eigentlich für vertrauenswürdig?»

«Ach ja, doch.»

«Auch für vertrauensselig?»

«Weniger.»

«Warum versuchen Sie nicht wenigstens, mich zu bestechen? So richtig zünftig, wie man es aus Filmen kennt.»

«Ich bitte Sie. Ich will Sie nicht beleidigen.»

«Halten Sie mich denn nicht für verführbar?»

«Wer Mensch ist, ist auch verführbar.»

«Na bitte.»

«Womit sollte ich Sie bestechen? Mit Geld? Geld haben sie.»

«Stimmt es eigentlich, daß Ihr Vermögen eine halbe Milliarde beträgt?»

«Ich müßte in meiner Brieftasche nachsehen. Aber es ist so dunkel hier.»

«Schon gut. Wieviel bin ich Ihnen denn wert?»

«Bringen Sie mich nicht in Verlegenheit.»

«Dann will ich's Ihnen sagen. Fünf Millionen. Deutsche Mark. Nein, sagen wir Euro. Fünf Millionen Euro. Na, wie hört sich das an?»

«Unglaubwürdig.»

«Weil ich nicht so viel wert bin?»

«Weil Sie es nicht ernst meinen. Sie sind anständig und versuchen, eine Rolle zu spielen.»

«Fünf Millionen Euro, und ich möchte, daß Sie mich an Ludwigs Grab führen. Sie persönlich.»

«Ich denke, es soll ein Schweigegeld sein.»

«Ich schweige ja auch. Aber ich möchte es wissen. Ich stehe Ludwig nämlich sehr nahe. Vielleicht näher als Sie.»

«Blut ist ein besonderer Saft.»

«Phantasie auch. Ich habe vier Jahre meines Lebens diesem Kerl gewidmet. Kommen wir ins Geschäft?»

«Ich habe Sie eingeladen, weil ich Sie für einen charakterstarken Mann halte.»

«Auch charakterstarke Männer können geldgierig sein. Sie wissen doch, daß ich heute abend durch die Mangel gedreht werden könnte. Vielleicht tun mir diese Leute weh. Weshalb sollte ich diesen Schmerz ertragen? Wegen Ihrer treuen Augen?»

Er lachte. «Nein, deshalb wohl weniger.»

«Also weshalb?»

«Weil Sie wissen wollen, wie die Geschichte weitergeht.»

Ich wollte nicht mehr ins Schloß hinein, aber der Herzog bestand darauf, weil er «einen falschen Zungenschlag» am Ende eines dermaßen schönen Abends vermeiden wollte. Die Kommissarin brach sofort auf, sie mußte sich selbst ans Steuer setzen. Zum Abschied sagte ich: «Fahren Sie nicht aus Versehen in den See. Aus Ihnen wird nie eine Legende.»

Sie blickte mich so aufgebracht an, daß ich mir vornahm, mit ihr nicht zu zweit in einen Fahrstuhl einzusteigen.

Der Herzog spendierte einen Obstbrand aus dem Württembergischen, er kam dem Paradies schon recht nahe. Erstaunlich, wie mild 42 Alkoholprozente schmecken können. Der Wittelsbacher sprach ohne Koketterie über große Familien und schwere Zeiten, und der Prälat sagte wohlig: «Endlich einmal eine Sorge, die ich nicht habe.»

Letzte Woche hatte ich ein Buch zu Ende gelesen, in dem es um das Schicksal der zigtausend illegitimer Kinder gegangen war, die im 15. und 16. Jahrhundert von Priestern gezeugt worden waren. Ich dachte an meine eigene Familie und was von ihr übriggeblieben war. Und weil ich dachte und nicht redete, hörte ich die Stimmen vor der Tür. Sie waren viel zu laut für drei Uhr morgens. Der Herzog hob den Kopf und schien überrascht. Ich sagte: «Wenn Sie dazwischenhauen wollen ...»

Tatsächlich stand er auf und ging, eine Entschuldigung murmelnd, hinaus. Ich nutzte die Gelegenheit und fragte den Prälaten, weshalb er heute abend hiergewesen sei. «Oh», sagte er, «das war Zufall. Oder nennen Sie es Neugier.»

«Dann nenne ich es Neugier. Sie kommt häufiger vor als Zufall. Hängt die Kirche etwa auch in diesem Fall drin?»

«Die Kirche hängt, wie Sie es zu nennen belieben, überall mit drin, wo es um Leben geht. Um Menschen, die fehlen, und Menschen, die suchen.»

«Ja klar. Und was heißt das? Verhandeln Sie mit den Entführern? Ist der Skandal deshalb so groß, weil es um etwas geht, was Ihr Haus vor 110 Jahren verbockt hat?»

«Bitte versuchen Sie nicht, mich auszufragen. Ich kann Ihnen gar nicht sagen, wie aussichtslos das ist. Ich führe 80 Prozent meines beruflichen Erfolges allein auf meine Verschwiegenheit zurück.»

«Ich etwa acht Prozent.»

Er lächelte und schenkte uns noch einen Paradiesschnaps ein. Er zelebrierte den Schluck, und ich war schon dabei, mich willig ablenken zu lassen, weil ich den alten Knaben sympathisch fand, als die Stimme erneut ertönte.

«Öffnen Sie schon», rief der Prälat. «Es zerreißt Sie doch sonst.»

Der Herzog stand in der offenen Tür und die Frau ihm gegenüber. Ich sah nur ihn, aber ich hörte ihre Stimme und zweifelte nicht mehr. Als sie mich sah, war sie kein bißchen überrascht. Der Herzog sagte: «Es ist sehr spät. Ich muß Sie bitten, zu einer manierlicheren Zeit wieder vorzusprechen.»

«Seien Sie nicht albern», sagte sie. «Was ich will, dafür ist zu jeder Minute des Tages Zeit.»

«Ich habe nichts weiter zu sagen, meine Dame.»

«Ich bin nicht Ihre Dame! Ich habe Ihnen gesagt, wessen Dame ich bin. Herzensdame!» Das letzte Wort kam triumphierend.

An dieser Stelle mischte ich mich ein. «Ich muß Sie unbedingt sprechen.»

Ihr Blick war verächtlich, der des Herzogs überrascht. Sie sagte: «Sie sehen doch, daß ich beschäftigt bin.»

Der Herzog sagte: «Sie kennen die Dame? Das überrascht mich denn doch. Ich möchte Ihnen dazu einige Fragen ...»

Sie drehte sich um, eilte in die Nacht davon. Regen tropfte von Bäumen.

«Was für ein Auftritt.»

«Eine unangenehme Person. Sehr lästig», sagte der Herzog.

Er kannte sie seit einer Woche. Da hatte sie zum erstenmal vor seiner Tür gestanden, an einem Nachmittag, aber ebenfalls ohne Anmeldung. Als ich fragte, was sie von ihm wollte, verschloß sich sein Mund. Es mußte sich jedoch um eine familiäre Angelegenheit handeln, soviel ließ er sich immerhin entlokken. Als er dann begann, mich auszufragen, war ich mit Mauern dran. Am Ende wußten wir nur soviel, daß uns beiden ihr Name unbekannt war. Zehn Minuten später saß ich im Wagen, allein. Der Prälat wollte im Schloß übernachten. Ich hatte den Eindruck, daß er dies nicht zum erstenmal tun würde. Es regnete wieder, ganz friedlich. Der Chauffeur schwieg auch wieder – bis er sagte: «Da ist sie.»

Sie drehte sich nicht um, schritt energisch oder wütend

voran. Vielleicht hörte sie den Wagen nicht. Jedenfalls hatte sie keinen Schirm dabei, und ihre Kleidung war nicht geeignet für den Regen. Ich bat ihn zu halten.

«Sprechen Sie mich nicht an», fauchte sie.

«Seien Sie nicht dumm. Steigen Sie ein. Sie wollen doch auch nach München.»

Aber sie blieb nicht stehen. Der Wagen überholte sie, ich dachte an eine Eigenmächtigkeit meines Chauffeurs. Er stieg aus, sie begriff wohl eher als ich, was ihr bevorstand. Sie schrie und wehrte sich, aber sein Griff saß, und kurz darauf saß sie neben mir im Fond, dampfend vor Regen und Aggressivität. Ich stellte mich vor, sie sagte: «Ach nee.»

«Möchten Sie mir nicht Ihren Namen verraten?»

«Warum sollte ich?»

«Weil wir uns ziemlich gut kennen.»

«Wieso? Haben wir miteinander geschlafen? Na bitte. Also kennen wir uns auch nicht gut.»

«Aber wir haben die Betten getauscht. Und wir haben gemeinsame Bekannte.»

«Versuchen Sie nicht, mich auszuhorchen.»

«Soll der Fahrer das Radio anstellen? Ist Ihnen das lieber?»

Keine Antwort. Plötzlich hatte ich das Gefühl, vor dem Chauffeur mein Gesicht wahren zu müssen. Also begann ich zu plaudern, denn die elektrisch aufgeladene Stille im Wagen hielt ich nicht aus. Ich sprach von meiner Lesereise, von den Begegnungen mit komplexbeladenen Buchhändlern und eitel-gespreizten Kulturvereinen, vom Aufwachen in fremden Städten und von meiner Heiserkeit, die sich zwischen der 75. und 80. Minute nach dem Start der Lesung zu melden begann. Sie schwieg.

Als ich mit der Realität nicht weiterkam, versuchte ich es mit der Fiktion: «Wenn Sie ein Problem mit dem Herzog haben, kann ich Ihnen vielleicht helfen.» Schweigen. «Wir sind gut bekannt miteinander. Er hört auf mich.»

Nein, bei unserem Chauffeur stellten sich nicht die Nakkenhaare hoch.

«Heute abend habe ich die Kommissarin gesehen. Sie erinnern sich? Die Frau, die den Zwischenfall im Hotel untersucht. Sie hat Sehnsucht nach Ihnen. Ich übrigens auch. Wollen wir nicht heute abend zusammen essen gehen? Wo wohnen Sie? Sie können sich auch bei mir melden, kein Problem. Ich bin flexibel.»

So redete ich mich bis München fusselig. Zum Schluß ging es mir nur noch darum, sie zu einem Satz zu provozieren. Ich legte sogar meine Hand auf ihr Knie. Lieber eine Ohrfeige als keine Reaktion. Aber sie reagierte nicht. Ich konnte machen, was ich wollte. Konnte ich wirklich machen, was ich wollte? Ich schickte meine Hand auf die Wanderung. Sie reagierte nicht, stieß mich nicht von sich fort. Ich war für sie einfach nicht vorhanden. Meine Hand wurde frecher, ich konnte das kaum noch dulden. Aber die Hand war alt genug, sie mußte wissen, was sie tat. Und so tat sie es.

Dann kam die rote Ampel. Es gab nicht viele um diese Tageszeit. Die Tür schwang auf, die Tür schlug zu. Ich blickte in meinen Schoß. Hochstimmung. Der Chauffeur sagte: «Sie mag Sie.»

Die Ampel sprang auf Grün.

20

«Soll ich deine Arme oder deine Beine ans Bett fesseln? Nein, warte, sag nichts. Ich will erraten, was du magst.»

Fünf Minuten später hatte sie Arme und Beine ans Bett gefesselt. Ihr Vorrat an Handschellen war beeindruckend. Sie hätte es mit einem Tausendfüßler treiben können. Aber sie hatte mich ausgesucht. Sie lächelte und bot mir ihre Brustwarzen an. Ich tat, was mein Part war. Danach nahm sie mit diesem Blick Maß, der mich einschüchterte. «Nicht so hart», sagte ich leise. Sie lachte. Es klang, als wenn man einen Nagel in die Wand schlägt. Dann begann sie. Das Vorspiel dauerte 30 Sekunden. Dann begann der genitale Ernst. Kurz bevor sie keine zusammenhängenden Buchstabenfolgen mehr hervorbrachte, flüsterte sie mir heiß ins Ohr: «Ich stelle mir immer vor, ich mache es in unserer Kantine.»

«Macht dich das heiß»

«O ja, das macht es.»

Dann ritt sie mit mir dem Land der Phantasie und Wollust entgegen. Ich konnte den Eingang bereits am Horizont sehen, da öffnete sich die Schlafzimmertür, und ein Mann von über eins neunzig Größe und mehr als zwei Zentner Lebendgewicht stand auf der Schwelle. Er war nackt bis auf ein Badetuch in den Farben Blau und Weiß und Gold. «Pardon», sagte er, «ich sehe, ihr arbeitet an der Verbreiterung der Bevölkerungspyramide. Das sehen wir mit Wohlgefallen. Wollt ihr mir nur schnell erklären, wo sich unser Badezimmer befindet?»

«Hinten», stöhnte ich. «Die letzte Tür links. Oder rechts. Jedenfalls hinten. Was haben Sie vor?»

«Was ich … ich will mich nur ertränken.» Jetzt erst begriff ich, welchem Zweck der ungeheure Stein dienen sollte, den er mühsam in beiden Händen hielt.

«Halt!» rief ich. «Warte! Ludwig, nicht! Warte doch einen Moment. Ich bin auch ganz bestimmt gleich fertig!»

Dann kam die Kommissarin. Mein Körper besaß nur noch Schrottwert, und ich wachte auf.

Ich betrat den Frühstückssaal und lief ungeschützt ins Lächeln meines Verlegers hinein. Er war von dieser umfassenden Aufgeräumtheit, die ich vor neun Uhr ganz schlecht vertrug. Ich suchte ihn nach Partikeln von Unvollkommenheit ab: einer Bartstoppel, einer Falte im Hemd, einer Unstimmigkeit in den Farben. Aber der Mann war aus einem Guß, er hatte um sieben zum erstenmal gefrühstückt, war danach in den Verlag gefahren und brachte mir jetzt die Interviewwünsche der Medien aus aller Welt. Er legte einen Stapel mit fotokopierten Zeitungsartikeln auf den Tisch und sagte verträumt: «Besser als Werbung.»

Das Verschwinden von Ludwigs Körper hielt sich auf den vorderen Seiten der Tagespresse. Die Spekulationen schossen ins Kraut, auf einmal war von einem durchgeknallten Milliardär aus Japan die Rede, der auf seiner Privatinsel das Schloß Neuschwanstein im Maßstab 1 zu 3 nachgebaut hatte und dem jetzt nur noch Ludwig zu seinem Glück fehlte. Beim Versuch, per Boot auf seine Insel zu gelangen, war ein Team des japanischen Fernsehens von der Privatgarde des Milliardärs unter Feuer genommen und eine Frau erschossen worden. Jetzt belagerte die japanische Marine die Insel, der Milliardär hatte mit rituellem Selbstmord gedroht – auszuführen im Sängersaal von Neuschwanstein.

Aber das war es nicht, was der Verleger von mir kommentiert hören wollte. Es ging um mich. Um das Buch. In fast jedem Artikel wurde ich als Kronzeuge und Experte zitiert. Dazu plazierten sie ein Foto von mir. Manchmal blieb auch Platz für den Buchumschlag, stets aber war das Buch erwähnt mit Verlag und Preis.

«Die Buchhändler kriechen zu Kreuze», sagte mein Verleger strahlend. «Und was hat die feige Bande am Anfang gemauert. Buchhändler sind das Letzte, noch vor den Lehrern, springen immer auf die größte Sau, die durchs Dorf läuft. Von wegen Gralshüter der Literatur. Händler sind das, Schacherer.»

«Beruhigen Sie sich. Wir müssen mit dem Pack leben.»

«Daran werde ich mich nie gewöhnen.» Dann strahlte er wieder und rasselte die Verkaufszahlen der letzten Tage herunter. Das ZDF hatte sein Angebot für die Filmrechte verdreifacht. Eine unbekannte Produktionsfirma aus Berlin hatte 1,2 Millionen geboten.

Für heute lagen bisher 14 Interviewwünsche vor, darunter

der «Spiegel» und fünfmal Fernsehen. Wie es der Zufall wollte, saßen die «Spiegel»-Leute zwei Tische weiter beim Frühstück und wurden vom Verleger herübergewinkt. Sie waren schrecklich jung, sahen aber leidend aus. Ich beschloß, daß es nicht an der Tageszeit lag, sondern am schlechten Gewissen. Sie verdienten einfach zu viel für so wenig Arbeit. Und dann die jährliche Apanage, ich wäre auch deprimiert gewesen.

Egal, die Adresse war gut. Sie wollten mich ja nicht fotografieren, sondern nur aushorchen. Mein Verleger saß daneben und aß vor lauter Lebensfreude mein Frühstück auf. Ich erfuhr von den Reportern mehr als sie von mir. Ich besaß ja nur Meinungen, sie dagegen pralle Facts. Natürlich hatte irgendein Irrer auch schon behauptet, ich selbst hätte Ludwig entführt, um Werbung für mein Buch zu betreiben. Aber in meinem Buch war kein Ludwig entführt worden – jedenfalls nicht aus dem Sarg.

Abgang der «Spiegel»-Leute. Wir versprachen uns, gute Freunde zu bleiben. Möglich, daß ich etwas affirmativer redete, als ich geplant hatte. Mein Verleger gefiel sich in der Kupplerrolle und präsentierte sofort eine Dame aus dem französischen Kulturkreis. Sie war eine Gegnerin der Monarchie und fragte erkennbar ohne inneren Antrieb. Es folgte, immer noch am Frühstückstisch, ein Mannsbild aus dem Oberbayerischen. Er hatte an der Affäre nur eins auszusetzen: daß ich kein gebürtiger Oberbayer war. Dem Manne konnte geholfen werden. «Moment, Moment», sagte ich, «väterlicherseits bin ich nicht weit entfernt von Ihnen. Mein Vater selbst hat zwar fast sein gesamtes Leben in Hessen verbracht, aber seine Eltern waren Bayern. Sie haben in Passau und Landshut gelebt.» Die Augen des Mannsbilds wurden weich und warm. Er kündigte an, daß er die Geschichte gern an dieser Tatsache aufhängen würde. Ich fand das so abgedreht, daß ich nicht widersprach. Nun mußte ich in meiner Erinnerung nach den Eltern meines

Vaters graben. Keine leichte Sache, denn ich hatte sie nie kennengelernt. Polizeibeamter und Verkäuferin, und auch die Vorfahren waren Bayern gewesen. «Schön», sagte das Mannsbild, «wunderschön.»

Ich hätte jetzt gern eine Pause eingelegt, weil ich mir dringend Gedanken machen mußte. Aber bevor er aufbrach, führte mir mein Verleger noch eine Journalistin zu. Ich sagte: «Ach nee.» Sie machte da weiter, wo sie gestern aufgehört hatte, und sagte nichts.

«Sie haben hier einen Pool auf dem Dach. Wollen wir?»

«Sie haben Betten in den Zimmern. Wollen wir?»

Meinem Verleger fiel beinahe der Kopf ab vom vielen Hin- und Hergucken. Es fiel ihm schwer, aber er ging.

Ich sagte: «Erst der Pool.»

Sie sagte: «Erst der Fick.»

Das war nicht die weltläufige Sprache, wie ich sie als Mann der Feder gewöhnt war. Aber außer meinem Willen schrien alle Körperteile im Chor: Ja. Auf solchen Luxus wie zeitraubendes Entkleiden des Partners und langsames Anheizen verzichteten wir. Die erste Berührung der Matratze war gleichbedeutend mit der immissio penis. Sie war nasser als der Pool. Ich war spitz wie ein Esel. Wir tobten durch die Betten und über die Auslegeware. Zwischendurch stand ein Zimmermädchen im Raum, aber nicht lange.

Das erste, was ich danach sagte, war «Aua».

Sie sagte: «Es muß weh tun, wenn es gut sein soll. Wann kannst du wieder?»

«Wie lange hast du Zeit?»

«Eine halbe Stunde.»

Ich machte es möglich, aber ich hätte vorher keine Wetten darauf abgeschlossen.

«Du machst es nicht oft.»

«Ich habe dich gerade erst kennengelernt.»

«Bist du mir schon verfallen?»

Ich nickte, das war am kräftesparendsten. Sie hieß Marlise, war keine Journalistin und sagte: «Du wirst mich nie vergessen, stimmt's?»

Ich wollte ihr schonend beibringen, daß ich nicht viel Zeit für sie aufbringen könnte. Sie lachte mich aus und war angezogen. Es war nicht ihr Aussehen, es war ihre Art.

«Ich muß mit dem Herzog reden. Du mußt mir helfen.»

«Er sagt, er kennt dich nicht.»

«Er lügt. Das ist nichts Neues.»

«Was willst du von ihm?»

«Das weiß er.»

«Ein Stichwort bitte.»

Sie lächelte die Antwort.

«Sex? Mit dem Herzog?» fragte ich.

«Natürlich nicht.»

«Sondern?»

«Die Familie ist groß.»

«Du hast ... mit einem, der altersmäßig besser zu dir paßt? Einem Blaublütigen?»

Sie kam ins Schleudern, fing sich aber schnell. «Du rätst.»

«Darin bin ich gut. Was gehen den Herzog deine Affären an? Oder ist der Knabe noch nicht volljährig?»

«Danke für den Tip. Ich werde darüber nachdenken.»

«Wollt ihr heiraten, und du brauchst das Okay des Sippenhäuptlings?»

«Nicht heiraten.»

«Sondern?»

«Ich kenne dich nicht.»

«Jetzt aber schon besser.»

«Du bist nur ein Mann.»

«Manchmal ist das für eine Frau von Vorteil.»

Sie lächelte, sie war ein Ferkel. Ich war selig. Falls dies mein Lebensabschiedsfick gewesen sein sollte, hätte die Dramaturgie besser nicht sein können.

«Vielleicht erzähle ich dir eines Tages darüber. Machst du mir den Termin?»

«Mit dem Herzog? Ich kann es versuchen.»

«Du hast gesagt, du machst es.»

«Okay, ich mache es. Es kann einen Tag dauern.»

«Sag ihm, er soll sich nicht zuviel Zeit lassen. Nach dem dritten Monat unternehme ich nichts mehr.» Sie legte eine Hand auf ihren Bauch und sagte lächelnd. «Mein Kapital. Meine Liebe.»

«Du läßt dich von reichen Männern schwängern, und die Abtreibung wird teuer für sie. Du muß nichts sagen. Ich weiß, daß ich recht habe. Wieviel?»

«Ich verstehe nicht.»

«Wie teuer bist du?»

«Ich mache es immer nur aus Liebe.»

«Ich meine die Abtreibung.»

«Siebenstellig.»

Ich war so unerfahren mit Geld, daß ich zuerst dachte: 100 000 Mark. Dann kapierte ich. Siebenstellig. Die Zeiten wurden immer teurer. Als ich jung gewesen war, hatte ich mich bedeutend preisgünstiger aus den Affären gelogen.

«Wo kann ich dich erreichen?»

«Ich werde dich erreichen.»

«Ich bin nicht immer hier. Ich habe Lesungen. Und Fototermine.»

«Ich weiß.»

«Und einen Zahnarzttermin.»

Das wußte sie nicht. Ich hatte es bis eben selbst nicht gewußt.

21

Ich stürmte in die Praxis, beide Hände vor dem Mund, Blut zwischen meinen Fingern, und kam sofort an die Reihe.

Als ich Doktor Wutt erzählte, wie ich auf die Patienten im Wartezimmer gewirkt haben mußte, schüttelte er tadelnd den Kopf. Ich nannte meinen Namen, sein Gesichtsausdruck schaltete auf höchst interessiert um. «Der Kultermann?»

«Genau der. Der sich die Lippen blutig beißt, nur um sofort einen Termin bei Ihnen zu bekommen. Können wir uns nicht woanders unterhalten? Ich hasse Zahnarztstühle.»

Die Küche des Hauses war italienisch, alles Stahl und Glas. Bis auf den Espresso. Mit diesen Kochkünsten wäre er in Italien augenblicklich eingebürgert worden. Ich sagte:

«Warum ist Ihre Küche nicht aus Hirschhorn? Ich denke, Sie sind der Chef von Ludowicus Rex?»

Er lachte, an seinen Zähnen klebten keine Preisschilder. Dann hielt er mir den Vortrag über Modernität und Monarchie. Das war unvermeidlich, deshalb war es gut, daß ich's gleich zu Anfang hinter mich brachte. Natürlich war er ein echter Ludwig-Narr, wußte alles, hatte alles gelesen, stand in Kontakt mit vielen Forschern, auch seriösen. «Ein Hobby braucht der Mensch. Ich habe ihn einfach liebgewonnen, unseren Kini. Alles, was er wollte, könnte ich unterschreiben.»

«Und wie finden Sie seine Angst vor Zahnärzten?»

«Sie hätten ihm nur klarmachen müssen, daß sie ihm Kronen einpflanzen könnten.»

Dann kam ich zum Thema. Der Leichenklau. Der Tote in meiner Badewanne. Die Bedrohung gestern abend. Wutt berichtete freimütig vom Besuch der Polizei. Er schien geschmeichelt, aber auch empört. Natürlich wies er Gewaltanwendung weit von sich und sprach ausdrücklich für alle Mitglieder des Vereins, 26 waren es, im Alter von 92 bis 14. Dann überraschte er mich: «Jeder von uns träumt davon, endlich den Mantel des Königs zu sehen. Den Originalmantel, den er beim finalen

Spaziergang trug. Haben sie ihn in den Tod geschossen oder nicht? Aber dafür muß man doch nicht den Sarg öffnen.»

«Hat der Mantel ein Loch, ist auch eins im Kini.»

«Aber das hat doch eine andere Qualität. Einen Sarg öffnen, ich bitte Sie. Da gruselt es einen doch.»

«Sie nicht. Sie sind Mediziner.»

«Aber mir ist die Totenruhe heilig.»

«Solange die Neugier nicht zu groß wird.»

Er sprach über den Sarg, daß der Deckel zugelötet sei, daß man mehrere Männer brauchen würde, um ihn anzuheben. Mir wurde klar, warum die Kommissarin sich so sehr dagegen gesträubt hatte, die Vereine unter die Lupe zu nehmen. Um sicherzugehen, hätte sie das Alibi jedes einzelnen Mitglieds überprüfen müssen. Wutt kam von selbst auf die Erklärung des Hauses Wittelsbach zu sprechen. Er hielt sie für eine Lüge. «Er liegt im Sarg. Daran hat nie jemand gezweifelt.»

«Hat doch. Schon bei der Beerdigung ging das Gerücht, man hätte Ludwig gegen eine Puppe ausgetauscht.»

«Das steht in Ihrem Buch.»

«Aber ich habe es geklaut. Aus alten Berichten.»

Niedergeschlagenheit senkte sich auf mich wie ein Netz. Ich hatte keine Chance. Dieser Zahnarzt konnte mir doch erzählen, was er wollte. Wie sollte ich es überprüfen? Das würde Wochen dauern. Als Toter wäre ich kein Spitzendetektiv.

«Ein Gedankenspiel. Wenn Ludwig nicht im Sarg gelegen hat, was kann dann darin gelegen haben? Bitte assoziieren Sie – jetzt.»

«Eine andere Leiche.»

«Wer?»

«Ein armer Bauer oder Arbeiter. Ein Anonymus.»

«Wo wäre dann Ludwig?»

«Von den Wittelsbachern beiseite geschafft.»

«Weil er doch ermordet wurde. Aber warum darf das niemand wissen? Weil die Wittelsbacher die Täter sind?»

«Aus einem Mißverständnis von Staatsräson heraus. Es gab kein vernünftiges Motiv für irgend jemand, Ludwig zu ermorden. Für die meisten wäre er im Amt wertvoller gewesen. Und für seine Gegner war es nur wichtig, ihn aus dem Amt zu jagen. Sie hatten ja nichts gegen ihn persönlich. Er war nur als Funktionsträger ein Ärgernis.»

«Wo würden Sie Ludwig begraben, wenn Sie ihn heimlich aus dem Sarg holen?»

«Sie sind gut. Nicht in meinem Garten.»

«Wegen der Nachbarn.»

«Wegen der unterirdischen Wasserader.»

Er dachte nach. Für ihn kam jedes Schloß der Wittelsbacher in Frage. Aber auch jeder Ort, dem sich Ludwig besonders verbunden gefühlt hatte, also die Schlösser, einige Orte in den Bergen. München nicht. Aber vielleicht der Dunstkreis von Bayreuth wegen der Verehrung von Wagner. Die möglichen Orte konnte ich auch herunterdeklinieren. Aber ebenso klar war: Auf dem Grabstein würde nicht sein Name stehen, sondern ein anderer. Welcher? Und hatte das Grab die Jahrzehnte überdauert? War das Geheimnis weitergegeben worden? Wer wußte in diesem Moment Bescheid? Welche Chance hatte ich, als Einzelkämpfer auf die Suche zu gehen? Es war absurd, absurd, absurd. Es war Zeit, einen Flughafen anzusteuern und ein One-way-ticket zu lösen.

Wutt spürte meinen Frust. Um mich aufzuheitern, führte er mich in aller Eile durch seine Privatsammlung mit Ludwig-Devotionalien: Porzellan, Kämme, kleine Gemälde, Kinderspielzeug, Handschriftliches, früheste Fotografien. Ich entließ ihn zu seinen Patienten und bedankte mich. Zuletzt fragte ich: «Bis vor drei Tagen hatte ich Zahnschmerzen. Kann es sein, daß der Schmerz zurückgedrängt wird, wenn sich andere Sorgen in den Vordergrund schieben?»

Wutt lachte: «Das ist eine der besseren Ausreden für die Angst vor dem Stuhl.»

Er bot mir an, einen Blick in meinen Mundraum zu werfen. Ich lehnte dankend ab und mußte ihm mein Buch signieren. Nebenbei erwähnte ich, daß mir eine nervige Fahrt bevorstünde. Wohin? Nach Schwangau. Warum? Um die Verrückten Propheten zu befragen. Den Lehrer und seine Frau. Wutt sagte: «Den Weg können Sie sich sparen. Zumindest zur Hälfte.»

Ich kapierte erst, als er mir seine Lebensgefährtin vorstellte. Susanne Lauterbach, gewesene Lehrergattin. Wutt war der Trennungsgrund. Kennengelernt hatten sie sich im Verlauf einer Versammlung der Ludwig-Vereine. Während der Dentist zu seinen Patienten eilte, bestand sie darauf, Susanne genannt zu werden. Sie arbeitete nicht mehr, sein Gehalt ernährte das Paar. Susanne, ein stämmiges Frauenzimmer, war damit beschäftigt, Pflaumenmus einzukochen. Ich durfte entkernen.

Schon ihr erster Satz gab das Klima vor. «Ich hätte den Sarg schon vor hundert Jahren aufgemacht. Aber solange die Männer am Ruder sind ...» Sie gab sich radikal und kompromißlos und kommentierte ebenso meine Talente als Entkerner.

«Wenn ihr nicht zufällig einen Schwanz hättet, könnte man euch unterpflügen.»

Zart gab ich zu bedenken, daß es sich bei Ludwig um einen Mann gehandelt habe. Aber bei dem galt von allem das Gegenteil: ein zarter Mann, sensibel, zuviel Gefühl für diese Welt, der tragische Versuch, Träume an die Macht zu bringen, und andere Poesiebuchsätze, bei denen sie verzückt die Augen verdrehte. Ob sie einen Verdacht hatte? «Klar habe ich den, aber ich sage nichts.»

Ich biederte mich an, schleimte, verflüssigte mich. Ohne Erfolg. Ich dachte an Marlise und brannte. Ich durfte gar nicht erst anfangen, mich an sie zu gewöhnen. Diese Art von Frauen pflegte Männer in den Boden zu treten und dann zum nächsten weiterzuziehen. Ich beneidete den nächsten jetzt schon.

Seit Jahren hatte ich mich beim Sex nicht mehr so wenig um die Frau bemüht, und das noch mit gutem Gewissen.

Susanne behauptete steif und fest, Leute zu kennen, die in der Lage wären, das zu tun, was mit Ludwigs Sarg getan worden war. Ich fragte: «Warum so militant?›

«Weil sonst nichts passiert.»

«Warum so militant bei so einem alten Thema? Was hat das mit der Gegenwart zu tun?»

Sie war kurz davor, mir die Pflaumen wegzunehmen. Dann lernte ich: Ludwig sei das Opfer eines ungeheuren Komplotts geworden. Politik und Psychiatrie hätten unter aktiver Teilnahmslosigkeit des Hauses Wittelsbach einen legitimen König entmachtet, entmündigt und ermordet. Die Pflaumen schmeckten lecker. Gegen so ein Verhalten sei Widerstand geboten. Wie wichtig und richtig der sei, zeige ja das Verhalten der Wittelsbacher, die die Chuzpe besitzen, mehr als hundert Jahre dickfellig ein häßliches Gerücht auszusitzen, ohne es durch eine schlichte Obduktion zu widerlegen.

«Wieso haben Sie sich in Wutt verliebt? Der ist staatstreu.»

«Ich arbeite daran.»

«Ich weiß: Sie machen ihn hörig.»

Das selbstgefällige Grinsen dieser Frau war schockierend. Ich war froh, daß ich nicht nachts allein auf Bad Aiblings Straßen unterwegs sein mußte. Susannes Credo war einfach: Man mußte den Staat oder andere sich obrigkeitlich gebärdende Institutionen wie Adel und Kirche überall dort angreifen, wo sie Schwächen zeigten. Der Bürger hatte einen Anspruch auf güldene Offenheit. Wo sie nicht stattfand, trat augenblicklich das Recht auf Widerstand in Kraft. Die Öffnung eines Sargs gehörte genausogut dazu wie Sitzblockaden, Steuerstreiks, Störung von Versammlungen, Demonstrationen gegen Kernkraftwerke oder öffentliche Gelöbnisse von Soldaten.

Ich sagte: «Aber ein Sarg ...» Sie spuckte einen Kern in den Eimer. «Wissen Sie, wer es war?»

«Und wenn ich es wüßte?»

«Dann sagen Sie es mir – damit ich leben kann.»

Sie lachte. Ein Lachen, auf dem man ausrutschen konnte. Ich erzählte ihr von dem Ultimatum. Sie sagte: «Spannend.» Ich sagte, daß ich Angst verspüren würde. Sie sagte: «Daran wächst man.» Ich versicherte, daß ich mit den Tätern nur reden wollte. Sie sagte: «Die werden sich bei Ihnen melden. Heute abend.» Und Lachen.

22

Auf der Fahrt gab ich weitere Interviews per Telefon. Karoline lenkte derweil den Firmen-BMW. Angeblich waren zwei Filmteams nach Neuschwanstein unterwegs. Weil ich so deprimiert war, erzählte ich auch Karoline von dem Ultimatum. Sie war bestürzt und bot mir sofort ihre Wohnung an. Ich dachte an Marlise, deren Adresse ich immer noch nicht kannte. Wie konnte Sex mit zwei verschiedenen Frauen nur so verschieden sein? Was war es, daß den Unterschied ausmachte? Die physischen Begleitumstände waren sich sehr ähnlich, die Leidenschaft nicht zwangsläufig. Ich verglich Marlise mit Maret, der Frau, die mich als bisher einzige nahe an die Ohnmacht getrieben hatte. Karoline fragte, ob ich Angst hätte. Sie brachte mich dazu, darüber nachzudenken, warum ich jetzt weniger Angst hatte. Mittlerweile war ich sicher, daß die Unbekannten mich nicht töten wollten, sie suchten nur Ludwigs Leiche. Wenn ich heute abend keine Vollzugsmeldung erstatten konnte, würden sie nur enttäuscht sein. Aber es gab keinen Grund, mich zu verletzen. Denn ich hatte Ludwig nicht entführt, das hatten sie mir nicht unterstellt, aber sie wollten über mich an die Leiche gelangen. Also würden sie einen weiteren Tag stillhalten und vielleicht noch einen zweiten. «Karoline, ich habe gerade etwas herausgefunden. Ich werde meinen nächsten Geburtstag aller Voraussicht nach noch erleben.» Ich beugte mich zu ihr hinüber und küßte sie auf die Wange. Sie sagte «Aber hallo» und ließ es sich nicht nehmen, den Wagen von der linken Spur auf die rechte Spur hinüberzuziehen. Ein Lkw röhrte, wir lachten ihn an, er lachte zurück.

Da war es also. Weiß und verwunschen wie nicht von dieser Welt und deshalb gestürmt von Besuchern – an 360 Tagen im Jahr. 1,3 Millionen legten jährlich ihren Zehner auf den Zahlteller. In Herrenchiemsee waren es etwas weniger, in Linderhof fast genausoviel. Ludwig, der als Bauherr angeblich Millionen verschwendet hatte, rechnete sich langfristig für den Freistaat wie kein zweiter Monarch. Neuschwanstein war Disneyland in einer Zeit, als Walt Disney noch nicht geboren war.

Karoline bestand darauf, in einer Pferdekutsche vom Parkplatz zum Schloß zu fahren. Ich tat so, als würde mir das Schicksal der armen Zossen zu Herzen gehen. Dann stieg ich in die Kutsche ein und achtete darauf, daß sie kinderfrei war. Wir erwischten Amerikaner, keine Kinder, aber infantil waren sie doch. Karoline kannte das Schloß, aber sie war aufgeregt wie die Gäste aus Übersee. Ich paßte auf, daß ich nicht zu abgeklärt dreinschaute. Mit überheblichen Zeitgenossen wäre ich auch nicht gern Kutsche gefahren.

Die letzten Meter ging es zu Fuß. Diese letzte Etappe hatte ich immer gemocht. Man ahnt das Schloß schon, aber man sieht es nur manchmal. Es liegt oberhalb, reckt sich steil in den Himmel, ganz unzugängliche Trutzburg. Natürlich war es unmöglich, sich Abgeschiedenheit und Stille einzubilden, dazu lagen einfach zu viele Kitschläden und Lokale am Weg. Aber zu Ludwigs Lebzeiten hatten die dort nicht gestanden. Zu Ludwigs Lebzeiten war das Schloß auch nicht fertig gewesen. Fertig war es nie geworden, zwei Drittel aller geplanten Räume existierten nur in Plänen.

Sie warteten im Schloßhof. Den Fotografen hatte ich noch nie gesehen, aber ich mochte ihn nicht. Jahrelang hatte ich mich für meine Voreingenommenheit geniert. Das war Vergangenheit, ab jetzt würde ich zu meinen Gefühlen stehen, und wem sie nicht paßten, dem stand es frei zu gehen. Dem Fotografen stand es nicht frei, denn ich war sein Job. Eine sechsseitige Fotostrecke für das Magazin der «Süddeutschen», schwarzweiß und konträr zu allen Sehgewohnheiten, die jeder Mensch, der nicht im Wald groß geworden war, mit Neuschwanstein verband. Der Fotograf sagte: «Die Zeit, die Zeit.» Er sagte nicht: Du bist vier Stunden zu spät, du Pisser. Aber er guckte so.

Ein Freitagnachmittag im September, für Neuschwanstein bedeutete das Hochbetrieb, erst recht zur Zeit des Oktoberfests, wenn sich zigtausende Ausländer in der Region aufhielten. 7000 bis 8000 Menschen mußten an solchen Tagen durchs Schloß geschleust werden, am Samstag und Sonntag noch mehr. Der Fotograf hatte die Zeit genutzt und Orte ausgesucht, an die er mich nun dirigierte. Natürlich mußten sie mir zusagen, ich ließ mir für meine Entscheidung Zeit. Je weniger es ihm gelang, seine Ungeduld zu zügeln, um so mehr Zeit benötigte ich. Aber ich übertrieb meine Politik der Nadelstiche nicht, denn ich kannte Bilder des Fotografen. Sie hatten mir sehr gut gefallen. Ihm gefiel mein Buch, das teilte er mir bei der Arbeit mit. Er äußerte auch Kritik. Ich sagte: «Wollen wir arbeiten oder uns bekämpfen?» Er lachte, weil er dachte, ich würde einen Scherz machen. Dann äußerte er seine Kritik. Er hatte die beiden Knackpunkte in der Handlung entdeckt. Aber er machte klar, daß sie für sein Urteil unerheblich waren. Ihm gefiel die Aura des Buchs. Mit dem Begriff hatte ich Probleme, in meiner Vergangenheit hatten die falschen Frauen über Aura schwadroniert. Manchmal hielt ich es für möglich, daß es die richtigen Frauen gewesen waren und sie sich nur mit dem Falschen über Aura unterhalten hatten. An solchen Gedanken erkannte ich, daß ich älter wurde.

Ich blieb mit dem Fotografen allein, ein Reporter ließ sich

nicht blicken. Sie wollten zu den Fotos Passagen aus dem Buch stellen. Ein kluger Gedanke, er hätte von mir sein können. Er scheuchte mich von den Zinnen bis in die Küche und zurück. Er schaffte es, mich so zu plazieren, daß die gaffenden und stehenbleibenden Besucher nicht durchs Bild liefen. Für meine Verhältnisse kam er mir zu nahe, aber er lachte nur über mein Gesicht und sagte: «Knipsen heißt: Zwei Leute arbeiten.» Knipsen war sein Lieblingswort, die Filme orgelten nur so durch seine beiden Kameras. Es war noch ein warmer Tag geworden, aber die Sonne schaffte es nicht, den Dunst zu durchdringen. Dem Fotografen gefiel das Licht. Ich sagte: «Na, dann ist ja alles gut.» Er fragte mich nach neuen Projekten. Ich sagte: «Erst einmal muß ich Ludwig überleben.» Das hielt er für einen Scherz.

Karoline sah uns fasziniert zu. Ich bat sie zu gehen: «Wenn du dabei bist, habe ich so was Unzüchtiges im Blick.»

Sie lachte und erzählte freimütig, warum ihr Freund, der Polizist, mich nicht leiden konnte. Dabei waren wir uns nie begegnet. Der Polizist war Oberkommissar, er knüppelte also nicht mehr persönlich. Was Karoline uns über seine Steuertricks und seinen Betrug mit der Hausratversicherung mitteilte, hätte genügt, ihm das Leben schwerzumachen. Karoline redete zuviel. Aber sie war wirklich reizend. Unvorstellbar, diese Tage mit der drögen Pressefrau durchzustehen. Immerhin waren in meinem neuen Verlag nur die Mitarbeiter dröge. Bei meinem vorigen war auch die Pressearbeit als solche dröge ausgefallen. Zwischendurch besorgte Karoline uns etwas zu futtern und einen Kaffee. Nach der ersten Stunde bildete ich mit dem Fotografen ein Team. Er war geistreich und nachdenklich, er hätte mein Doppelgänger sein können.

«Komm schon her», sagte ich, legte meinen Arm um Karoline, und der Fotograf arbeitete. Sie lachte, als sei sie glücklich, ich legte meinen Kopf an ihren. Zwei Minuten war es sehr spaßig.

Trotz aller Neckereien vergaß ich nicht, daß die Stunde der Wahrheit näher rückte. Was hatte der Herzog gestern gesagt? Kein Ludwig im Sarg, aber dafür etwas anderes, nicht weniger Bedeutendes, von dem die Öffentlichkeit nichts erfahren durfte. Warum hatte er mir das gesagt? Es war ihm ja nicht nur in meiner Gegenwart quasi entschlüpft. Er hatte die Worte direkt an mich gerichtet, mehr an mich als an die Kommissarin. Das war sehr beeindruckend, aber ich kannte den Mann nicht, und er könnte ein Lügner sein. Dann aber wußte ich einfach nicht, welche Rolle mir in diesem Spiel zugedacht war. Eins jedoch wurde mir immer klarer: Ob nun eine Leiche im Sarg gelegen hatte oder nicht, alle Kalamitäten der letzten Tage hatten ihren Grund darin, wie Ludwig ums Leben gekommen war. Ich mußte herausfinden, was ihn in den Tod befördert hatte. Lachhaft. Das versuchten ganz andere seit mehreren Jahrzehnten. Aber falls ich nun über etwas verfügte, was sie nicht besaßen? Einen Hinweis ... einen Gegenstand ... Wenn mich etwas aus der Masse heraushob? «Gut so, jetzt nicht bewegen», sagte der Fotograf, und der Kameramotor surrte.

Zu diesem Zeitpunkt stand ich auf dem Söller des Sängersaals. Ich wußte, wie ich aussah. Wenn ich genügend Zeit bekam, um mich zu entspannen, wurde ich auch um den Mund herum lockerer. Das war die Partie, die bei mir zuletzt den Panzer abwarf. Die Entspannung konnte so weit gehen, daß sich meine Augen nicht mehr auf einen Punkt fokussierten, sondern jedes für sich in der Gegend herumglubschte. So kam es mir jedenfalls vor, in solchen Momenten sah ich nicht mehr scharf, und es gelang mir auch nicht, den Blick wieder scharf zu stellen. Es war eine gemütliche Trance. Aber ich war nicht blind, es gab Anblicke, die mich in Windeseile zurückholten. Dieses Gesicht, von links nach rechts im Sängersaal durch den Ausschnitt der Balkontür schlendernd. «Nicht bewegen», sagte der Fotograf. Nun lief das Gesicht von rechts nach links, und es war kein Halten mehr.

«He, Sie! Einen Augenblick! Warten Sie!»

Aber er blieb erst stehen, als ich ihn am Arm berührte. Es war faszinierend, ich konnte mich nicht satt sehen. Ich stand dem Herzog gegenüber. Nur daß es sich nicht um den Herzog handelte, dieser Mann war so alt wie ich, und schon bevor er den Mund öffnete, wußte ich, daß er kein Hiesiger war.

Er sagte nur: «Sie wünschen?»

«Sind Sie mit ihm verwandt? Sie brauchen es gar nicht zu bestreiten. Ich habe ihn erst gestern kennengelernt. So viel Zufall gibt es nicht. Also ...»

«Sie irren sich. Ich bin nicht von hier.»

«Kann ja sein. Aber was sind Sie? Sein Sohn? Sein Neffe? Nun sagen Sie schon. Ich bin in Verwandtschaftsbeziehungen total unbegabt.»

Während hinter mir der Fotograf quengelte, behauptete der Mann mit dem Gesicht des Herzogs, daß er erst vor vier Tagen aus Baltimore auf Franz-Josef-Strauß gelandet sei. Mit zwei befreundeten Paaren. Das Oktoberfest. Jahrelang vorgenommen, diesmal sollte es sein. Er winkte in eine Richtung, vier Amerikaner beobachteten uns. Ich wollte ihn nicht gehen lassen, der Fotograf quengelte stärker. Ich rief: «Gehen Sie nicht weg! Wo sind Sie abgestiegen?»

«Im ‹Müller›!»

«Um 18 Uhr!»

Der Fotograf sagte: «19. Frühestens.»

«Um 19 Uhr. Seien Sie da! Ich beschwöre Sie.»

Nun schon einigermaßen fassungslos, fragte er: «Wollen Sie mir etwas verkaufen?»

«Natürlich nicht. Natürlich doch. Eine Geschichte. Eine gute Geschichte. Mit der werden Sie in Baltimore der Star! Sie müssen nie mehr Ihr Bier selbst bezahlen! Kommen Sie! Bitte!»

Rechts zogen die Amerikaner an ihrem Mitamerikaner, links nervte der Fotograf.

«Die Ähnlichkeit», sagte ich kopfschüttelnd. «Sie hätten ihn sehen sollen.»

«Ich habe ihn gesehen. Er hat am falschen Platz gespart, an der Brille.»

Er wußte ja nichts, widerwillig ließ ich mich durchs halbe Schloß bugsieren, wo ein Fremdenführer bereitstand, um uns den Weg auf den Turm aufzuschließen. Er schleppte eine Menge bayerischer Klischees mit sich herum, wahrscheinlich war das hilfreich, um Amerikanern und Japanern ein ordentliches Trinkgeld abzuknöpfen. Auf dem Turm war es spannend und still, Falken hatten hier gebrütet, und der Ausblick aufs flache Alpenvorland mit den hingetupften Seen und Ortschaften war betörend schön.

«Hier wäre er bestimmt gern begraben worden.»

«Was haben Sie da gemurmelt?»

Ich blickte den Fotografen an. «Was habe ich gesagt?»

Da gluckste der Fremdenführer vergnügt und sagte: «Freilich. Das hätte ihm behagt, dem Bazi. Wo er allen auf die Köpfe spucken kann.»

«Genau», sagte ich. «Über den Dingen schweben. Fliegen.»

«Wie im Buch», sagte der Fotograf.

In meinem Buch war Ludwig geflogen, über den Alpsee. Nicht die schlechteste Szene. Ich fragte den Einheimischen, was er für Ludwigs Lieblingsplätze halten würde.

«Wofür? Zum Nachdenken? Oder zum Herumferkeln?»

«Zum Totsein.»

Er dachte ausführlich nach, stellte sich sogar an einen Ausguck, um nachzudenken. Dann nannte er: die Jagdhütte auf dem Schachen, weil er dort glücklich und für sich gewesen sei; Hohenschwangau, wo er als Kind hoffentlich zeitweise glücklich war; auf der Roseninsel im Starnberger See, wo er als Jüngling für Sisi geschwärmt hatte. Auf keinen Fall in München. Der Fremdenführer fand es gut, daß Ludwig endlich aus dem ungeliebten München freigekommen war. Er hielt es für möglich, daß die Wittelsbacher mit der Leiche ein Versteckspiel betrieben hatten. Ich fragte ihn nach der Sippe aus, nach der königlichen Linie, nach der herzoglichen Linie, vor allem nach jungen Abkömmlingen, in meinem Alter oder jünger. Er verwies mich an einen Kollegen, dessen Hobby Stammbäume seien.

Der Fotograf arbeitete bis 18 Uhr; als die Massen abgezogen waren, gingen wir in den Thronsaal und die Küche, den Raum mit dem höchsten Nutzwert. Eine schönere Küche hatte ich selten gesehen. Ich ging auf die Brücke über die Pöllatschlucht, und der Fotograf schoß mich vom Schloß ab. Auf die Bilder war ich gespannt, er hatte viele gute Ideen.

Dann ging es ans Abschiednehmen. Während ich noch überlegte, wie ich ihn observieren könnte, schützte er einen Termin in München vor, privat. Ich sagte: «Passen Sie auf, daß Sie nicht aus Versehen kleine Könige machen.»

Er sagte: «Eine Prinzessin habe ich schon.»

23

Im «Müller» saß er nicht. Ich fragte am Empfang, man schickte mich nach draußen. Er saß nicht allein am Tisch, aber ohne seine Mitreisenden. Das fand ich sehr sensibel.

Ich stellte mich vor, er sagte: «Guten Abend, Neumann.»

Ich sagte «Ha ha». Aber er bestand darauf, Neumann zu heißen. Ich sagte ihm auf den Kopf zu, daß er ein Wittelsbacher sein müsse. Er hob den Kopf, als würde ihn das an etwas erinnern. Dann schüttelte er den Kopf. Ich lud ihn ein, das wollte er nicht annehmen, zeitweise wurde es albern, dann kam endlich Essen auf den Tisch. Wenn er kaute, war er friedlich. Ich erzählte über mein Buch und wie ich den Herzog kennengelernt hatte. Er revanchierte sich mit seiner Familiengeschichte. Und siehe da: deutsche Wurzeln. Das war für einen Amerikaner nicht sensationell, aber ich freute mich wie ein Kind. Er wußte wenig. Im Grunde wußte er nichts. Die Urgroßeltern sollten aus Berlin ausgewandert sein, er hatte sich nie darum gekümmert. «Aber warum haben Sie Ihren Namen nie anglisiert?»

Schamrot nannte er einen einzigen Grund: Eitelkeit. Newmans gab es genug, Neumanns, mit zweimal n, keinen.

Wir tranken erst Bier, dann Weißwein, und ich überlegte, ob es eine Frau in seinem Leben gab, als er von der Ahnenforscherin zu sprechen begann. Er hatte sie nie kennengelernt, sie sei auch nie bis zu seiner Familie vorgedrungen, aber aus Chicago, wo eine Abteilung Neumann mit Getreidehandel ihr Geld verdiente, war berichtet worden, daß eine junge Frau aus Deutschland herumreisen würde, um die Wurzeln ihrer Familie auszugraben. Man hatte sie eingeladen und ausgehorcht, sie wußte einiges über die Sippe. Das war auch nötig bei diesem in Deutschland weit verbreiteten Namen. Mein Neumann, Vorname Kurt, erinnerte sich an Döntjes, familiäre Belanglosigkeiten, die ich ohne Schwierigkeiten nachvollziehen konnte. Präsent war ihm der Name Hindelang, dort und nicht etwa in Berlin sollte ein Sproß der Sippe leben, ein fast schon verdorrter Sproß, nur noch eine alte Frau. «Fragen Sie mich nicht nach dem Verwandtschaftsgrad.»

«Warum sprechen Sie so gut Deutsch?»

Das hatte auch berufliche Gründe. Kurt versorgte deutsche Buchverlage mit Fotografien aus Amerika: Sehenswürdigkeiten aus Natur und Technik, Flora, Fauna, Besinnliches, was man eben braucht, um Bildbände herzustellen, in denen die sozialen Konflikte dem Käufer nicht den Appetit verderben. «Außerdem», sagte er verlegen, «habe ich ein Talent für Sprachen.»

Bevor er nach Deutschland geflogen war, hatte er angeblich darüber nachgedacht, ob er dieser betagten Verwandten einen Besuch abstatten sollte. Er hatte das dann verworfen, hauptsächlich deshalb, weil er nicht wußte, wie weit Hindelang von

München entfernt war. Als er hörte, daß es weniger als eine Stunde Autofahrt war, wurde er wankend. «Ich fahre Sie hin», schlug ich vor.

«Aber warum sollten Sie das tun? Was haben Sie für ein Interesse an mir?»

In diesem Moment stand Karoline am Tisch und sagte: «Brauchst du mich noch?»

Es war eine sachliche Frage, dennoch kam ich mir irgendwie unmoralisch vor. Ich fand nicht beunruhigend, daß ich Kurts Sympathie für Karoline erkannte.

Beunruhigend war das Tempo, mit dem ich beschloß, diese Emotion für meine Zwecke auszunutzen. Ich schilderte Karoline, worum es ging. Sie sagte: «Warum interessiert dich diese Familie Neumann?»

«So wie du fragst, hört sich das blöd an», sagte ich und begann wieder mit der Ähnlichkeit. Karoline konterte mit Genen, Chromosomen und Zufällen. Ich erwiderte: «An Zufälle glaube ich nicht. Oder erst wieder, wenn dieser Fall zu Ende ist.» Dann beugte ich mich zu ihr hinüber und sagte eindringlich: «Es wäre nicht direkt dumm, wenn ich heute abend an einem Ort wäre, von dem wirklich niemand wissen kann.» Karoline kapierte sofort und stellte den Wagen zur Verfügung. Dann dachte sie nach und sagte: «Ich komme natürlich mit.»

«Moment, Moment», sagte Kurt, immer noch stehend. «Heißt das, wir fahren noch heute? Sofort?»

«Sicher. Die Adresse haben Sie?»

«Sie werden lachen, ja. Darüber haben wir noch gar nicht gesprochen.»

«Instinkt», sagte ich lässig. Ein anderer Instinkt legte mir nahe, vor Antritt der Fahrt die Toilette aufzusuchen.

Im Hotel war nicht viel los, die Gäste saßen alle draußen und genossen den Abend. Ein Mann kam mir aus der Toilette entgegen und lächelte. Lächelnd betrat ich den Waschraum und suchte, einer alten Gewohnheit folgend, eine Kabine auf, egal, ob ich urinieren wollte oder mehr. Ich befreite, was befreit werden mußte, zielte und gab den Strahl frei.

In diesem Moment erlosch das Licht. Ich stieß einen Schrei aus, leise, und packte in Windeseile ein. Neben mir betrat jemand die Kabine. Ich dachte: Red schon. Mach keine Show.

Und er redete: «Na, wie sieht's mit uns zwei Hübschen denn heute aus?»

Dieselbe Stimme, dieselbe gemeine Gemütlichkeit, zum Reinschlagen.

«Ich bin dran.»

«Wie schön für uns alle. Und das Ergebnis?»

«Noch kein Ergebnis. Ich bin dran.»

«Das war nicht abgemacht. Abgemacht war, daß Sie heute ein Ergebnis vorweisen.»

«Ich kann nicht zaubern.»

«Täusche ich mich, oder höre ich in Ihrer Stimme ein wenig ... Widerstand? Gestern hörte sich das ganz anders an.»

«Gestern ist gestern. Reden wir über morgen.»

Zum erstenmal kamen seine nächsten Worte mit Verzögerung. Bruchteile von Sekunden, aber eine Verzögerung.

«Wo ist die Leiche unseres Königs?»

«Hier in der Nähe.»

Überraschung. «Wo?»

«Das weiß ich noch nicht.»

«Wann wissen Sie es?»

«Morgen. Und wenn ich es bis morgen nicht schaffe, dann bis übermorgen. Wenn Sie wieder versuchen, mich unter Druck zu setzen, geht das von Ihrer Zeit ab. Da draußen sitzt ein Mann, mit dem werde ich jetzt eine Fahrt unternehmen. Ich möchte dabei nicht häufiger in den Rückspiegel schauen als nötig.»

«Wohin fahren sie?»

«So fragt man Leute aus.»

Nebenan Rumoren, dann rüttelte er an meiner Tür. Ich lächelte. Dann ein Fußtritt, ich lächelte nicht mehr. Er packte meine Haare und riß den Kopf nach hinten. Kaum hatte die Rasierklinge meine Kehle berührt, mußte ich pausenlos schlucken.

«Hör zu, du preußischer Mistkerl, du vergreifst dich im Ton. Du nimmst dich zu wichtig. Wir haben keine Zeit.»

«Was lag im Sarg?»

«Was?»

«Was lag im Sarg?»

«Nichts. Der König ist ...»

«Sie haben den Sarg nicht geknackt. Sie wissen nichts. Sie sind ein Trittbrettfahrer. In Ludwigs Sarg liegt etwas anderes.»

«Was?»

«Rätsel! Die Wittelsbacher wissen es, die Polizei weiß es nicht. Mehr kann ich nicht sagen.»

Er war beeindruckt, ich spürte die Klinge nicht mehr. Es gab Hoffnung.

«Uns interessiert nur eins: Wie ist Ludwig ums Leben gekommen?»

«Verstehe. Deshalb haben sie den Sarg geknackt, und jetzt seid ihr wütend, daß man euch reingelegt hat.»

Es war schlimm, wenn er redete. Es war grauenvoll, wenn er schwieg. Dann: «Hat er mit Ihnen gesprochen?»

«Wer? Wer hat mit mir gesprochen? Was soll das? Was läuft hier für ein Spiel? Reden Sie!»

Ein Stoß von hinten, und ich prallte mit dem Gesicht gegen die Wand hinter dem Klosett. Zwei Hände packten zu, rissen mich nach oben, stießen mich nach unten. Ich trat nach hinten aus, sinnlos, immer weiter ging es hinab. Ich schmeckte Wasser, aber es war nicht nur Wasser, ich schluckte, japste, ein überwältigender Brechreiz, der Arm drückte mich ins Becken, ich wollte nicht so schwach sein, es war demütigend, er war nicht stärker als ich, die Spülung rauschte, es kam von allen Seiten gleichzeitig. Nicht atmen! Aber ich mußte, mußte gerade jetzt,

Husten, Würgen, Saures stieß auf, der Mörder fluchte etwas, das ich nicht verstand. Aber er war sehr sehr zornig.

Dann die zweite Stimme! Lauter, fragend, irgendwo im Hintergrund. Ich erhielt einen Stoß, prallte mit dem Körper gegen den Wasserkasten, fiel hart auf die Knie, während hinter mir Stimmen ertönten, eine oder zwei, Männer. Dann war es still, dann wurde ich schon wieder gepackt und in die Höhe gezogen, genauso hart wie vorhin. Das Licht brannte, ich wußte nicht, seit wann. Erst als ich mit dem Rücken an der Wand stand, erkannte ich ihn. «Hallo, Kurt. Seien Sie ehrlich, so haben Sie sich good old Germany nicht vorgestellt.»

Er lachte nicht, wollte nur wissen, was hier passiert war. Er sprach von Polizei und von einem Wahnsinnigen und wurde zur Seite geschoben von einer nicht aufzuhaltenden Karoline. Ich versicherte ihnen, daß ich intakt war. Aber Kurt verbiß sich in die Polizei. Ich sagte: «Unsinn. Wir fahren jetzt los. Ich erzähle euch unterwegs, was passiert ist.»

Karoline zwang mich, in ihre schönen Augen zu blicken. Erst als sie das Gefühl hatte, ich sei unverletzt, gab sie den Weg frei.

24

Karoline fuhr, Kurt regte sich auf, ich drehte die Düsen der Lüftung so, daß sie nicht auf meine Haare bliesen. Das meiste Wasser hatte ich unter dem Handtrockner verdunstet. Ich roch nach Urin oder Chlor oder womit man die Klos säuberte. Die beiden schafften nicht, mir das auszureden. Kurt fragte und fragte, ich übertrieb es mit den Antworten nicht. Er sagte: «Das sind Verbrecher! Sie hätten ihn sehen sollen! Das Gesicht weiß wie die Wand. Ein Irrer.» Er sagte nichts von einer Rasierklinge, also schwieg auch ich. Doch er gab keine Ruhe: «Ich begreife nicht, was ich mit diesem ... diesem ...»

«Irren.»

«… genau, was habe ich mit dem zu tun? Sie wollen doch wohl nicht behaupten …»

«Ich will gar nichts behaupten.»

Das war ihm aber auch wieder nicht recht. Er wollte einfach mehr wissen, als ich wußte. Zwischendurch rief Karoline zu Hause an und teilte ihrem Polizisten mit, daß es heute später werden würde. Zuerst sagte sie noch frohgemut, daß sie mit mir unterwegs sei. Dann nannte sie die aktuelle Uhrzeit und wirkte schon leicht verkniffen. Am Ende redete sie kaum noch. Ich nahm ihr den Hörer fort und hörte mir den Polizisten eine Weile an. Er hatte eine sehr schlechte Meinung von mir. Ich reichte Karoline den Hörer zurück und wiederholte so lange das Wort «Funkloch», bis der Groschen fiel. Sie teilte ihm mit, daß sie ihn kaum noch verstehen könne, und unterbrach den Monolog.

«Ihr beide erlebt schon mal keine silberne Hochzeit.»

Sie murmelte, daß sie sich so etwas auch denken würde, und sagte: «Er hat nur Angst, daß wir in einem Zimmer schlafen.»

«Das tun wir doch auch», sagte ich und lachte infernalisch.

Hindelang hatte Stromsperre. In der dritten Straße sah ich das erste beleuchtete Fenster. Ich sagte: «Bergwandern macht müde» und dachte an die schönen Zeiten zurück, in denen ich für meine Liebsten den Rucksack geschleppt hatte, während sie sich am federleichten Gepäck der Verantwortung für unsere Beziehung keinen Bruch holten. An Hindelang erinnerte ich mich wegen einer horrenden Telefonrechnung, aber als versierter Verdränger wußte ich nicht mehr, wie sich die Geschichte im einzelnen abgespielt hatte.

Das Haus lag oberhalb der Kirche, die wiederum im Ortszentrum stand. Zum Schluß wurde es sehr steil, und Kurt verzagte. «Ich kann das nicht», sagte er. «Es ist nach zehn. Die alte Frau liegt längst im Bett und wird einen Schreck kriegen.»

Seine Trefferquote betrug 50 Prozent. Sie lag im Bett, aber keineswegs schlafend. Als ich das Gesicht der Schwester im Haustürrahmen sah, dachte ich sofort: zu spät. Sie sagte: «Sie sind kein Arzt.» Und gleich danach: «Was nutzt jetzt auch noch ein Arzt.»

Weil Kurt verstockt oder eingeschüchtert schwieg, kochte ich sie mit der zu Herzen gehenden Geschichte von dem entfernten Verwandten aus Amerika weich, der zum erstenmal in seinem Leben ...

«Was wissen Sie?» fragte die Schwester. Wir wußten nichts, sie brachte uns auf den aktuellen Stand. Maria Beatrix Neumann lag auf den Tod darnieder. Sie war 91 Jahre und nicht kränker als andere. Sie war einfach alt. «Wissen Sie, was das bedeutet? Es kommt die Zeit.»

Ich nickte einfühlsam und hielt Kurt unauffällig am Arm fest, um seine Rückzugsgelüste einzudämmen.

Die Zimmer waren sehr niedrig, das Schlafzimmer wirkte noch niedriger, es war eine bessere Kammer, zugestellt mit einem riesigen Schrank und einer Kommode. Das Bett stand mit einer Längsseite an der Wand, so hatte Maria Beatrix ihre Liebsten stets im Auge: den Herrn, Maria, andere, mir persönlich nicht bekannte Heilige und zwei Fotografien mit der Familie. Nur das Bild der Statue paßte nicht in diese Melange aus Gläubigkeit und Sippe. Es zeigte einen stehenden Mann, der mir bekannt vorkam. Aber ein genaueres Studium verbot sich, denn der Anblick der Frau war grandios. Sie erfüllte alle Klischees einer Greisin, die ein Leben lang an der frischen Luft gewesen ist: tiefbraune, trockene Haut, zentimetertiefe Falten, die langen Haare weiß und dünn und sorgfältig gekämmt. Um die Schultern trug sie etwas Gestricktes oder Gehäkeltes, ich habe den Unterschied nie begriffen. Auf dem Nachttisch standen außer der Lampe nur ein Glas und ein Teller mit einem geschälten Apfel. Hier hatten sich keine medizinischen Helfer ausgetobt, nichts im Raum wies darauf hin, daß die Frau sterben würde.

Sie war wach und schwach, ihre Augen blitzten neugierig.

Weil Kurt stumm blieb, gab ich den Conferencier. Sie unterbrach mich gleich: «Du brauchst nicht so zu schreien.»

Der Satz war für unsere Verfassung Gold wert. Ihre Stimme war nicht laut, aber fest, und vor allem sprach sie kein hermetisches Bayerisch, bei dem Kurt wohl keine Chance gehabt hätte. Ich auch nicht. Ich sagte, was gesagt werden mußte, und brachte Kurt so schnell wie möglich ans Spiel. Er trat nach vorn, während hinter uns die beiden Frauen Stühle hereintrugen.

Dann redete Kurt, er mußte nicht lange um Sympathie werben. Schnell lag seine Hand in den Händen der Greisin. Ihre Freude und Neugier ließen Beklommenheit nicht aufkommen. Und sie schien präsent zu sein. Das Gehirn war garantiert nicht ihre schwache Stelle. Sie nahm auch sofort das Heft in die Hand und führte Kurt immer weiter zurück in der Vita ihrer beiden Familien. Karoline stand leise auf und tippte mir auf die Schulter: «Die beiden wollen jetzt bestimmt lieber allein sein.»

So ein Satz war der Grund, warum ich Autor war und sie nur Germanistin. Ich gab ihr zu verstehen, daß ich bleiben würde. Sie war erstaunt und ging allein. Als Zeichen meines guten Willens rückte ich mit dem Stuhl ein Stück nach hinten, das mußte reichen.

Ich war wach, kein Wunder nach dem Gewaltakt im «Müller», aber ich glühte vor Neugier, als Maria sagte: «Mein Junge, du siehst ihm so ähnlich. Dem Herzog, aber du wirst ihn nicht kennen, oder?»

Kurt betonte noch einmal, wie weit entfernt von allen Informationen er in Baltimore leben würde. Das fand sie nicht akzeptabel. «Aber die Familie! Wir haben doch nur eine!»

Kurt erzählte von der jungen Frau, die zu Besuch gekommen war, um mehr über die Neumanns in Erfahrung zu bringen. Er kannte den Namen nicht, sie bot ihm zwei an, aber verwarf die Möglichkeit, weil sie sicher davon erfahren hätte, wenn eine von ihnen nach Amerika geflogen wäre. Nebenbei kam heraus, daß Maria in ihrem Leben nie ein Flugzeug bestiegen hatte. Sie hatte nicht gewußt, daß in Amerika noch Neumänner herumlaufen würden. «Ich dachte doch, ihr seid alle ausgestorben. Im Krieg oder weil ihr euch so gern gegenseitig totschießt.»

Sie beklagte, daß auch von ihrer Familie nicht viel übriggeblieben sei. «Es gibt Zeiten für Familien, und es gibt andere Zeiten. Alles kann aussterben: Saurier, Bäume, selbst die Pokken sind ausgestorben.»

Dann sah sie ihn wieder an, bat ihn, seinen Kopf hin und her zu drehen. «Diese Ähnlichkeit.»

Kurt erwähnte, daß ich das auch schon festgestellt hätte. Aber sie interessierte sich nicht für mich. «Hör mir zu, mein Junge, ich werde dir sagen, warum du in Amerika lebst. Und dann kannst du alles andere, was du darüber weißt oder zu wissen glaubst, vergessen.

Elisabets Wiege stand in Münster, das Talent hatte sie vom Vater, einem Bildhauer, übrigens ein Neffe von Napoleons berühmtem Marschall, Johann Adam Ney. Schon als Kind ging sie dem Vater im Atelier zur Hand, und er hätte sich als letzter wundern dürfen, daß sie Bildhauerin werden wollte und nichts sonst. Als er es verbot, trat sie in den Hungerstreik, und das im Jahre 1850. Dann durfte sie nach München an die Akademie. Der Direktor hieß Kaulbach und war schrecklich berühmt, aber eine Frau hatte er bisher an seiner Akademie noch nicht erlebt. Elisabet besaß viel Talent und noch mehr Selbstbewußtsein. Was sie wollte, schaffte sie. Auch Aufträge wußte sie sich zu beschaffen. Die berühmtesten der Berühmtheiten saßen ihr Modell für Porträtbüsten, die waren damals schwer in Mode: Humboldt, die Brüder Grimm, König Georg II., sogar Bismarck. Und Schopenhauer, der kluge Mann, hätte vielleicht was mit ihr angefangen, wenn er nicht so alt gewesen wäre. Gottfried Keller hatte das richtige Alter, aber die falsche Moral. Er litt wie ein Hund unter seiner unglücklichen Liebe zu Elisabet.

Sie war eine Besessene, viel zu selbstbewußt für das vorige Jahrhundert. Garibaldi wollte sie als Modell, und Garibaldi kriegte sie. Sie kam in Europa herum, und als sie nach München zurückkehrte, ging sie gleich auf ihr nächstes Lieblingsmodell los.» Bevor sie den Namen aussprach, sagte ich leise: «Der Kini.»

Aber Ludwig dachte nicht daran, sich porträtieren zu lassen, nicht von einer Frau, nicht von dieser Frau. Zu Frauen hatte er kein Verhältnis. Damals war er noch keine Mitte 20. Elisabet versuchte es mit List und Tricks, Freunde halfen ihr, plazierten Werke von ihr im Vorzimmer des Königs. Der Termin kam zustande. Beim erstenmal trat Elisabet ihm zu nahe beim Ausmessen der königlichen Physiognomie, entsetzt floh der Schüchterne in sein Schneckenhaus. Beim zweiten Termin bezauberte sie ihn mit einer Lesung aus der Iphigenie und durfte endlich mit der Arbeit beginnen. Das war im Herbst des Jahres 1869, als eine Serie von zahlreichen Treffen zwischen der Bildhauerin und ihrem prominenten Modell begann. Es bürgerte sich ein, daß sie sich nachts trafen. Natürlich bleibt in einem Palast nichts geheim, und durch München flog ein Gerücht. Der König und die «Amerikanerin» würden sich wohl sehr gut verstehen, verdächtig gut für einen Mann, der nachweislich nie die Gegenwart hübscher Frauen gesucht und genossen habe. Ob er wohl wußte, daß Elisabet zu diesem Zeitpunkt lange verheiratet war? Mit dem amerikanischen Arzt Montgomery? Vielleicht nahm der Altersunterschied von 15 Jahren seinem Verhältnis zu ihr einiges von der Furcht, die den jungen Eigenbrötler sonst umfangen hielt. Und sie war so einfühlsam. Ich wußte, wie die Geschichte weiterging. Bei Nacht und Nebel hatte Elisabet München verlassen, keine ganz einfache Sache, denn ihr gehörte eine Villa in Schwabing – ein

Haus, das sich für verschwiegenen Besuch vorzüglich eignete. Im Frühjahr 1871 wurde sie Mutter eines Söhnchens, und wer davon wußte, hatte neuen Grund, sich allerlei Mutmaßungen hinzugeben.

Kurt, am Bette sitzend, sagte: «Wollen Sie damit andeuten, daß der König und die Bildhauerin …?»

Die Greisin befahl ihm wohl zum fünftenmal, endlich das familienfeindliche Siezen zu unterlassen. «Du bist gut», sagte sie, «du bist dem Herzog wie aus dem Gesicht geschnitten und fragst mich, ob die beiden … du bist gut. Seid ihr Amerikaner alle so naiv?»

Nun mischte ich mich ein: «Gibt es Beweise?»

Sie stutzte, erinnerte sich wohl jetzt an mich. «Die gibt es in der Tat», sagte sie. «Elisabet hat sich geäußert. Gegenüber ihrem Mann. Gegenüber dem König. Und in ihrem Tagebuch.»

«Aber das Kind soll doch gestorben sein, als es drei war.»

«So will es die Legende. Weil Ludwig nach einem Weg gesucht hat, die ständigen Gerüchte auszuräumen. Die Lästermäuler wollten einfach keine Ruhe geben.»

Der Sohn, Arthur, war nicht gestorben, sondern mit seiner Mutter und dem loyalen Stiefvater nach Amerika gegangen, erst nach Georgia, dann nach Texas. 1872 kam ein zweiter Sohn zur Welt, Lorne. Der nahm keinen guten Verlauf, zur Mutter und Erzieherin war Elisabet nicht geboren. Sonst hätte sie sich auch nicht von Arthur, dem Erstgeborenen, getrennt. Er wuchs in Italien und der Schweiz auf und stand seiner Mutter gegenüber, als sie im Jahre 1896 nach Berlin reiste, wo kunstbegeisterte Kreise nach 25 Jahren zum zweitenmal ihre Kunst zu schätzen begannen. Später gingen Mutter und Sohn zurück nach Amerika.

«Tja», sagte die alte Frau, «ich erzähle von deinem Urgroßvater. Beug dich endlich zu mir, damit ich dich umarmen kann.»

Steif wie ein Brett ließ Kurt die Umarmung über sich ergehen. Dann drehte er sich zu mir um und sagte: «Aber das geht nicht. Dann wäre ich ja ...»

Maria Beatrix half ihm aus: «Dann wärst du nicht, dann bist du. Dein Urgroßvater ist der Sohn unseres Kini.»

«Wie konnte das so lange geheim bleiben?» fragte ich.

Die Antwort kam prompt: «Weil es nicht mehr als vier oder fünf Menschen wußten. Und die haben sehr aufgepaßt, wem sie es weitererzählten.»

«Wer weiß es außer Ihnen?»

«Niemand, der lebt.»

«Warum nicht? Finden Sie es nicht wichtig, daß die Wahrheit auf der Erde bleibt?»

«Ach Gott, Junge, die Wahrheit. Was ist die Wahrheit? Was hat sie uns genutzt? Nicht einmal Geld hat sie gebracht, der Kini war spendabel, aber Elisabet – nun ja. Der Stolz der Frauen.»

Ich drückte den fassungslosen Kurt auf den Stuhl zurück und verließ den Raum. Karoline saß mit der Schwester in der Küche. Dick hing der Qualm über dem Tisch. Unaufgefordert sagte die Schwester: «Eine Schwäche braucht der Mensch. Sonst ist er kein Mensch.»

«Wie lange wird sie noch leben?»

«Einige Tage. Eine Woche.»

Maria Beatrix Neumann hatte im Ort eine Schreibwarenhandlung betrieben und sich später auf das Einkochen von Marmelade aus eigenem Anbau verlegt, die in den Geschäften gut verkauft wurde. Hindelang war in den letzten Jahren als besonders umweltfreundlich orientierte Gemeinde zu Ruhm gelangt. Die alte Frau hatte zwei Kinder großgezogen, beide waren schon tot. Offenbar hatte der Sohn eigene Kinder gezeugt.

Ich ging ins Freie, weil ich mich bewegen mußte. Maria war 91 Jahre alt, geboren also etwa 1907. Ludwigs Sohn war

1871 geboren. Demnach war sie seine Tochter, Ludwigs Enkelkind. Ich grinste unseren treuen Wagen an und schlug ihm mehrfach zärtlich mit der Faust aufs Dach. Den Chromosomen sei Dank! Ein Amerikaner aus Baltimore sah aus wie ein Wittelsbacher Herzog. Wahnsinn. Das Handlungsgerüst für mein neues Buch bildete sich ohne mein Zutun. Ich mußte lediglich Augen und Ohren offenhalten. Und ich durfte nichts vergessen. Mir fiel ein, daß die Polizei noch nicht meinen Laptop zurückgegeben hatte.

Um 23 Uhr ging ich wieder in das Haus. Um Mitternacht wurde ich ungeduldig.

«Was haben die beiden da drin so lange zu reden?» Langsam fand ich es nicht mehr richtig, sie allein gelassen zu haben. Die Schwester hatte uns einen Eintopf angeboten, dem sie derzeit, wie sie verschämt gestand, «verfallen» sei. Er enthielt viel Kohl und Pfeffer und Eierstich und Rindfleisch. Ich durfte einen Löffel mehr essen, weil ich nicht vorhatte, mich Karoline in dieser Nacht unsittlich zu nähern. Sie hielt sich gut, und ich verriet ihr nicht, daß das Handy, während ich vor dem Auto gestanden, zweimal geklingelt hatte. Ich fragte die Schwester, ob die alte Frau sich nicht schonen müsse. «Wozu?» entgegnete sie lachend. Dann stand Kurt in der Küche. Er ging sofort an den Herd und füllte sich, ohne zu fragen, einen Teller auf. Ich sagte: «Fühlen Sie sich wie zu Hause. Sie sind es ja tatsächlich.»

Er sprach wenig, schüttelte zwischendurch immer wieder den Kopf und murmelte: «Oktoberfest. Es war nur das Oktoberfest, weshalb ich rüber wollte.»

In den letzten Stunden hatte Maria Beatrix die Geschichte seiner Familie unauslöschlich in ihm verankert. Sie hatte ihm Fotografien geschenkt und ein Schmuckstück. Und sie hatte ihn ausgehorcht über alles, was er von der amerikanischen Familie wußte. Ich fand es tröstlich, daß Neugier etwas ist, was uns bis zum letzten Moment bleibt. Karoline knickste albern vor ihm und nannte ihn «Exzellenz». Er lachte nicht, er war noch viel zu verblüfft.

Die Schwester kehrte zurück, Ludwigs Enkelin schlief jetzt. Ich wollte dann noch wissen, ob sie von dem Familiengeheimnis wisse. Sie lächelte und sagte: «Was meinen Sie, wie gern die Menschen reden.» Sie wußte es seit 15 Jahren, damals hatte Maria Beatrix nach einem Hüftbruch auf den Tod gelegen. Während ich noch an der Frage feilte, gab sie schon die Antwort: «Natürlich habe ich nichts weitererzählt. Verschwiegenheit ist das A und O. Wenn meine Patienten diese Sicherheit nicht mehr hätten, könnte ich den Laden zumachen.»

Mein erster Gedanke war: Und ich auch.

25

«Guten Morgen, Herr Kultermann. Sind Sie bereit, ein Gespräch anzunehmen?»

Ich war um fünf Uhr ins Bett gefallen und daher noch nicht in der Lage, über diese Frage in Lachen auszubrechen.

Im nächsten Moment kläffte die Stimme in mein Ohr. «Wir haben ihn. Sind Sie bereit, sich mit ihm zu unterhalten?»

Sebastian, der vor zwei Tagen noch Redakteur einer Schülerzeitung gewesen war, rief aus der Redaktion von «Focus» an. Es war ihm gelungen, Magus aufzutreiben, David Magus, den bekanntesten aller Privatdetektive, die sich seit Jahren auf der Suche nach Ludwigs Mörder befanden.

«Weshalb schreist du so?»

«Weil ich so begeistert bin. Ich habe Magus gefunden. ‹Focus› will das Gespräch bringen. Aber nur, wenn Sie mitmachen.»

«Wieviel?»

Ich konnte sehen, wie er sich schockiert schüttelte. «Über Geld redet man nicht, wenn es um die Wahrheit geht.»

«Komm runter, Junge. Du bist bei ‹Focus›.»

«Magus muß sich verstecken. Er wird bedroht.»

«Von wem? Von seiner Phantasie?»

Angeblich konnte er darüber am Telefon nicht sprechen. Ich sollte nur ja sagen. Dann würde es um zehn stattfinden. Also in drei Stunden. An einem geheimgehaltenen Ort bei München. Ich würde abgeholt werden.

«Aber die Augen verbindest du mir nicht?»

Sebastian heulte fast. Er wollte mein Ja und alles Nähere später.

Ich sagte ja, er jubelte.

«Eine Frage noch, Sebastian. Hättest du mich auch angerufen, wenn die ‹Focus›-leute das nicht verlangt hätten?»

«Äh ...»

«Daran mußt du arbeiten. Deine Lügen sind einfach noch zu peinlich.»

26

Sie ließen kein Klischee aus. Um 9 Uhr 54 bestellte mich das Telefon in die Lobby. Dort durfte ich zusehen, wie ein Jüngling vom Phänotypus Versicherungsaußendienstmitarbeiter eine Zeitung liegenließ, die ich sodann unauffällig an mich nahm, um auf der Seite mit dem Sportteil eine Notiz zu finden. Daraufhin fragte ich mich zum Hinterausgang durch, bog um eine Hausecke und stieg in den Wagen.

«Hör zu, Karrierist. Laß dir nie wieder einen Opel andrehen. Das ist eine Sackgasse.»

«Aber er ist so schön unauffällig», sagte Sebastian. Er saß neben mir und zappelte vor Vorfreude. Der Außendienstler saß am Steuer und fuhr sofort los.

«Wo ist Magus?»

Sebastian blitzte mich empört an: «Der nimmt natürlich einen anderen Wagen. Falls es einen Unfall gibt. Das macht das englische Königshaus genauso.»

«Dann weiß ich jetzt, wie Diana zu Tode kam: auf der Flucht vor dir und deinem Ehrgeiz.»

Dankbar nahm er das Kompliment entgegen und sagte mit unerträglicher Koketterie: «Ach, ich hatte doch nur Glück.»

Er gierte darauf, mir zu erzählen, wie er Magus gefunden hatte. Aber ich war nicht scharf auf die Geschichte. Leute wie Magus zu finden war leicht, sie legten es darauf an, sich finden zu lassen. Nichts peinigte ihr Ego mehr als eine unbeachtete Existenz. Außerdem sah ich keinen Grund, sich zu verstecken – außer dem Lieblingsmotiv der Selbstdarsteller. Ich verstecke mich, also bin ich wichtig. Als sich Sebastian zum zehntenmal nach hinten umdrehte, bat ich ihn, dies zu unterlassen. Die Frage nach Merle empörte ihn: «Ich kann sie doch nicht in Gefahr bringen!»

Ich klopfte ihm begütigend auf den Oberschenkel, leider war er dort kitzlig, juchzte also schrill und brachte den Fahrer aus dem Konzept. Wir waren echte Profis. Es ging Richtung Norden auf die Autobahn, ich lästerte über ein Treffen auf Sylt und provozierte den Fahrer zu seiner ersten Lautäußerung: «Da kann man doch nicht mehr hinfahren.»

Faszinierend, wenn jemand genauso redete, wie er aussah.

Es wurde dann eine Raststätte an der Autobahn. Ich fragte lieber nicht, wer auf den grandiosen Gedanken verfallen war, weil ich mir die Antwort denken konnte. Naiv, wie ich war, steuerte ich auf die Raststätte zu. Aber Sebastian dirigierte mich auf dem Parkplatz herum. Ich sagte: «Die Toiletten sind vorne.» Aber er suchte seine Leute. Wir fanden sie in einem Passat, ein Subalterner am Lenkrad, Magus auf der Rückbank, eine Fotografin rauchend am Auto. «Und wo ist der Redakteur?» Sebastian blies sich auf, ich sehnte mich nach einem molligen Bett und ließ mich neben Magus auf die Rückbank fallen. Er zuckte zur Seite, seine Augen irrlichterten, und nervös meckerte er: «So war das nicht abgemacht.»

Ich wollte ihn beruhigen, aber er wollte sich nicht beruhigen lassen. Er erkannte mich auch nicht wieder, dabei hatten wir uns vor drei Jahren in einer Buchhandlung in Füssen getroffen, ich als Kunde, er als Beschwerdeführer, weil eins seiner beiden Bücher nicht dort stand, wo er es gesucht hatte. Die Buchhändlerin hatte uns bekannt gemacht.

Sebastian wollte das Gespräch im Passat steigen lassen. Lachend zeigte ich ihm den Vogel. Ich wollte in die Raststätte, zweites Frühstück, eine Kanne Kaffee und dann los. Magus weigerte sich: «Ich setze mich doch nicht auf den Präsentierteller!»

Eine halbe Stunde später saßen wir auf einer Lichtung im Wald, der an das Raststättengelände anschloß. Einer der Fahrer hatte reichlich Kaffee, kalte Getränke und Fressalien herangeschafft. Die beiden Decken hatten im Passat gelegen. «Subversives Picknick» nannte ich das Stilleben, die Fotografin konnte damit leben, erst recht, als sie den Hochsitz entdeckte, der ihr eine unerwartete Perspektive bescherte. Sebastian hatte zwei Tonbandmaschinen dabei, ich hatte es nicht anders erwartet. Er hatte auch den neuesten Ermittlungsstand der Polizei dabei. In meine Leiche in der Wanne war Bewegung gekommen. Weil partout keine Verbindung zum Formenkreis Ludwig herzustellen war, hatten sich die Ermittler um traditionelle Tatmotive gekümmert und waren fündig geworden. Der Ingenieur Rochlitz aus Pasing hatte sich vor vier Jahren eine Geliebte zugelegt, die seine Ehe zur Explosion gebracht hatte. Wie es manchmal so geht, war ihm auch die Geliebte abhanden gekommen. Damit nicht genug: Die beiden Frauen hatten sich gegen den Unglücklichen verschworen und ihn in den emotional-finanziellen Zangengriff genommen. Nach der Scheidung war ihm das Existenzminimum geblieben, zusätzlich hatte seine Geliebte es geschafft, ihm mit ärztlich bescheinigter Arbeitsunfähigkeit einige weitere Hunderter monatlich herauszuleiern. Diese Geliebte nun hatte sich vor kurzem neu verbandelt, der Lebensabschnittspartner war Schauspieler an einer oberbayerischen Bauernbühne und hatte dort in der letzten Inszenierung vor der Sommerpause in seinem Debüt als Regisseur eine Revue inszeniert, in der es um bayerische Mythen gegangen war, um Jennerwein, Mühlhiasl, Franz Josef Strauß und natürlich Ludwig. Den hatte er auf der Bühne persönlich dargestellt.

Ich hörte es, aber mir fehlte der Glaube. Rochlitz hatte in meiner Wanne gelegen. Niemand hatte das bisher als grotesken Zufall bezeichnet. Ich mußte eine Rolle spielen, aber ich wollte nichts mit dem Tod eines Menschen zu tun haben. Daß ich ihn nicht kannte, machte es mir nicht leichter. Der Anblick in der Wanne saß tief und würde nicht mit rhetorischen Tricks oder küchenpsychologischen Finessen herauszuoperieren sein.

Dann ging es um Ludwig. Sebastian eröffnete die Runde, brachte in fünf Sätzen mühelos fünfmal das Wort «Focus» unter und nannte Magus einen «Mann, der um der Wahrheit willen verfolgt wird».

Magus durfte dann seine Theorien vorstellen. Das dauerte lange, denn er verfügte über mehr als eine. Immer wenn er eine Mordtheorie bis zum Überdruß durchgespielt hatte und das Fehlen jeglicher Beweise selbst dem Gutmütigsten peinlich aufgestoßen war, hatte er eine neue Theorie aus dem Hut gezogen, die – wenn schon sonst nichts – zumindest den Charme der Frische ausstrahlte.

Ludwig war erschossen worden, das war die Sonne, um die sich alle Planeten drehten. Ein Kronzeuge für die Behauptung war der Fischer Lidl, der in der Todesnacht bei der Suche nach den beiden Vermißten geholfen hatte. Kurz darauf hatte er sich hingesetzt und eine Art Protokoll der Geschehnisse verfaßt. Das Heft bewahrte er sorgfältig auf, auch seine Witwe hielt es in Ehren und ebenso deren späterer Gatte Martl. Doch kaum hatte der den letzten Schnaufer getan, stürmten Unbekannte sein Haus und entwendeten das Heft.

Magus sagte: «Sie brauchen gar nicht so hämisch zu grinsen.»

«Ich grinse nicht hämisch. Ich denke nur gerade daran, daß dieses Heft leider spurlos verschwunden ist.»

«Nicht ganz, nicht ganz!»

Nicht ganz. Eine Seite hatte sich angefunden, offenbar von Lidls Hand. Kein Wort von einem Schuß oder mehreren Schüssen, dafür die Vermutung, man habe den König chloroformiert.

«Warum ist das Heft verschwunden, nachdem Martl gestorben war und nicht nach Lidls Tod? Oder besser noch: vorher?»

Darauf hatte Magus natürlich eine Antwort, er hatte jahrelang Zeit gehabt, Antworten zu üben.

Womit wir bei Ludwigs Mantel mit den Einschußlöchern waren. Der Beweis der Beweise – wenn man ihn denn hätte. Doch seine Geschichte war so verworren schön und traumhaft unglaubwürdig, daß ich damals mit dem Gedanken gespielt hatte, eine Geschichte zu schreiben, die allein um den Königsmantel kreist. In der ersten Aufregung nach dem Auffinden der Leichen hatten alle Anwesenden Besseres zu tun gehabt, als die Körper nach Spuren von Gewalt zu untersuchen. Doch später waren den Toten im Schloß Berg die nassen Kleider ausgezogen worden, und auch aus dieser Phase ist nichts Sensationelles überliefert. Für einen nüchtern denkenden Menschen ist das der Beweis für nicht vorliegende Spuren. Der Verschwörungstheoretiker sieht sich gerade durch das fugenlose Schweigen in seinem Argwohn bestätigt.

«So wird das nichts», sagte Magus. «Ich stelle Fakten vor, und Sie wollen mich für unzurechnungsfähig erklären.»

«Einspruch. Ich weise darauf hin, daß Sie nicht im luftleeren Raum ermitteln. Sie sind auch das Ergebnis der Art und Weise, wie die Gegenseite mit Ihnen umgeht. Sie also im Falle der Wittelsbacher totschweigt. Ich unterstelle, daß Sie das reizt und verletzt und empört. Sie halten sich ja nicht für einen

Gegner des Königshauses. Sie suchen nur die Wahrheit. Und Sie halten Wahrheit für etwas Absolutes.»

«Ja, was denn sonst? Sie etwa nicht?»

«Mann, ich bin 35 und nicht acht.»

«Sie sind 37.»

«Werden Sie nicht spitzfindig.»

Der Mantel des Königs, so Magus, befand sich lange Zeit im Besitz einer Reichsgräfin Josephine von Wrbna-Kaunitz, die ihn gern vorgeführt hatte. Aber dann, eines Tages, ward er nicht mehr gesehen. So ein Pech aber auch. Was mit Ludwigs anderen Kleidungsstücken geschehen war, der Weste, dem Hemd, nicht einmal ein Verdacht. Nur eins wußte Magus: Die Weste besaß Löcher, und sie waren säuberlich herausgeschnitten worden.

«Man kann auch heile Stoffstellen herausschneiden.»

Magus keuchte: «Warum?»

«Um der Legende, die aus eigener Kraft partout nicht anfangen will zu leben, eine kräftige Ladung Sauerstoff zu verpassen.»

Womit wir bei der Leichenschau waren. Sie hatte in München stattgefunden, wohin die Leiche in der Nacht vom 14. zum 15. Juni überführt worden war. Das Aufgebot an Ärzten war riesig, das Ergebnis mager. Mehr als für die Todesursache interessierten sie sich für Gehirn und Schädel. Es ging ihnen darum, das hochgradig spekulative Gutachten ihres Kollegen Gudden nachträglich zu legitimieren. Die Kumpanei der Weißkittel war keine Erfindung unseres Jahrhunderts.

Ich sagte: «Die Obduktion war nach heutigen Maßstäben ein Witz. Aber wollen Sie ernsthaft behaupten, die Ärzte hätten Schußverletzungen bewußt übersehen beziehungsweise verschwiegen? Das wäre nie gutgegangen. Einer von ihnen hätte hinterher geplaudert. Es wird hohe Zeit, Herr Magus, daß Sie ein Dokument vorlegen, aus dem hervorgeht, daß einer der Ärzte die Schußverletzungen gesehen hat. Obwohl

Ihre Taktik ja so aussieht, daß Sie dieses Dokument, aus dem Sie fleißig zitieren, leider, leider nicht zur Hand haben. Weil es gestohlen worden ist. Aber natürlich kennen Sie jemanden, der es gesehen hat. Und das ist dann zufällig stets ein Heimatforscher von Ihrem Schlag. Wissen Sie, warum Sie es partout nicht schaffen, eine Gemeinde um sich zu scharen? Ihre Verschwörungstheorien sind einfach altmodisch. Ohne Pep, ohne Pfiff. Sie sollten amerikanische Fernsehserien anschauen, da können Sie was lernen.»

Dann zog Magus endlich seinen Trumpf. Ich hatte geahnt, daß er etwas mitgebracht hatte, sonst hätte unser Treffen keinen Sinn gemacht. Mit einer Beiläufigkeit, die vom triumphierenden Blitzen in seinen Augen konterkariert wurde, legte er ein Papier zwischen die Essensreste. Ein Mann aus Rosenheim, natürlich ein Forscher, beschwor, daß König Ludwig von Wachpersonal erschossen worden sei. «Toll», sagte ich, «Sie bringen einen neuen Mörder ins Spiel, aber die alte Todesart. Warum hängen Sie dermaßen an Schüssen? Wo doch niemand jemals einen Schuß gehört hat? Warum versuchen Sie's nicht mal mit Gift? Oder Herr oder Frau X haben Ludwig bewußt oder unbewußt zu Tode gehetzt?»

Magus zog den nächsten Trumpf. Noch eine Versicherung, daß alles wahr sei, was auf dem Papier stand. Diesmal ging es aber wie üblich um mehrere Ecken. Ein Kunstmaler, dessen Namen ich nie gehört hatte, wollte einen Schauspieler kennen, der Ludwigs Hemd, nicht den Mantel, gesehen haben wollte, natürlich mit Einschußlöchern.

«Na, was sagen Sie nun?» jieperte Magus.

Ich studierte sein Gesicht. Es war jenseits von Gut und Böse. Er hätte einen mumifizierten Kothaufen als Ludwigs Hinterlassenschaft ausgegeben, wenn nur ein Latrinenputzer es auf seinen Eid genommen hätte. Sebastian schien auch etwas ernüchtert zu sein, dabei war er der Enthusiastischste von allen. «Sonst haben Sie nichts?» fragte er enttäuscht.

«Na hören Sie mal!» rief Magus. «Was wollen Sie, daß ich Ihnen bringe?»

Ich sagte: «Den Mantel. Oder die Weste. Oder das Hemd. Oder irgendwas. Die eidesstattlichen Versicherungen sind out. Haben Sie eigentlich noch ein Gespür für die Realität übrigbehalten? Spüren Sie nicht, daß Sie bestenfalls als komische Figur gelten? Meistens aber als armes Schwein, das sich verbohrt hat und jetzt nicht mehr von seinem Steckenpferd herunterkommt?»

Er spürte es nicht, er blickte mich enttäuscht an und sagte: «Gerade Sie! Wo wir doch zusammenarbeiten sollten. Wenn Phantasie und historische Redlichkeit Hand in Hand gehen, haben die Verschweiger keine Chance.»

Ich brachte die Motive ins Spiel und klopfte alle in Frage kommenden Tätergruppen ab. Die Wittelsbacher. Müssen als loyal gelten, zumal nur einer als Nachfolger des Königs in Frage kam und allen bewußt war, daß sich die Machtfülle eines Königs Ende des 19. Jahrhunderts mit der Macht der bürgerlichen Demokratie arrangieren mußte. Viel mehr als Repräsentation war nicht mehr möglich. Und die Wittelsbacher lebten zu Lebzeiten Ludwigs so gut, daß keinen von ihnen ein existentieller Druck geplagt haben konnte.

Politische Kreise in München waren sicherlich als Gegner anzusehen. Aber sie hatten es ja gerade durch den schäbigen Trick mit dem Gefälligkeitsgutachten geschafft, Ludwig aus dem Amt zu entfernen. Noch eine Woche früher hätte sich vielleicht ein fanatischer Minister oder kleiner Beamter benennen lassen, der einen Mord in Auftrag gab. Am Tag, als Ludwig starb, existierte der Grund nicht mehr.

Ganz am Rande waren immer wieder die guten alten Preußen ins Spiel gebracht worden, denen Ludwig angeblich im Weg gestanden hatte. Dies war nicht der Fall, Ludwig kümmerte sich nicht darum, seine Macht im Deutschen Reich zu verbreitern. Nichts lag ihm ferner als diese Außenpolitik.

Und Gudden? Der großmäulige Psychiater? Ihm ging es phantastisch, denn alles lief in seinem Sinne. Er hielt die Fäden in der Hand, Ludwig war sein Gefangener, alle hörten auf Guddens Wort.

Nun mischte sich zum erstenmal die Fotografin ein. «Was ist denn nun? Gibt es Verdächtige, oder gibt es keine? Ist Magus ein armer Irrer oder nicht?»

«Sie haben doch selbst neue Verdächtige ins Spiel gebracht», sagte Magus zu mir.

Ich hatte einen Roman geschrieben, ich durfte spintisieren. Nie hatte ich behauptet, mir seien Dokumente zugespielt worden, oder ich habe über das Normale hinausreichende Recherchen betrieben. Bei mir war der König überhaupt nicht getötet worden, statt dessen hatten ihn Anhänger am Abend des 12. Juni entführt und den mysteriösen doppelten Tod im See in Szene gesetzt, um dem erschöpften Monarchen endlich die Ruhe zu verschaffen, der er so dringend bedurfte. Bei mir war der König im Jahre 1889 durch einen Schlangenbiß ums Leben gekommen, nachdem er mit einer Förstertochter ein Kind gezeugt hatte.

Nun wurde ich die Fragen los, die mich wirklich interessierten. Wie hatte Magus auf die Meldung reagiert, der Sarg sei leer, und dies seit hundert Jahren? Man sah ihm an, daß er sich nicht sicher war. Er hielt es für möglich, aber er war eingeschnappt, daß ihn niemand davon in Kenntnis gesetzt hatte. «Das haben die Wittelsbacher nun von ihrer Geheimniskrämerei. Niemand glaubt ihnen mehr, ob so rum oder so rum.»

Wo Magus recht hatte, hatte er recht.

«Herr Magus, warum verstecken Sie sich eigentlich?»

Er lachte, leicht hysterisch. «Sie sind gut. Ich riskiere nichts, solange der Fall nicht geklärt ist. Ich will nicht in einer Wanne enden.»

Angewidert legte ich das Stück Käse auf den Teller zurück.

Aber Magus war noch nicht fertig. Als er sich nach allen

Seiten umgeblickt hatte, beugte er sich nach vorn und sagte leise: «Ich sitze an einer großen Geschichte. Es ist nur noch eine Sache von wenigen Tagen …»

«Bis sie als Luftschloß auffliegt.»

«Nein.» Mehr nicht, nur nein. Ich war enttäuscht und fragte nach. Aber Magus blieb stumm, obwohl es ihm nicht leichtfiel. Nur soviel ließ er sich entreißen: «Mir ist etwas zugespielt worden.»

«Eine handschriftliche Notiz von Ludwig, auf der er seinen Mörder nennt.»

Magus blickte mich mit trauerumflorter Sympathie an. «Ein Dokument ist es in der Tat. Aber ich darf nichts sagen. Sie müssen Verständnis haben.»

Sebastian wollte wissen, von wem er sich verfolgt fühlte. Magus überlegte lange und sagte dann: «Ich traue niemandem mehr. Man hat schon Pferde kotzen sehen.»

Ich wußte, daß er wieder hochstapelte. Aber neugierig war ich trotzdem. Und wenn er diesmal einen Treffer gelandet hatte? Seine heiße Spur rührte aus der Zeit vor dem Diebstahl von Ludwigs Leiche, also handelte es sich um keinen Trittbrettfahrer. Das machte mich aggressiv, ich gönnte Magus nichts. Dem nicht. Schlagartig hatte ich Lust, selbst Privatdetektiv zu sein, und wußte gleichzeitig, daß ich den Vorsprung von Magus nicht aufholen würde.

Sebastian bettelte um Informationen. Er durfte sich erniedrigen, er war scharf auf eine Karriere und wollte für seinen Auftraggeber Leistung erbringen. Magus hielt sich bedeckt und bat um Verständnis. Erst wollte ich ihn verhöhnen, dann entschied ich mich dafür, depressiv zu werden. Ich hatte Sehnsucht nach dem Herzog. Er wußte, was mir fehlte. Was im Sarg gelegen hatte. Seltsamerweise schien sich Magus dafür nicht zu interessieren. Weil er es wußte? Weil er mit den Wittelsbachern paktierte?

Kaum dachte ich den Gedanken, schon kam er mir plausibel vor: Magus als Hofnarr der Wittelsbacher, angeheuert nur für den Zweck, um die Legendenbildung zu kanalisieren und zu kontrollieren. Magus, der andere Amateurhistoriker anzog und auspreßte, sie einwickelte, nur um sofort mit den Neuigkeiten ins Schloß zu laufen. Alles für ein saftiges Honorar oder gegen die Erlaubnis, mit am Tisch der Blaublütigen sitzen zu dürfen. Keiner wußte besser als ich um die Verführbarkeit des Menschen. Die Zugehörigkeit zur Welt des Adels war eine der wenigen Eigenschaften, die man sich heutzutage nicht für Geld kaufen konnte. Die Micky-Maus-Blaublütler, die Adoptionen verhökerten, schafften es nur bis in die Yellow Press, aber nicht bis in die Schlösser und Salons, in denen die großen Namen residierten. Ein Amateurhistoriker als Hofnarr, warum nicht? Wenn sie ihm ab und zu einen reellen Brocken zum Fraß vorwarfen! Wenn sie seiner Eitelkeit schmeichelten, aber gleichzeitig dafür sorgten, daß er nach außen hin als findiger Spürhund galt! Aber tat er das? War ich jemals jemandem begegnet, der in Magus mehr gesehen hatte als einen Profilneurotiker?

Ich war nicht gern Zweiter. Und wenn ich schon verlor, wollte ich mir aussuchen dürfen, wer über mir stand. Plötzlich drängte es mich, die Neuigkeit der letzten Nacht auszuplaudern. Ein Satz der Marke «Ach übrigens, ehe ich es vergesse, ich habe gestern einen unbekannten Urenkel des Königs aufgetrieben», und Magus konnte sich in die nächste Schonung schlagen, um dort in seinem Frust Tannen und Fichten umzustoßen.

Ich durfte mich nicht hinreißen lassen, ich mußte klug mit dem Pfund wuchern und sorgfältig überlegen, wie ich die Sensation öffentlich machen sollte. Jedenfalls würde ich sie nicht dem hibbeligen Möchtegern-Chefredakteur ins Band diktieren. Die Aussicht auf eine Zweitkarriere als Enthüller törnte mich an. Plötzlich fühlte ich mich beobachtet. Die Fotografin hatte ihr Objektiv auf mein zufriedenes Lächeln eingestellt. Schlagartig guckte ich etwas alltäglicher drein.

Sebastian wollte uns dann zu Theorien über den Leichenklau animieren. Er wußte nicht, was ich wußte: daß etwas anderes im Sarg gelegen hatte. Ich lenkte seine Aufmerksamkeit auf den Ort von Ludwigs Beisetzung. Darüber ließ sich trefflich spekulieren, und jeder hielt sich für informiert genug, um einen Vorschlag beizusteuern. Eine Theorie von Magus gefiel mir: Die Initiatoren des Musicalhauses am Forggensee bei Füssen, die dort in Kürze Ludwig vor Busladungen auftreten lassen wollten, hatten sich den einbalsamierten Körper als Attraktion für die Eröffnung auf Eis gelegt. Ich brachte den japanischen Milliardär ins Spiel. Sebastian strahlte und sagte: «Das läßt sich auch hervorragend bebildern.»

Als ich dann harmlos fragte: «Wann reden wir eigentlich über mein Honorar?», zogen Wolken ins faltenfreie Gesicht des Redakteurs.

27

Ich betrat die Hotelhalle, und Karoline stand vor mir, im Schlepptau eine Schwadron Medienmenschen. «Wo warst du denn?»

Und ich sagte mit gierigem Gesicht: «Zahlen!»

71 500 verkaufte Bücher bis gestern abend. Die Buchhändler dekorierten ihre Fenster um. Neues Thema: Neuschwanstein und König Ludwig II. Die Taschenbuchrechte pendelten sich im sechsstelligen Bereich ein. Erstaunlich, wie viel Freude nüchterne Zahlen verbreiten können. Dann fielen die Geier über mich her. Eine unerquickliche Mischung aus mittelgroßen Zeitungen und Klatschblättern. Speziell eine Frau mit Pagenschnitt schaffte es, in jeder Frage Sisi unterzubringen. Ich war kurz davor, ihr vertraulich zu stecken, daß Ludwig nicht allein im Sarg gelegen habe, sondern auf Sisi. Die Meute ging davon aus, daß der

europäische Hochadel kurz vor der Explosion stehen würde. Ich sagte: «So, so» und wurde Zeuge, wie sie begannen, meine beiden Silben einer Textexegese zu unterziehen, wie ich sie alberner nicht hinbekommen hätte. Offenbar hatte sich eine weitere Gruppe bezichtigt, den Sarg geöffnet zu haben: militante Antiroyalisten, die es sich zur Aufgabe gemacht hätten, alle Gräber des Hochadels einer genauen Prüfung zu unterziehen, um Legenden kritisch zu hinterfragen. Die Gruppe brauchte für ihre Aktionen viel Geld und hatte für diesen Zweck einen «Republikanischen Fonds» aufgelegt, in den jeder einzahlen sollte, dem Wahrheit noch etwas bedeutete. Die Verbraucherzentrale Hamburg hatte bereits vor der Firma, mit Sitz auf den Kanalinseln gewarnt.

Als ich die Geier abgefüttert hatte, war es Mittag. Karoline hatte Order, mich in den Verlag zu schaffen, wo im Vorzimmer des Verlegers Töpfe und Tiegel darauf warteten, meinen Gaumen zu entzücken. Ich war müde, aber der Partyservice besaß einen Ruf bis Norddeutschland. Anwesend waren mein Verleger, sein Finanzminister und die Cheflektorin. Sie war auf Diät, was dazu führte, daß alle anderen schlagartig expressiver und sinnlicher zu essen begannen. Ich sah sie trocken schlukken und schalt mich für meine Schäbigkeit. Den Finanzminister sah ich zum ersten Mal. Am Rande bekam ich mit, daß sich die geplante Übernahme des kleinen, feinen Verlags länger hinzog als gedacht. «Dann eben morgen», sagte der Verleger leichthin und schilderte der Lektorin, warum sie einen schweren Fehler beging, wenn sie diese appetitliche Lachs-Kartoffelpuffer-Applikation weiter verschmähen würde. Die Lektorin haßte ihn. Den Verleger, nicht den Lachs.

Zwischendurch kam die Pressefrau herein und legte mir die aktuelle Liste mit Interviewwünschen vor die Nase. Sie zeigte für meinen Geschmack immer noch nicht genug Enthusiasmus. Ich machte eine diesbezügliche Bemerkung und erschrak, als sie sagte: «Ich habe es einfach nicht für möglich gehalten, daß das Buch so abgehen könnte.»

«Wer hat das schon», tönte der Verleger. «Nicht einmal ich. Und es wäre auch nicht ganz so abgegangen, wenn nicht ein freundlicher Zeitgenosse auf den Gedanken verfallen wäre, unseren König umzubetten. Darauf einen Dujardin.»

Es wurde ein 18 Jahre alter Cognac. Ein Dujardin hätte in diesem Betrieb zu einer Abmahnung geführt.

Nun folgte eine Art Kassensturz. Man teilte mir mit, daß ich bis heute mit dem Verkauf der Hardcoverausgabe 300 000 Mark verdient habe. Ob mir mit einem Abschlag von 50 000 Mark geholfen sei? Der Rest laut Vertrag. Für die Taschenbuchrechte veranschlagten sie 800 000 minimal. Nach oben sah niemand eine Grenze. Die Buchclubausgabe wollten sie weit nach hinten stellen. Die Filmrechte siedelten sie im siebenstelligen Bereich an, aber noch stand vorne eine 1. Sie taten so, als wären sie darüber enttäuscht. Dann las der Verleger die Liste ausländischer Verlage vor, die mein Buch veröffentlichen wollten: darunter Frankreich, Italien und Großbritannien. Die Vereinigten Staaten noch nicht, aber der Verleger sagte: «Warten Sie noch eine Woche, dann sieht es anders aus.» Wieder schwirrten Zahlen durch den Raum. Sie erreichten mich nicht mehr. Ich wußte ja schon nicht, was 300 000 Mark sind. Mich machte der Besitz eines Tausendmarkscheins nervös, und ich bemühte mich, ihn schnell kleinzuwechseln – aber ich kam nur einmal im Jahr in die Verlegenheit.

Plötzlich, ohne Überleitung, sagte der Verleger: «Gnade dir Gott, wenn du auf die Idee kommst, deinen nächsten Knaller woanders unterzubringen.»

Ich war noch nicht auf die Idee gekommen, jedenfalls nicht von allein. Jetzt war die Möglichkeit in der Welt, aber ich hielt mein Gesicht im Zaum.

Um 15 Uhr hatte ich weitere Fernsehtermine. Ich sagte: «Halt! Was ist mit dem Olympiastadion?»

Sie hatten vergessen, daß ich mir das Wies'n-Heimspiel der Bayern ansehen wollte. Sie versuchten es mir ausreden, aber sie bissen auf Granit. Ich hatte die Bayern noch nie live gesehen, ich mochte keinen Verein weniger als diese seelenlose Söldnertruppe, aber jetzt wollte ich sie endlich sehen. Und nicht nur, weil es gegen den HSV ging, dem ich mich mit einer nur kindlich zu nennenden Anhänglichkeit seit 30 Jahren verbunden fühlte.

Zähneknirschend erklärte sich die Pressefrau bereit, die Termine abzusagen. «Für ein Fußballspiel», sagte sie leise, aber nicht übertrieben leise.

Wir sprachen dann noch zehn Minuten über das weitere taktische Vorgehen. Der Finanzminister betonte zweimal, wie erfreulich er es fände, meine Zahlen betrachten zu dürfen. «Seine Zahlen» klang wie «seine Mandeln». Ich fand es schön, ihm eine Freude zu machen. Ich machte sie ja auch mir. Unerwartet begann der Verleger dann noch einmal mit meinem nächsten Buch. Ob ich denn schon eine Idee ...? Oder gar einen Zeitplan ...? Natürlich wolle er nicht drängeln, nichts läge ihm ferner, aber die Neugier, die Neugier ...

Ich äußerte mich vage und bat um Verständnis, daß meine Konzentration momentan voll und ganz für die anstehenden Termine ... Er ließ mich nicht ausreden: «Aber selbstverständlich habe ich dafür Verständnis.»

Die Lektorin sagte: «Das nächste Programm steht, das übernächste ist praktisch vergeben. Aber dann ...»

«Ich höre wohl nicht richtig», sagte mein Verleger. «Wenn unser Freund Kultermann auf die Idee käme, einen Schnellschuß aus der Schublade zu ziehen, dann wäre der in drei Monaten auf dem Markt. Das muß ich doch wohl nicht extra betonen. Oder muß ich doch?»

Er kochte sie so lange weich, bis sie einknickte. «Ich habe ja nur gemeint ...»

«Und ich habe ja nur klargestellt. Wir haben uns also verstanden.»

Ich suchte den Blick der Lektorin, aber sie nicht meinen.

Dafür, daß ich dabei war, ihren Arbeitsplatz zu sichern, kam sie mir wenig geneigt vor. Dafür fühlte ich warm die Augen des Finanzministers auf … nein, nicht auf mir, aber auf den Zahlen des Computerausdrucks mit meinen Verkaufszahlen ruhen. Die Pressefrau mochte mich nicht, die Lektorin mochte mich nicht, und wenn ich lange genug suchen würde, würde ich noch jemanden finden, der mich auch nicht mochte. Das wären dann schon drei. Ich war mit dem Verlag nicht verheiratet, es war mein zweites Buch. Für das erste hatten sie sich kein Bein ausgerissen, die Käufer auch nicht. Vielleicht sollte ich bald das Gespräch mit meinem Verleger suchen und ihn bitten, darauf hinzuarbeiten, daß sich die Mienen seiner Mitarbeiter bei meinem Anblick mit einem Hauch von Dankbarkeit füllten. Zufällig ergab sich die Gelegenheit beim Aufbruch.

28

Erst als uns das Taxi absetzte, begriff Kurt, daß alles wahr war, was ihm in der letzten Stunde widerfahren war. «Fußball», sagte er andächtig. Ich wies ihn darauf hin, daß sein Land über eine Profiliga und eine nicht ganz schlechte Nationalmannschaft verfügte. Er sagte: «Hast du schon mal ein Spiel gesehen? Na bitte. Also: Fußball haben wir bei uns nicht.»

Auf die Bayern war er scharf. Ich erkannte immer stärker, wieviel er über Deutschland wußte. Erstaunlich, daß er sich erst jetzt in den Flieger gesetzt hatte.

Wenn die Bayern zur Wies'n ein Heimspiel haben, ist die Hütte voll. An der Stimmung gab es nichts zu meckern – außer, daß es sich um Bayern-Anhänger handelte. Die Fans meiner Mannschaft bildeten ein verschworenes Häufchen auf den Stehplätzen. Ich dachte: Warum bist du jetzt nicht bei ihnen in dieser schweren Stunde? Aber ich wußte: Zwei Stunden im Stehen, umgeben von vollgesoffenen Jugendlichen ohne Hauptschulabschluß, war nichts, was man einem Verwandten des Kini anbieten konnte.

Ich sagte: «Sieh es dir an. Das ist dein Reich.»

Kurt wehrte sich gegen meine flapsigen Sprüche. Er trug schwer an der Veränderung seines Lebens, die er in der letzten Nacht erfahren hatte. Ich erkundigte mich, worüber er in den letzten beiden Stunden mit Maria Beatrix gesprochen hatte. Er sagte «Familie» und weiter nichts.

Die erste Halbzeit gehörte den Bayern. Sie schnürten die Hamburger ein, die sich nur noch mit Befreiungsschlägen zu helfen wußten. Es war wie kanadisches Eishockey: den Puck nach vorn und alle hinterher. Einen Ball holte sich der einzige Hamburger Stürmer, tanzte zwei Verteidiger aus und erwischte den Nußknacker im Bayern-Tor auf dem falschen Bein. 0 : 1. Außer mir klatschte in unserem Dunstkreis niemand. Schon wieder ein Gebiet, auf dem ich die qualifizierte Minderheit geben mußte. Die Bayern fighteten zurück. Eine Flanke nach der anderen flog in den Hamburger Strafraum, ein Verteidiger grätschte hinein, lenkte ab. Eigentor, Ausgleich. Halbzeit.

Wir waren am Eingang zum VIP-Bereich verabredet. Der Ordner guckte meinen Begleiter verdutzt an, dann standen wir dem Herzog gegenüber. Der Kopf des Ordners flog hin und her. Der welterfahrene Mann, den mit absoluter Sicherheit nichts so leicht aus der Bahn werfen konnte, ließ den Unterkiefer hängen und wirkte einen Moment wenig geistreich. Dann fing er sich, warf mir einen Blick zu und sagte: «Ich glaube es nicht.»

Ich sagte: «Was ihr beide füreinander seid, verwandtschaftsmäßig, müssen Sie selbst ausknobeln. Ich bin auf diesem Gebiet ein Dussel.»

Der Herzog streckte Kurt die Hand entgegen und sagte: «Natürlich werden wir viel reden müssen. Aber ich begrüße Sie, dich, wie auch immer. Ich hoffe, Sie haben Verständnis, wenn ich im Moment für weiter reichende Einlassungen zu überrascht bin.»

Den beiden blieben nur wenige ungestörte Sätze, dann mischte sich ein Mann ein, der den Herzog offensichtlich kannte. Vielleicht waren sie zusammen ins Stadion gekommen. Fragen prasselten auf den Herzog ein, die er kaum beantworten konnte. Unschlüssig wies er erst auf mich, dann sprach er von völlig unerwarteten Entwicklungen, mit denen nicht habe gerechnet werden können. Seine Überraschung materialisierte sich in ungewohnt komplizierten Satzkonstruktionen. Kein Zweifel: Der Mann war erschüttert. Die beiden verabredeten sich für den Abend in Schloß Berg.

In der zweiten Halbzeit machten die Bayern die Hanseaten naß. Nach dem Zwischenstand von 3 : 1 schaltete ich innerlich ab. Das da unten war nur Showbusiness, das wirkliche Leben tobte hier oben. Morgen war Sonntag, morgen würde kein einziges Buch von mir über den Ladentisch gehen. Ein weiteres Argument gegen den Tag des Herrn. Aber das nächste Buch wuchs in einem Tempo, wie ich es noch nie erlebt hatte. Und ohne mein Zutun. Ich mußte nur darauf achten, die Übersicht zu behalten. Auch finanziell. Ich hatte nichts gegen meinen Verlag, Karoline und der Verleger waren mir schon ans Herz gewachsen. 4 : 1. Aber auch andere Konzerne hatten schöne Töchter. Ich war in den letzten Tagen ja Zeuge geworden, mit welch affenartiger Geschwindigkeit sich die Gebote für die Nebenrechte vervielfacht hatten. Kein einziges Wort war bisher zur Garantiesumme für das nächste Buch gefallen. Wir würden darüber reden müssen, bald. Nicht morgen, ich rechnete fest mit weiterer Optimierung meiner Verhandlungsgrundlage. Aber dann. Ich freute mich schon auf die Verhandlungen. Beim besten Italiener der Stadt, vielleicht auch in der Lobby des Hotels, in dem ich mich gerade von den Strapazen erholen würde. Kitzbühel oder Sardinien. Oder warum eigentlich nicht Mexiko? Es war Zeit, den jahrelang gehegten heimlichen Gelüsten zu frönen. 4:2. Ich war etwas wert. Nicht nur charakterlich, auch monetär. 4:3, na bitte. Aber ich wußte immer noch zuwenig. Zuwenig für wen? Für einen Detektiv. Für einen Wahrheitsfanatiker. Für einen Juristen, für alle, die ihren Job auf der Basis von Fakten zu erledigen haben. Ich war Künstler, Berufsgruppe Wort und Satz. Ich brauchte mehr als Fakten, Fakten, Fakten. Ich brauchte Herz und Gedärme, Genitalien und veritable Emotionen: Haß, Gier, Rache, Ehrgeiz. Meinetwegen überzuckert durch einige Kristalle Katholizismus mit eingebauter Sündenautomatik ohne Aufpreis. 4:4! 4:4! Zieht den Bayern die Lederhosen aus! Abseits!? Das war nie und nimmer Abseits. Schiri, deine Brille liegt bei Fielmann! Was haben sie dir geboten! Einen Abend Freisaufen im «Löwenbräu»? Der Schiri ist bestechlich! Der Schiri ist bestechlich!

Kurt rüttelte an meinem Arm und sagte: «Vielen Dank, daß du mir zeigst, wie sich echte Fans aufführen. Ich wäre aber glücklich, wenn du damit jetzt aufhören könntest.»

Ich starrte ihn an und dachte: Fick dich ins Knie, du Softballer.

29

Das Bett sehen und sich draufwerfen war eins. Das Schlafdefizit forderte seinen Tribut. An diesem Abend wollte ich mein Hotelzimmer nicht mehr verlassen. In den ersten 30 Minuten dämmerte ich vor mich hin, aber dann machte mich die Unruhe hinter den geschlossenen Lidern kirre. In meinem Kopf drehte sich ein Mühlrad. Zu viel mußte erwogen und verworfen werden. Phantasie schön und gut, aber etwas mehr Gewißheit war nicht zu verachten. Und wenn nicht das, dann Bewegung.

Zehn Minuten später hechtete ich in den fashionablen Pool auf dem Dach und nahm nach dem Auftauchen diverse indignierte Gesichter wahr. Hier sprang man nicht, hier kraulte man auch nicht. Hier ließ man sich an der Treppe ins Naß hinab, um sodann mit gemessenen Bewegungen seine Bahnen zu ziehen. Ich probierte es gleich aus und kam mir vor wie ein Frühsenior. Zum Glück stürmten dann acht oder neun junge Männer den Naßbereich, um sich im Wasser schlecht zu benehmen. Eine Boygroup samt Manager und Aufpasser. Sie sahen aus, wie meine Söhne keinen Tag im Leben aussehen würden, ohne sich schwerste Sanktionen väterlicherseits einzufangen.

Ich schaute mir die Balgerei an, schöne Körper unter dummen Köpfen. Dann küßten zwei Lippen meinen Nacken, und mein Körper wurde von Gänsehaut überflutet. «Nicht umdrehen», sagte ihre Stimme. «Ich muß eine Leibesvisitation vornehmen.» Was sie unverzüglich tat. Am meisten interessierte sie sich für das Gepäck, das ich unter Textil am Leib trug. Offensichtlich war es aufblasbar, denn unter ihren prüfenden Händen vervielfachte es seinen Umfang. Ich will ehrlich sein: Es verdoppelte sich. Ich flüsterte: «Hör sofort damit auf.» Das war ein Fehler, denn nun fing sie erst richtig an. Mein Glück war, daß die grölende Boygroup alle Aufmerksamkeit auf sich zog, zumal nun auch noch eine Handvoll kleiner Mädchen auf Schuhen ins Bad stürmte, Stofftiere in der einen Hand, Poesiealben in der anderen.

Zu diesem Zeitpunkt war meine Bekleidung bereits in die Kniekehlen gerutscht, und ich bekämpfte eine panische Angst: daß sich in der nächsten Sekunde die Unterwasserbeleuchtung anschalten würde, und zwar nur die in meiner Nähe. Sie flüsterte: «Ich muß wissen, was Sie da mit sich führen.»

Ich stöhnte: «Hör sofort auf. Das geht doch nicht. Das kann man doch nicht …» Man konnte es machen, und sie machte es. Ich distanzierte mich von allem, was nun passieren würde. Eine Art Bademeister und der Keeper der Poolbar warfen sich den Mädchen entgegen, eins ging gleich baden und rief kreischend: «Ich ertrinke, ich ertrinke. Ich will nur von Robbie gerettet werden!»

Ich schaute nicht nach unten, ich durfte das nicht tun. Es war nicht recht. Es war auch keine Todsünde, denn von Tod war hier weit und breit nichts zu sehen. Sie trieb die Sache so weit voran, bis sich von ferne unwillkürliche Reaktionen ankündigten, die sie mit ihren sensiblen Fingern wohl spürte. Zwei Lippen küßten meinen Nacken, und sie flüsterte: «Den Rest gibt's oben.»

Ich drehte mich nicht nach ihr um, aber ich wußte, daß sie jetzt aus dem Wasser klettern würde, daß sie jetzt die Glastür öffnen, jetzt den Aufzug … jetzt die Zimmertür … und ich wußte immer noch nicht, woher sie die Zutrittsberechtigung zu meiner Suite besaß.

Marlise gehörte zu den Frauen, die alles, was sie in einer Minibar finden, mit doppelter Lust verspeisen, mochte es sich auch um banale Süßigkeiten handeln. Es folgten die schönsten Minuten seit meiner Ankunft in München. Niemand forderte etwas von mir, niemand bedrohte mein Leben, niemand hatte es darauf abgesehen, mich in einer Kloschüssel zu ersäufen.

Ich sagte: «Du bist schön.»

Sie sagte: «Das finde ich auch.»

Diesen Gesprächsstrang verfolgte ich nicht weiter.

Es ergab sich aber, daß die Bettdecke verrutschte, oder vielleicht verrutschte auch ich oder Marlise. Jedenfalls ruhte mein Blick auf ihrem Bauch, und ohne daß ich etwas dazu tun mußte, sagte ich: «Du bist nicht im dritten Monat.»

«Sondern?»

«Im fünften.»

«Oha. Selber Vater?»

«Mir nicht bekannt. Also?»

Sie legte ihren Arm über meinen Bauch und bat mich, mich um meine Probleme zu kümmern. Das hätte ihr so passen können. Meine Probleme allein würden nie ein Buch ergeben, das man einem Leser zumuten konnte. Ich lag mit einer Erpresserin im Bett. Aber vielleicht liebte sie ja ihren Blaublütigen. So was sollte es geben. Und die siebenstellige Summe würde auf ein Bausparkonto eingezahlt werden, damit es dem blaublütigen Bastard später an nichts fehlte. Eine Erpresserin. Das törnte mich an. Empörung und Faszination übten ihre Wirkung auf den Schwellkörperbereich aus. Andächtig wurden wir beide Augenzeugen der Auferstehung des Fleisches. Sie seufzte und sagte: «Packen wir's.» Dann stülpte sie ihre Lippen über meine, und ich schloß die Augen. Im vorletzten Moment erinnerte ich mich, daß ich in der Tagesbilanz vorne lag, und wurde selbst aktiv. Es war schummrig im Raum und still. Kein Licht und kein Geräusch störte. Wir waren ganz bei uns selbst, niemand hetzte uns, es konnte nichts schiefgehen in meinem kleinen Königreich. Ich versuchte, was mir möglich war, um nach oben zu kommen, aber Marlise war so entschlossen und gab mir zu verstehen, daß ich mit meinem Latzhosengesäusel nur den Verkehr stören würde.

Latzhosengesäusel, ich beschloß, mir den Ausdruck zu merken. Zwei Körper bewegten sich harmonisch miteinander, und der heftiger agierende war nicht ich. Es zog sich hin, ich schwamm in Gier und Seligkeit. Ruhm, süßer Ruhm. Ich riskierte einen Blick, viel gab es nicht zu sehen, die Schummrigkeit war in Dämmerung gefallen. Ich wußte nicht, warum, aber ich sah klar genug, um zu begreifen, daß sich in diesem Moment nicht nur zwei Körper bewegten, sondern drei. Der dritte kam aus Richtung der Eingangstür auf uns zu, aber mit Tendenz zum Fenster. Meine Hände griffen fester zu, sonst geschah nichts, was den dritten hätte warnen können. Marlise, kein Zweifel, bemerkte nichts. Der Schatten hatte das Fenster beinahe erreicht. Mir war schleierhaft, was er dort wollte. Er war nicht riesig, aber er war keine Frau. Und während ich plötzlich Zeuge wurde, wie leise Angst in mich floß, alle

Körperöffnungen lagen offen zutage, als sich der Strom in Sekundenschnelle verbreiterte, anschwoll zu einem Tsunami viriler Panik, die das Rasiermesser an der Kehle spürt, aber nicht nur an der Kehle, bei Gott, nicht nur an der Kehle, als, was bis eben steif gewesen, seinen Geist aufgab, und was bis eben lokker gelegen, verkrampfte in den Waden, da kam ich um die Erkenntnis nicht herum, daß ich Angst verspürte und der Engel des Todes mir so nahe war, da ein Danebenschießen, Danebenstechen, Danebenschlitzen schlechterdings unmöglich war. Und während mein Lebenskreis sich schließen wollte, gab sich Marlise der Turnerei hin, blind für die Erkenntnis, daß sie ihren Partner im Galopp verloren hatte. Ich mußte sie warnen, ich wollte sie warnen, aber an mir war alles wie gelähmt. Selbst als sie plötzlich neben mir lag, hielt ich den Positionswechsel nur für eine Umschichtung der Glieder. Dann sprang sie auf, lief nein schoß, nein flog in Richtung Fenster, und während ich, der Teufel weiß, warum, eine Hand ins nächste beste Kopfkissen krallte, splitterte Glas, stöhnte ein Mann und fluchte eine Frau. Mit einem seufzenden Geräusch, das ich als häßlich empfand, löste sich der Vorhang aus der Schiene, und ich blickte auf den Vorhang am Boden, unter dem es mächtig rumorte. Natürlich war ich dumm, aber etwas ließ mich endlich aufstehen, am Vorhang ziehen, erst auf der Seite der Füße, dann bei den Köpfen. Nie würde ich erfahren, wie die Lampe vom Nachttisch in meine Hände gekommen war, aber ich zog sie ihm über den Schädel und wußte gleich: Jetzt ist er tot.

Als das Licht anging, dachte ich, die Polizei sei schon da. Aber es war Marlise, die nackt am anderen Ende des Raums stand, und ich blickte auf den Blutfaden, der über die Schläfe des Reglosen lief, um im Vollbart zu versickern.

«Sauber», sagte Marlise und kniete neben mir. Auch ich war nackt und wußte nicht mehr, warum. Wir befreiten ihn aus dem verwickelten Vorhang. Mein erster Gedanke war: Er sieht aus wie ein Polizist. Ich hatte genug Reportagen im

Fernsehen gesehen, in denen zivile Kommissare das Zweifingersystem auf alten Erikas demonstriert und tolle Einsatzbesprechungen abgehalten hatten. Nie war mir Polizei armseliger vorgekommen. Verbeamtete Verlierer, geboren, um das Nachsehen zu haben.

«Mein Gott, Marlise, wer ist das?»

Mit ungeheurer Kaltschnäuzigkeit sagte sie: «Es gibt zwei Möglichkeiten. Entweder wollte er dich oder mich.»

«Was für einen Grund kann er haben, auf dich loszugehen?»

«Du mußte nicht so schreien. Ich bin teuer, vielleicht zu teuer.»

«Glaubst du etwa, er ist ein ...»

«... ein Mörder? Findest du, daß er wie der Zimmerkellner aussieht?»

Er sah tot aus, das war das schlimmste. Und das Blut wollte nicht aufhören zu laufen. Allerdings war der Strom dünn, das verkannte ich nicht. Vor meinen Augen machte sich Marlise daran, seine Taschen zu durchsuchen.

Ich sagte: «Wir sind nackt.» Es klang wie ein Tadel. Sie ignorierte mich und ärgerte sich, daß er keine Papiere bei sich hatte. Ich sah die Blutflecken auf dem Boden und hatte Angst, daß er uns unter den Händen wegsterben würde. Ich hatte sein Blut schon an den Füßen. «Paß auf», sagte Marlise, «du bist in die Scherben getreten.»

Es hatte geklirrt, ich sah Scherben, große Placken Glas, keine Krümel wie nach einem Autocrash. Ich sah meinen Fuß, den Schnitt, das Blut, den Vorhang, das meiste Glas war noch im Rahmen, doppelte Scheiben, Marlise hatte den Unbekannten bei ihrem Angriff gegen das Fenster geschleudert.

«Was tun wir jetzt?»

Sie blickte mich abschätzig an. «Du siehst aus, als würdest du gern die Polizei rufen.»

«Du etwa nicht?»

Aber sie wollte warten, bis er wieder wach war, und ihn dann befragen. Sie sah so energisch aus, nackt und energisch. Ich zog mir Hose und Hemd an, fühlte mich besser. Ich bat sie, das gleiche zu tun. Sie umarmte mich, nicht gönnerhaft, und sagte: «Wir kriegen das hin, glaub mir.»

«Warum bist du so sicher? Hast du so etwas schon häufiger gemacht?»

Sie schüttelte den Kopf. Dafür war ich ihr dankbar, mochte es eine Lüge sein oder nicht. Dann fesselten wir ihn, mit den Gürteln der beiden Bademäntel, mit Kreppband, das sich in einer Schublade fand, mit einer Art Wäscheleine, die Marlise im Badezimmer fand und ich dort nie gesehen hatte. Arme zusammen, Beine zusammen, zum Schluß Arme und Beine auf dem Rücken verbunden. Ich sagte: «Es wird ihm weh tun.»

«Schön. Dann wird es schneller gehen.»

Ich schluckte und sah sie an.

Der Mann begann sich zu regen. Ich wollte ihm etwas zu trinken holen. Marlise sagte: «Nein. Er soll sich nicht verschlucken. Es wäre schwierig, ihm auf den Rücken zu klopfen.»

Er öffnete die Augen, ich sagte nichts, Marlise sagte auch nichts. Aber sie schlug ihm ins Gesicht und sagte: «Er denkt, wir spielen good guy und bad guy.»

Was er dachte, sagte er uns nicht. Auch seinen Namen nicht. Und nicht, was er hier wollte und wie er hereingekommen war. Langsam verlor ich mein Vertrauen in die Wirksamkeit dieser hypermodernen Chipschlüssel. Marlise sagte: «Wir haben nicht viel Zeit. Und Geduld. Rede lieber gleich. Noch tut es nicht weh.»

Ich schluckte, er nicht. Ich hätte es weiter im guten probiert, es gab so viele Möglichkeiten, einen Menschen davon zu überzeugen, daß seine Lage nicht beneidenswert ist. Marlise brachte diese Geduld nicht auf. Sie sagte: «Faß an», wir trugen ihn ins Badezimmer. Da und dort stieß er an, das ertrug er.

Dann lag er in der Wanne. Ich hatte Probleme, im Badezimmer zu bleiben. Hier hatte kürzlich ein anderer gelegen, ohne Fesseln. Und ohne Leben.

Marlise spielte vielsagend mit dem Duschkopf. «Wasser», sagte sie. «Kaltes Wasser, heißes Wasser.»

Der Mann spuckte aus. Ich wollte eine Zuspitzung verhindern und sagte: «Sie verbessern Ihre Lage, wenn Sie reden.»

Er spuckte noch einmal aus, diesmal traf er mich.

Marlise sagte zu mir: «Gefällt dir das?»

Ich schüttelte den Kopf, weil ich nicht wußte, was ich sagen sollte, und hoffte, es möge abwägend aussehen. Marlise stellte Wasser an, drehte auf Heiß und richtete es auf das Gesicht des Mannes. Er wandte sich ab, da nahm sie seinen Hinterkopf. Die maximale Stufe, heißer ging's nicht. Ich bat sie, aufzuhören, aber sie ignorierte mich. Der Mann brummte oder stöhnte. Er warf sich in der Wanne herum, das heiße Wasser verbrühte ihn weiter. Marlise sagte: «Rede endlich, oder ich suche Stellen aus, die empfindlicher sind.» Plötzlich hielt ich den Duschkopf in der Hand. Es war eine fließende Bewegung gewesen, ich hatte auch Angst gehabt, sie würde ihn fallen lassen. Ich richtete den Strahl neben den Kopf, Marlise ergriff meine Hand und korrigierte sie. Jetzt bekam er also heißes Wasser ab, aber es lag in seiner Macht, diesen Zustand zu beenden. Er wandte mir seinen Hinterkopf zu, er krümmte den Oberkörper, versuchte, seinen Kopf zwischen die Beine zu nehmen. Dann warf er sich zurück und blickte mich so waidwund an. «Gib her», sagte Marlise, «so wird das nichts.»

Sie richtete den Duschkopf auf seine Genitalien, aber er wandte sich ab, brachte seinen Schoß in Sicherheit. Marlise wurde wütend und drückte den Duschkopf gegen sein Ohr. Er würde es nicht schaffen, alles von uns abzuwenden. Mich wunderte, daß er so uneinsichtig war. Er schüttelte den Kopf, er stöhnte, er sagte: «Hört auf damit. Oder ich schreie. Dann müßt ihr unangenehme Fragen beantworten.»

Marlise blickte mich fassungslos an und sagte: «Er droht. Er glaubt, er kann uns drohen.» Und dann zu ihm: «Wir werden dir jetzt den Mund verkleben. Dann kannst du versuchen zu schreien.»

Das ging zu weit, ich machte es Marlise klar. Fünf Minuten später war sein Mund verklebt. Sicherheitshalber nahm ich ihr den Duschkopf aus der Hand. Sie wollte kommandieren, aber ich war souverän und richtete den Strahl auf Stellen, die ich selbst aussuchte. Er schrie, riß an den Fesseln und warf sich in der Wanne herum. Aber er rührte mich nicht. Sie hatten mich zwei Tage bedroht und gedemütigt. Nun war Zeitenwende. Irgendwann bekommst du zurück, was du anderen angetan. Heute war er dran. Natürlich fügte ich ihm Schmerzen zu, aber ich gab sie nur zurück. Zuvor hatte ich sie erlitten. Es war eine Form von Ausgleich. Der Schmerz floß von einem zum anderen und an den ersten zurück. Kreislauf der Natur. Ich machte ihm klar, daß ich nicht länger als Opfer von Erpressungen, Einschüchterungen und Drohungen zur Verfügung zu stehen gedachte. Gestern hatte ich in der Kloschüssel gelegen, heute lag er in der Wanne.

Es war Marlise, die das Wasser abdrehte. Die Kacheln waren beschlagen, in der Luft stand der Dampf. Sie riß das Klebeband herunter. «Einen Arzt», stöhnte er. «Schnell einen Arzt.»

Aber erst redeten wir, auch wenn er wie ein Krebs aussah.

«Auf wen hast du es abgesehen?»

Er blickte mich an.

«Wo kommst du her? Zum wem gehörst du?»

«Ich bin Polizist.»

«Du lügst.»

«Ich bin Polizist.»

Er nannte seinen Namen, der mir natürlich nichts sagte. Uwe Stielicke. Oberkommissar. Ein Polizist. Polizei paßte nicht in mein Konzept. Wieso Polizei? Die Kommissarin? Hatte sie daran gedreht?

«Was wolltest du?»

«Beobachten.»

«Nicht zufällig töten?»

«Unsinn.»

«Paß auf, ja? So ein Wasserhahn ist schnell aufgedreht.»

Er war entsetzt und bat um Schonung. «Keine Gewalt», sagte er. «Warum Gewalt? Ich habe doch auch gar nichts bei mir. Keine Waffe.»

Das entsprach der Wahrheit. «Warum hast du mich beobachtet? Denkst du etwa auch, daß ich weiß, wo die Leiche ist?»

Er starrte mich an, hinter seiner Stirn arbeitete es. Auf seiner Stirn brannte es. Plötzlich stöhnte er, etwas schüttelte ihn. Er hatte Schmerzen. Aber das Mitleid mußten wir noch einige Minuten verschieben.

Dann sagte er: «Die Frau, ich wollte die Frau sehen.»

Das war enttäuschend. Marlise sagte: «Warum? Wer? Die Wittelsba...!»

«Laß doch», sagte ich und drängte sie aus der ersten Reihe. «Du lügst, mein Lieber. Du hast dich einen Dreck um die Frau gekümmert. Du wolltest mich. Wegen der Leiche. Red endlich.»

Er wand sich, aber das konnte an den Schmerzen liegen. Beiläufig spielte ich mit dem Duschkopf. Er lag gut in der Hand, ich beschloß, mir das Fabrikat zu merken. «Du sollst reden. Die Leiche. Der Sarg. Ludwig. Was lag im Sarg? Eine andere Leiche? Ein Manuskript? Schmuck oder was? Ich höre.»

Dann hörte ich's tatsächlich.

«Eine Liste.»

Ich starrte ihn an. «Was für eine Liste?»

«Na, eine Namensliste. Von den Tätern.»

Ich begriff nichts.

«Die Liste, Mann, seien Sie nicht so begriffsstutzig. Von allen, die damals dafür verantwortlich waren, daß alles schiefgegangen ist.»

Weit im Hinterkopf summte es, aber es war zu weit entfernt. Marlise hielt ihm das Glas an die Lippen. Schnaps aus der Minibar. Er trank, stöhnte, dann redete er. Eine Namensliste, auf ihr standen alle Namen von Bediensteten, Gendarmen und Pflegern, die sich am 12. Juni des Jahres 1886 in Schloß Berg aufgehalten hatten oder zu seiner Bewachung abkommandiert waren. Insgesamt 28 Personen. Weiter enthielt die Liste die Namen von Nachkommen dieser 28 Personen. Viele waren es nicht, denn von den 28 waren 15 zwischen 1886 und 1889 gestorben. Alles Unfälle, aber mit teilweise mysteriösem Verlauf.

Er bat um einen weiteren Schnaps und sagte: «Der König sollte befreit werden. Gleich nach seiner Ankunft im Schloß. Sie wollten ihn entführen, zur Not freischießen. Alles war vorbereitet. Dann haben sie ihn ermordet.»

«Wer?»

«Wer! Wer! Wer schon! Die Wittelsbacher. Die Psychiater.»

«Unsinn.»

«Es ist nicht wichtig, wer es war. Wichtig ist, daß alle Verantwortung trugen. Das haben sie ihnen nicht verziehen.»

Die Initiatoren der geplanten Befreiung des Königs hatten alle dienstbaren Geister im Schloß für Ludwigs Tod verantwortlich gemacht und in den darauffolgenden Monaten einen nach dem anderen liquidiert.

«Aber wer?!» rief ich. «Das ist unmöglich. Das hätte auffallen müssen. So dumm ist die Polizei nicht. Auf diese Weise bringst du einen um oder zwei. Dann fällt es auf.»

«Ist es auch. Aber die Täter saßen an der richtigen Stelle.»

«Richtige Stelle wofür?»

«Um einen Verdacht gar nicht erst aufkommen zu lassen. Oder um ihn zu begraben.»

«Ach ja? Das konnten sie? Was waren sie denn, die Mörder? Götter?»

«Fast. Polizisten.»

Ich nahm Marlise die Miniflasche fort und trank sie aus. Ein

Klub der Rächer, ein Geheimbund im Schoß der Polizei, königstreu bis auf die Knochen, die Treuesten der Treuen, schockiert über den Tod ihrer Majestät, voller Haß auf alle, die dies zugelassen hatten, die danebengestanden hatten, um nicht einzugreifen, die sich der verbrecherischen Obrigkeit als ausführende Organe zur Verfügung gestellt hatten, die damit, ob aktiv oder nicht, schuldig geworden waren am nassen Tod im Starnberger See. Einen nach dem anderen hatten sie ausradiert, jedesmal die Höchststrafe für Ludwigs Tod. Fünfzehnmal in den ersten Jahren und einige Male in den Jahren danach. Wer Vater geworden war, beklagte bald das Ableben seiner Sprößlinge. Wer geheiratet hatte, sah sich bald als Witwer. Die gnadenlosen Rächer, ausnahmslos Mitglieder einer Organisation, die über die besten Voraussetzungen verfügte, um Spuren zu finden, sie zu verfolgen und dann – die Rache.

Und die Rache währte ewiglich. Im Jahre 1901 waren die Nummern 22 und 23 von der Liste gestrichen. Beide hatten gewußt, daß man Jagd auf sie machen würde, und waren deshalb geflohen, der eine nach Sachsen, der andere nach Norditalien. Es hatte den Plan verzögert, weiter nichts.

Im Jahre 1904 Nummer 24 (Gotland)

Im Jahre 1908 Nummer 25 (Freyung im Bayerischen Wald)

Im Jahre 1916 Nummer 26 (Verdun)

Im Jahre 1939 Nummer 27 (Berlin)

Ich sagte: «Das kann nicht sein. 1939. Das sind 50 Jahre nach Ludwigs Tod. Da waren die Rächer längst tot. Oder alt, Greise.»

«Sie hatten Nachfolger.»

«Etwa wieder Polizisten?»

Wieder Polizisten. Die Alten hatten den Stab weitergegeben. Die Liebe zu Ludwig endete nicht an der Pforte zum 20. Jahrhundert, die Nachfolger hatten erledigt, was erledigt werden mußte. Ohne Haß, ohne Wut. Kühl und beherrscht. Ich blickte Marlise an. «Hältst du das für möglich?»

«Es gibt adelige Sippen, die sind 500 Jahre alt. 700 Jahre und älter. Warum soll es nicht etwas geben, was Bürgerliche länger als 50 Jahre zusammenhält?»

«Ja, wenn es eine große Idee wäre! Etwas, was die Welt besser macht.»

Marlise blickte den in der Wanne an und sagte: «Ist er nicht niedlich? Schon erwachsen und noch so herzig.»

Ich kapierte nicht gleich, daß sie mich meinte. Dann sagte der angebliche Polizist: «Es ist eine große Idee.»

«Woher wissen Sie das? Gehören Sie dazu?»

«Man muß nicht dazugehören, um etwas gut zu finden.»

«Und woher wissen Sie dann davon? Wenn es doch so geheim ist?»

«Wer sagt denn, daß es geheim ist?»

Das war so ungeheuerlich, daß ich nicht gleich reagieren konnte. Er sagte: «Viele von uns wissen Bescheid.»

«Heißt das, es gibt den Geheimbund heute noch? Wie heißt er eigentlich? Solche Vereinigungen haben doch einen Namen.»

«MUTH. Mut mit H, wie man es seinerzeit schrieb.»

Und er behauptete weiter, daß die Existenz des Geheimbundes zwar nicht öffentlich bekannt sei, aber auch keineswegs dermaßen hermetisch geheim, wie ich unterstellen würde.

«Das ist ungesetzlich. Kriminell und mörderisch.»

Er sah aus, als würde er an mir verzweifeln, und Marlise sagte: «Aber vielleicht ist es wahr.» Dann blickte sie mich forschend an. «Du hast die Pointe nicht mitbekommen, oder?»

Ein Name war noch offen. Der 28. und letzte. Der, den sie nie gefunden hatten. Bis heute nicht. In Ludwigs Sarg lag eine Liste mit 28 Namen. 27 waren durchgestrichen. Jeweils ein dicker Tintenstrich. Der letzte Name hatte keinen Strich.

«Wie lautet der Name?» fragte ich.

Er gab vor, ihn nicht zu kennen. Aber ich wußte jetzt, worum es ging. MUTH war hinter dem letzten her. Und die

Polizei, ein Teil der Polizei, versuchte, den letzten zu schützen. Deshalb die Weigerung, den Inhalt des Sargs an die Öffentlichkeit zu geben.

Aber wie konnte die Polizei ihn schützen, wenn gleichzeitig ein Teil der Polizei nach ihm suchte, um ihn zu liquidieren? Das beste, was ihm passieren konnte, war doch gerade, den Namen öffentlich zu machen: Lauf und versteck dich vor jedem, der nach Polizei aussieht! Über die Presse und das Fernsehen mußten sie ihn warnen! Nur dann hatte er eine Chance.

«Um wen handelt es sich überhaupt? Den Enkel? Den Urenkel? Wen will eure saubere Gang denn umbringen? Den Verwandten eines Menschen, der sich vor 120 Jahren schuldig gemacht hat? Das ist doch absurd», sagte ich.

«Mord verjährt nicht.»

«Aber es war doch kein Diener, der Ludwig ermordet hat! Und kein Pfleger!»

«Sie glauben also auch, daß der König ermordet wurde?»

«Was? Natürlich glaube ich das. Oder vielleicht auch nicht.» Er machte mich nervös, ich konnte ihn nicht länger da liegen sehen. Mit einer Schere löste ich seine Fesseln und sagte: «Noch einmal: Warum haben Sie mich beobachtet? Was hat das mit der Liste zu tun?»

«Es hat etwas mit dem Öffnen des Sargs zu tun.»

«Sie lügen.»

«Über Sie können wir an die herankommen, die den Sarg geöffnet haben.»

«Wieso das denn?»

«Weil Sie mit denen in Kontakt stehen.»

«Woher wissen Sie das?»

«Polizei. Sie wissen doch. Alles wissen, nichts sagen.»

Es war wohl ein Versuch zu lächeln. Aber er hatte Schmerzen.

Marlise sagte: «Er hat gesagt, er ist wegen mir hier.»

«Unsinn. Du hast doch gehört, weshalb er hier ist.»

«Ich glaube, er lügt immer noch.»

Kurz bevor er zusammenklappte, zogen wir ihn aus der Wanne. Ein Taxi fuhr ihn zum nächsten Krankenhaus. Bis dorthin konnte er sich überlegen, welche Geschichte er den Ärzten erzählen wollte.

30

Der Sonntag begann mit einem Telefonanruf. Ich weigerte mich abzuheben, und Marlise tat es auch nicht. Wir hatten uns gestern nicht mehr getrennt, mir war danach, einen Menschen um mich zu haben: nackt, warm, schön, klug und schweigsam. Leider war sie eine Erpresserin großen Stils, und was da in der Gebärmutter angedockt hatte, war nicht die feine Art, Kinder auf die Welt zu bringen. Aber zum Kindermachen gehören zwei, das hatte ja selbst ich begriffen, wenn bei mir auch fünf Abtreibungen nötig gewesen waren.

Das Telefon gab keine Ruhe, ich nahm ab.

Eine Viertelstunde später waren wir abmarschbereit. Bei Marlise hatte es keine fünf Minuten gedauert. Sie sah so frisch und jung aus, daß es mir fast leid tat, sie nicht mitzunehmen.

Mein Verleger dampfte vor Frische. Vormittags sah er aus, als würde er sich mit einer Drahtbürste massieren. Für einen über Fünfzigjährigen strahlte sein Gesicht eine unbändige Jugendlichkeit aus. Der Braunton der Haut wirkte nicht wie Kunstsonne, die Frisur war praktisch und nicht auf Kaschierung der lichten Partien aus. Heute trug er eine Leinenhose und ein T-Shirt mit V-Ausschnitt. Bevor wir die Stadt hinter uns ließen, sprach er mir seinen Dank aus. «Der Alte Mann freut sich sehr, müssen Sie wissen. Es ist sein ausdrücklicher Wunsch.»

Ich verstand die Botschaft. Der Alte Mann war eine der ersten Adressen deutscher Verlegerpatriarchen. Mit ihm würde eine Epoche wegsterben, er war das Gegenteil eines Betriebswirts. Dabei hatte er stets hervorragend mit Geld umzugehen gewußt. Aber er hatte nicht nur Umsätze gemacht, sondern auch Entdeckungen. Sein literarischer Salon war Legende, seine Urlaubstouren an der Seite großer Autoren waren längst verfilmt worden, und die Freiwillige Selbstkontrolle hatte den Film ab 18 freigegeben. Er war auch den Gelagen zugetan gewesen, dem Umgang mit den Frauen und der leichtfertigen Erzeugung zahlreicher Kinder. Elf hatte er anerkannt. Der Alte Mann, so nannte er sich selbst und deshalb durften wir ihn so nennen, hatte sich vor zehn Jahren zurückgezogen, erst auf Ischia und danach in New York gelebt. Seit zwei Jahren residierte er nun im Tessin und verbrachte große Teile der Herbstmonate in seiner Jagdhütte, 70 Minuten Autofahrt südlich von München.

Natürlich war es keine Hütte, aber es war auch kein Palast, wenngleich die Ausstattung städtisches Niveau aufwies. «Mit Plumpsklo hatten sie nichts mehr im Angebot», sagte er, und wir mußten lachen, so war er das gewohnt. Nach einem Rundgang, auch durchs Revier, saßen wir auf der Terrasse, und mein Verleger sagte: «Der Ausblick ist nicht aus diesem Jahrhundert.»

Die Augen flogen hinab ins Tal und drüben erneut empor bis auf 2200 Meter. Es war ein Blick, wie man ihn von Aussichtspunkten hat, an denen sich die Touristen drängen. Der Alte Mann hatte ihn für sich allein, es gab doch mehr Gründe für das Reichsein als dagegen.

Wir waren nicht die einzigen Gäste. Carla, eine Malerin in den fünfziger Jahren, war mit dem Skizzenblock im Tann unterwegs, an ihrer Seite Sascha, ein Mittzwanziger und notorischer Nichtstuer. Ich bekam nicht heraus, wie er in das Beziehungsgeflecht hineingehörte. Ein Sproß des Alten Mannes war er angeblich nicht.

Das Gespräch ging entspannt über das Oktoberfest, den

Herbst, den Nebel und die Gelenke, warum man in New York nicht wohnen konnte, die Nachwuchsförderung der Verlage und warum sie nicht stattfand, den Skandal um den gestohlenen Ludwig. Mein Verleger sagte: «Möge der teure Leichnam noch recht, recht lange verschwunden bleiben. Für das Buch ist es Gold wert.»

Ich äußerte souveräne Gelassenheit im Umgang mit meinem frischen Ruhm. Nebenbei erkundigte sich der Alte Mann nach einer Sitzung, die mein Verleger kürzlich mit dem Finanzminister bei der Hausbank absolviert hatte. Der Sohn hielt die Antwort kurz, verwies auf die Fortsetzung des Gesprächs in der kommenden Woche. Die Modalitäten seien fast ausgehandelt, fast. Und der kleine, feine Verlag, der zu haben war? Mein Verleger war dran, aber andere waren auch dran. Der Alte Mann wollte etwas sagen, unterließ es jedoch im letzten Moment. Mir war das recht, ich wollte nicht Ohrenzeuge einer väterlichen Klage über die Jugend werden, die mit dem Geschäft anders umging als der Patriarch. Ich trank die Tasse aus, eine zweite gab es nicht. Hier draußen war man souverän bis zur Sparsamkeit. Auch die Kekse knackten nicht mehr, wenn man in sie biß, sondern kündeten, müde krümelnd, von vielen Monaten in der Blechdose.

Leider ließ dann der Alte Mann das Thema nicht auf sich beruhen. Mehrfach begann er von dem kleinen Verlag und warum es nicht nötig sei, für so ein mediokres Geschäft mehr als einen Tag im Kalender freizuhalten. Mein Verleger sagte: «Die Zeiten, die Zeiten. Es herrscht Kauflust in der Branche.»

Und der Alte Mann antwortete: «In solchem Fall ist es besonders wichtig, die Startvorteile zu nutzen. Es war schon falsch, daß das Thema auf den Markt geriet. Türen zu und Hose runter, so kriegt man Kinder.»

Die Malerin setzte sich zu uns, leider ohne Begleitung frisch gebrühten Kaffees. Dafür begann sie, die Männer zu skizzieren, nach ihren Blicken zu urteilen besonders mich. Ich setzte mich etwas aufrechter hin.

Der Alte Mann erwies sich als Kenner der bayerischen Geschichte. Nicht so marktschreierisch wie Magus und seine Gesinnungsfreunde, aber wie er Namen und Ereignisse, Linien und Endpunkte benannte, bewies den Experten. Ich ließ einen Versuchsballon steigen und brachte MUTH ins Spiel, ohne Namensnennung, einfach als Kreis von Rächern, die den Tod des Königs auf ihre Art bestrafen wollten. «Sie kommen zu spät», sagte der Alte Mann lachend. Er dachte wohl, ich würde die literarische Erfindung so einer Selbstjustiz-Bande erwägen. «Die Herrschaften gibt's bereits.»

Ich tat verdutzt, ich hatte ja nie etwas darüber gelesen.

«Ach, Bücher», sagte der Patriarch, «Bücher haben ja doch ihre Grenzen. Nein, nein, ich darf das hier wohl sagen.» Und dann erzählte er in seinen Worten, was gestern mein gefangener Polizist gestanden hatte. Der Alte Mann sprach mit großem Respekt von Durchhaltewillen und langem Atem. Mein Verleger wandte ein, Mörder seien in seinen Augen Mörder. Darauf sagte der Alte Mann: «Ja, in deinen Augen.» Die Abfuhr saß, mein Verleger verspannte sich, spielte sofort den Clown. Carla skizzierte unverdrossen.

Ich beschloß, aufs Ganze zu gehen, selbst auf die Gefahr einer Majestätsbeleidigung: «Wie gut kennen Sie die Mitglieder von MUTH?»

«Wie meinen Sie das?» Äußerlich gemütlich, aber der lauernde Ton war nicht zu überhören.

«Ich glaube nicht, daß so eine Gruppe sich hundert Jahre lang nur aus den Reihen der Polizei immer und immer wieder neu rekrutiert. Dann geht sie irgendwann an Inzucht ein. Ein wenig gesellschaftliches Umfeld muß schon sein.»

«Ach ja? Wer denn, zum Beispiel?»

«Das Haus Wittelsbach.»

Carla hörte einen Moment auf zu skizzieren.

«Ich könnte mir vorstellen, daß die Rächergang ihre Identität aus der Konfrontation mit den Wittelsbachern gewinnt. Entweder fördert das Königshaus die Rache, dann sind die Rächer stolz, weil sie höchste Sympathie genießen. Oder Wittelsbach lehnt die Rache ab, dann sind die Rächer empört über die Laxheit des Königshauses und wissen, daß nun alles an ihnen hängt: Die Gerechtigkeit und der Beweis, daß es Untertanen gibt, die einen König wie Ludwig verdient haben.»

Schweigen breitete sich aus. Der Alte Mann wiegte mehrfach den Kopf und brummte. Es hörte sich zustimmend an. Aber ich wollte ja mehr herauskriegen und begann erneut zu bohren. Diesmal blieb die Ausbeute mager. Sascha gesellte sich zu uns. Er hatte sein Halstuch gewechselt und kündigte an, daß er im Begriff sei, einen Spaziergang anzutreten. Er war wirklich ungeheuer affektiert. Als sich ihm niemand zu Füßen warf, um ihn von dem tollkühnen Unterfangen abzuhalten, trollte er sich verbiestert in den Tann. Ich hätte zu gern gewußt, in welcher Beziehung dieses Weichei zum Alten Mann stand. Ich ging aufs Ganze und stellte eine diesbezügliche Frage. Unerwartet meldete sich Carla zu Wort: «Er ist auf der Suche. Es war schon schlimmer.»

Aber was Sascha für sie war, verriet sie nicht.

Das herannahende Auto war schon lange zu hören gewesen, besonders der nervtötend hochtourige Motor. Er hörte sich billig an, oder der Fahrer hatte keine Erfahrung. Niemand schien verwundert oder verärgert, daß wir Besuch erhielten. Ich sagte: «Die Rächer kommen.» Der Beifall hielt sich in Grenzen.

Mittelklasse in Metallic mit der günstigsten Vollkaskoeinstufung keuchte herauf, und dem Gefährt entstieg David Magus. Als er mich sah, wirkte er, als würde er flüchten. Zögernd näherte er sich dem Alten Mann, grüßte etwas zu unterwürfig. Der Patriarch übernahm die Vorstellung. Ich sagte: «Den

Herrn kenne ich.» Wie konnte ein Bastard wie Magus eine Lichtgestalt wie den Alten Mann kennen? Damit hatte ich nicht gerechnet. Ohne viel Federlesens wurde der Heimatforscher in unsere Runde plaziert. Mein Verleger ging hinein, um Kaffee zu kochen. Noch nie hatte ein Verleger das für mich getan. Ich beschloß, ihn für Milch und Zucker zweimal hin- und herzuscheuchen. Und zuletzt noch für einen Löffel.

Anfangs war Magus beklommen, aber zwei Fragen des Patriarchen lockerten ihn auf. Eifrig referierte er den Stand der Polizeiermittlungen. Ich verstand nicht, warum der Alte Mann sich das schweigend anhörte. Er mußte es längst wissen, besser wissen. Bei seinen Kontakten. Der Mann hatte sein Leben lang nichts anderes getan, als wichtige Menschen kennenzulernen. Wieso hörte er einem Piffer wie Magus zu? Und nun lobte er ihn auch noch, nannte ihn «Spürhund» und «unser bestes Pferd im Stall». Magus verging vor Seligkeit. Der Kaffee kam, auf dem Tablett befanden sich Milch, Zucker und Löffel. Pech. Magus sprach davon, daß er dabei sei, die «Quelle» weiter anzuzapfen. Aber es würde nicht mehr viel kommen. «Leergemolken», sagte er angeberisch und dann: «Es ist unglaublich. Seitdem ich den Informanten Geld bieten kann, funktioniert es wie geölt.»

Ich sagte: «Sie bekommen Geld vom Herrn Verleger?» Magus nickte. «Nun lassen Sie schon hören, worum es geht.»

Natürlich war ich gespannt, ob ich auch den Eintritt in diesen inneren Zirkel geschafft hatte. In den letzten Tagen saß ich pausenlos in Runden mit Hochkarätern zusammen. Magus suchte mimisch um Erlaubnis nach. Der Alte Mann nickte und sagte: «Es bleibt ja in der Familie.» Er mochte mich, das bedeutete mir etwas. Magus zierte sich noch ein wenig, um meine Spannung zu steigern, aber ich fand ihn nur eklig. Dann sagte er: «Wir haben den Obduktionsbericht.»

Worte wie ein Fanfarenstoß.

«Wir wissen jetzt, wie der König ums Leben gekommen

ist.» Vor zwei Wochen war Magus der Obduktionsbericht zugespielt worden, der wahre, der ehrliche, nicht der gefälschte aus dem Juni 1886, der seinerzeit in Abstimmung mit der bayerischen Regierung verfaßt worden war und den sich die beteiligten Ärzte mit Karrieresprüngen, der Überlassung von Privatjagden und kleinen sowie nicht ganz so kleinen Raritäten aus den Werkstätten der besten bayerischen Kunsthandwerker vergelten ließen. Ludwig war erschossen worden! Zwei Kugeln in den Rücken, die zum sofortigen Tod geführt hatten. Und Gudden? Gudden war zu diesem Zeitpunkt schon tot gewesen, offenbar im Kampf mit Ludwig unter Wasser gekommen und ersoffen.

«Von wem erschossen?» fragte ich sofort.

Magus blickte mich mitleidig an und sagte: «Es ist ein Obduktionsbericht. Sie erwarten nicht ernsthaft, daß ...»

«Okay, okay. Wo haben Sie ihn her?»

Schon an seinem Strahlen wußte ich, daß er mir die Frage nicht beantworten würde. Aber er sagte: «Der Bericht ist authentisch. Wir haben zwei unabhängige Gutachten. Es besteht kein Zweifel.»

«Jetzt fehlt Ihnen zu Ihrem Glück nur noch Ludwig.»

«Sie sind neidisch.»

«Macht doch nichts. Sie sind glücklich.»

«Aber wenn Sie neidisch sind, bin ich noch ein wenig glücklicher.» Dann brach es aus ihm heraus: «Ach was! Ich bin glücklich, weil ich recht behalten habe. Endlich Wahrheit! Endlich Beweise! Natürlich war das alles Bullenscheiße, was wir in den letzten Jahren an Land gezogen haben. Die nackte Verzweiflung. Dürftig, dünn, zum Gotterbarmen.»

«Warum haben Sie keine besseren Beweise gefälscht?»

«Ich habe gar nichts gefälscht», stellte er vibrierend klar. «Kein Komma. Das ist nicht mein Stil. Ich habe immer nur gesucht. Suchen ist mein Leben. So wie Ihr Leben das Schreiben ist.»

Dieser Bursche regte mich langsam auf. Warum war er nicht zu stinknormaler Polemik fähig?

Der Alte Mann mischte sich ein und bestätigte die Echtheit des Dokuments. Angeblich hatte es jahrelang in der Familie des Professors überwintert, der seinerzeit den König obduziert hatte. Danach habe es eine Tochter des Professors an sich genommen und einen kleinen Erpressungsversuch gestartet. Ergebnis: ein Weingut in Mittelitalien, wo sie 20 Jahre verbracht hatte. Weder der Wein noch die Kinder waren ihr besonders gut gelungen, zeitweise war das Dokument in Rom aufgetaucht und dann zurück nach Bayern gelangt, wo es in den vierziger Jahren dem Haus Wittelsbach bekannt geworden war. Das wollte damit nichts zu tun haben, es folgten 15 Jahre in einem blaublütigen Tresor und danach eine Odyssee durch Wittelsbacher Kreise, die mehrfach versuchten, den Bericht zu versilbern. Aber sie hatten nur mittellose Forscher angesprochen, und es waren einfach zu viele gefälschte Dokumente auf dem Markt. Erst jetzt hatten sich Fachleute über das Werk hergemacht und vor allem das Papier untersucht, es stammte aus dem letzten Jahrhundert.

Ich sagte: «Und jetzt? An die Öffentlichkeit damit?»

Magus blickte den Alten Mann an. Der wehrte ab und sagte: «Ich habe damit nichts zu tun. Ich habe Türchen geöffnet und Scheckchen ausgeschrieben. Jetzt seid ihr dran.»

«Heißt das, es ist Ihnen gleichgültig, was mit dem Obduktionsbericht gemacht wird?»

Er blickte mich an, als würde er Eigenschaften an mir erkennen, die ihm bisher entgangen waren. Dann sagte er: «Es hat mir immer Spaß gemacht, zu den Kugeln auf dem Billardtisch eine weitere Kugel zu legen und dann zu sehen, wie die Spieler damit fertig werden.»

«Vielleicht wird ja Literatur draus. Vielleicht nimmt sich ein Autor des Falls an.»

«Vielleicht. Es ist mir egal. Wenn nur das Leben spannender

wird. Glauben Sie mir: Wahrheit ist ein wunderbares Treibmittel.» Er sinnierte und sagte: «Nur Lügen sind besser. Aber gut müssen sie sein. Keine schwachbrüstigen.»

Dann zeigten sie mir den Obduktionsbericht. Es war nur eine Kopie, aber beeindruckend war auch sie. Die Quintessenz las sich nüchtern, fast desinteressiert: Ein König stirbt. Er war erschossen worden. Mehr als 110 Jahre Theoretisieren hatten ein Ende. Ich stand auf und trat hinter Carla. Auf ihrem Block ein Tisch, festlich gedeckt, der sich unter der Last leckerer Spezereien bog. Ich blickte unseren Tisch an. Dann lachte ich.

31

Bevor ich die Lobby betrat, warf ich einen Blick durch das Fenster und wählte den Eingang durch die Garage. Dort warteten nur zwei. Ich erzählte, was sie hören wollten, und ließ mich fotografieren. Dann ging ich in die Suite und wählte eine Nummer. Anrufbeantworter, Ende. Ich wurde, was ich seit Tagen sagen wollte, einfach nicht los. Dabei hätte ich gern mit jemandem geredet, der nicht wußte, was sich seit Tagen in München abspielte.

Ich verspürte Lust auf ein Stündchen Kultur. Aber es war Sonntag. Museen am Sonntag: nein. Wenn nicht Museum, dann Bewegung.

Eine halbe Stunde später begann ich, Nymphenburg zu umrunden. Marlise kam zwanzig Minuten später und fand mich sofort. «Ich bin einfach zum Eisstand gegangen.» Das war mir etwas peinlich, aber sie wollte mich nicht verspotten, sondern nur ein Eis. Sie hatte am Vormittag versucht, den Herzog zu sprechen. Angeblich hatte er Besuch gehabt. Ich berichtete, was ich in der Jagdhütte erfahren hatte. Erst als es neben mir still blieb, bemerkte ich, daß sie 20 Meter hinter mir stand. Eis tropfte vom schräg gehaltenen Stiel. Ich dachte, sie würde

Schmerzen verspüren. Auf Fragen reagierte sie nicht, auf Berührungen auch nicht, dann sagte sie: «Zwei Schüsse, sagst du.»

«Behauptet der Obduktionsbericht. Meiner Meinung nach kann der genausogut gefälscht sein wie alles andere auch. Nur geschickter.»

«Er ist nicht gefälscht.»

«Sagst du», sagte ich leichthin und schaute einem Elternpaar zu, wie es sich abmühte, eine vielleicht zweijährige Tochter davon zu überzeugen, daß Langnese kein Mickymaus-Eis im Angebot habe und das Kind deshalb kein Mickymaus-Eis essen könne. Das Kind blickte sich um und marschierte in eine Richtung los. Ging und ging, und als der Vater verzweifelt rief: «Da gibt es dein bescheuertes Mickymaus-Eis auch nicht», sagte seine Frau: «Du bist so was von hartherzig.»

«Wieso ich?» rief er. «Wieso immer ich?»

Und das kleine Kind stapfte energisch Richtung Innenstadt.

«Willst du wirklich ein Kind haben?»

Aber Marlise hörte mir gar nicht zu. «Jetzt ist es also soweit», murmelte sie. «Irgendwann mußten sie es herauskriegen.»

Ich blickte sie an und sagte zart: «Möchtest du mir vielleicht etwas erzählen?»

«Ich weiß nicht, ob ich dir trauen kann.»

«Kannst du nicht. Du mußt mich nur täglich verführen. Dann fresse ich dir aus der Hand.»

«Ich bleibe nicht bei dir.»

«Und warum nicht?»

«Weil ich dich nicht brauche.»

«Und was brauchst du? Reiche Adlige, die du erpressen kannst? Ich bin dabei, reich zu werden. Und ich bin ungeheuer fruchtbar.»

Dann saßen wir auf einer schönen Bank in dem schönen Park. An uns vorbei schritten schöne Freizeitkluften und dieser zeigefreudige Luxus, den du Hamburger Millionären nur mit Waffengewalt anziehen könntest.

Der Plan stand fest, er war nicht kompliziert. Wenn sie den König nach Berg schaffen, wird er befreit. Es gab einen Bauernhof drei Dörfer weiter, da sollte er hingebracht werden, weil dort die Kutsche wartete. Sie wollten ihn so weit wie möglich fortbringen, bevor die große Suchaktion eingeleitet wurde.

Ludwig selbst wußte nur, daß die Aktion stattfinden würde. Er wußte nicht, wann, weil es zu gefährlich war, ihm die Nachricht zu überbringen. Außerdem war er stark erregt, seine Gereiztheit stellte einen Unsicherheitsfaktor dar. Daher: abwarten und zuschlagen. Sie hatten es nicht geschafft, einen ihrer Männer ins Wachpersonal einzuschleusen. Die Dienerschaft war von den Psychiatern eingeschworen worden, die Rettung mußte also von außen kommen. Die Retter hießen Eberhard Wudy und Alois Backmund. Beide waren Bauern aus der Region und seit dem späten Vormittag des 13. Juni im Bereich des Schloßparks stationiert. Zuerst bewegten sie sich in der Verkleidung von Fischern, dann gingen sie an Land.

Sie hatten oft über ihre Angst gesprochen, daß auf Ludwig ein Anschlag geplant sein könnte – staatlicher Terrorismus oder verwandtschaftliche Wut – und daß dieser Anschlag in den ersten Stunden stattfinden könnte. Sie wollten den Feinden des Königs keine Gelegenheit geben, ihre Pläne in die Tat umzusetzen, deshalb sollte die Aktion während des Spaziergangs am Abend stattfinden. Die Kutsche wartete einen knappen Kilometer entfernt. Als die Dämmerung hereinbrach, schlichen Wudy und Backmund in den Park. Sie hielten sich fern vom Schloß, dort waren die Wachen konzentriert. Andere Bauern hatten für einen Überfall in großem Stil plädiert: 40 Mann mit Schußwaffen und zuerst das Wachpersonal in einem regelrechten Krieg niedermachen. Sie hatten sich für die kleine Lösung entschieden, denn am ersten Abend war der König allein mit dem Psychiater am See entlangspaziert. Von Bewachern war weit und breit nichts zu sehen. Kurz vor 19 Uhr kamen sie. Wudy und Backmund ließen sie vorbeigehen, vergewisserten sich, daß ihnen niemand folgte. Auf dem Rückweg wollten sie zuschlagen. Aber dann hörten sie Schreie. Oder Rufe. Sie rannten los, die Rufe wurden lauter, fordernder, vielleicht auch ängstlicher. Und dann ein Schuß! Alois Backmund war der bessere Läufer. Als er das Seeufer sah, rangen zwei Menschen miteinander: stumm, gewaltig, verbissen. Backmund rief: «Wer ist das? Sofort aufhören!»

Die Körper trennten sich, einer blieb stehen, einer wandte sich zur Flucht. Auf den schoß Backmund, zweimal. Es war ein fließender Handlungsablauf, ohne Nachdenken, ohne Zögern. Alles war klar: Einer blieb stehen, das war der Gute. Einer lief fort, der Schurke. Als Backmund das Ufer erreichte, entdeckte er eine dritte Gestalt, sie lag am Boden und rührte sich nicht. Der Mann, der nicht weggelaufen war, starrte Backmund an. Er war ganz in Schwarz gekleidet, selbst das Gesicht voller Ruß oder Schmutz. Backmund und der Schwarze starrten auf das Wasser. Backmund begann die Katastrophe zu ahnen, da stürzte aus dem Hintergrund Wudy herbei. Der Schwarze floh vom Schloß weg, die Bauern stiegen ins Wasser, drehten den Körper um.

Der Rest war schnell getan. Ohne ein Wort zu sprechen, schleppten sie den am Ufer liegenden Mann ins Wasser. Dann verschwanden sie. Vor dem Tor reichten sie sich die Hände. Dann kehrte der eine auf seinen Hof zurück, der andere verschwand im Nirgendwo und ward in der Gegend nie mehr gesehen.

«Das war einer ihrer Fehler», sagte Marlise, während sie vom zweiten Eis die Krokantschicht abbiß. «Die Polizei hat sich nie darum gekümmert, wer in dieser Nacht oder am nächsten Tag aus den Dörfern verschwunden ist. Vielleicht wären sie auf eine Spur gestoßen.»

«Backmund ist untergetaucht, stimmt's?»

«Er ist untergetaucht, und Wudy hat nie darüber gesprochen.»

«Das schöne Ende einer tragischen Geschichte.»

«Nein. So einfach hören solche Geschichten nie auf.»

Backmund hatte wieder geheiratet und endlich eine Vertrauensperson, der er berichten konnte, was ihn Nacht für Nacht so quälte. Sie hielt zu ihm, ihr war klar, daß er keine Schuld hatte. Aber das Gefühl, schuldig zu sein, konnte sie ihm nicht abnehmen. Sie bekamen ein Kind, und Backmund freute sich sehr, weil er nun wieder eine Zukunft hatte. Vorher wollte er sein Großreinemachen haben. Seine Frau warnte ihn inständig, aber er ging zur Beichte.

«Eine sichere Lösung.»

«In Filmen vielleicht. Nicht im Leben. Zwei Wochen nach der Beichte war er tot. Ertränkt in seiner Jauchekuhle.»

«Das war ein Unglücksfall.»

«So sah es natürlich aus. Es waren die Leute von MUTH.»

«Das weißt du nicht.» Ich sah sie von der Seite an. «Du weißt mehr. Gibt es etwa wieder ein Dokument?»

Das Dokument kam später, erst kam das Leben, denn nun verstarb auch noch die Frau von Eberhard Wudy, ein Unglücksfall, kein Zweifel. Ein Stier drehte durch, 500 Kilogramm drücken die Bäuerin gegen den Zaun. Es dauerte zwei Jahre, bis sich die beiden begegneten, die Witwe Backmund und der Witwer Wudy. Es geschah bei einem Fest zu Ehren des toten Königs. Aus den beiden wurde ein Paar, sie sagte ihm, was sie schon wußte. Er erzählte ihr den Rest. Und alles stand in ihrem Tagebuch, das sie heimlich führte.

«Und du hast das Tagebuch. Du hast es einem deiner Lover geklaut.»

Sie lächelte und sagte: «Du setzt immer voraus, daß meine

Lover lesen und schreiben können. Komm, ich will mich bewegen.»

Wir promenierten durch den schönen Herbsttag. Unterwegs trafen wir ein kleines Mädchen, dem Seligkeit ins Gesicht geschrieben stand. In der Hand hielt es ein Eis am Stiel, es hatte die Form einer Micky Maus. Hinter dem Kind gingen die Eltern, zwischen beiden mehrere Meter Luft. Sie sagte: «Das Kind hat dich total in der Hand.» Er sagte: «Irgendwer muß mich ja lieben.» Das letzte, was ich von ihnen hörte, war das höhnische Lachen der Frau.

Ein Tagebuch also, Epoche der Tagebücher. Was du schwarz auf weiß ... Und Marlise erzählte. Für ihre Verhältnisse überraschend stockend und unfertig, mit vielen Korrekturen und Sätzen, die nie fertig wurden. Die Geschichte einer jungen Frau, die aus der Familie des Königsmörders stammte; einer Familie, die nie ihren Frieden mit dem tragischen Irrtum am Starnberger See gemacht hatte, die litt und ihr Leiden an die nächste Generation weitergegeben hatte. «Ich habe immer gedacht, ich bin weniger wert, weil so etwas ja nicht passieren darf. Mein Urgroßvater wollte den König retten und hat ihn getötet. Ich weiß, daß jeder Mensch Fehler machen darf, weil es sonst unmenschlich wäre. Aber doch nicht so einen. Nicht einen, der so viel verändert. Für die anderen und für uns.»

Sie ließ sich berühren, das fand ich schön. Wenn ich dabei war, zu gestehen, durfte niemand die kritische Distanz unterschreiten.

«Natürlich habe ich keine Schuld, es ist so lange her. Aber ich fühle Schuld, egal, wie lange es her ist. Mein Urgroßvater hat dafür bezahlt und alle anderen, die nach ihm kamen, auch.»

Marlise trug die moralische Schuld am Tod des Königs in sich. Sie wußte, daß die Ära des Adels von der Geschichte überholt worden war. Aber sie wußte auch, daß es Nischen gab, in denen der Adel überwinterte. Seriöse und würdige

Vertreter, für die der Titel ein angenehmer familiärer Hintergrund und für die berufliche Karriere sehr nützlich war. Daneben die Sumpfblüten, dreist, charmant, arrogant und wohlhabend, anzutreffen an schönen Orte in schönen Einrichtungen, aufgeschlossen für Vergnügungen aller Art und mit einem Blick für die Reize attraktiver Bürgerlichkeit. Marlise suchte die Nähe der Blaublütigen. Sie wollte Abbitte leisten, indem sie freundlich war. Sie wollte sich einschleichen und ein Teil der anderen Welt werden. Und als sie nach fünf Jahren und bitteren Enttäuschungen begriffen hatte, daß einmal Bürger ein Leben lang Bürger bedeutet, hatte sie sich verwandelt. Aus der handzahmen Gespielin war eine kühl berechnende Strategin geworden. Sex gab es immer noch, aber nun wurde dafür bezahlt. Wenn die Blaublütigen ihr nicht das Gefühl verschaffen konnten, ein wirklicher Teil ihrer Welt zu sein, wollte sie sich aus ihrer Welt das nehmen, was sie abziehen konnte, ohne daß Alarmanlagen den Diebstahl von Gemälden, Porzellan und Geschmeiden anzeigten: gutes altes Geld.

«Gib's zu, du bist fasziniert von ihrer Welt.»

«Ich bin total geil darauf. Es ist für mich die einzige Art zu leben. Mit Stil zu leben. Alles andere ist Vegetieren.»

«Du kannst auch als bürgerlicher Geldsack im Luxus leben», sagte ich.

«Aber es gibt Dinge, die du mit Geld nicht kaufen kannst.»

«Das Talent zu schreiben.»

«Die Vergangenheit. Alles, was war. Kaufen kannst du immer nur nach vorn. Wie soll man auch eine Familientradition kaufen? Du kannst höchstens ein paar Symbole zusammenkaufen und mit ihnen angeben. Aber du kannst nie spüren, wie es ist, wenn du in einer Familie aufwächst, in der Onkel und Tanten und Großväter die Chefs von Herrscherhäusern waren. Fürsten, Grafen, Barone. Und vielleicht sogar ein König. Mein Gott, das ist Leben.»

München ist kein Dorf. Man muß nicht damit rechnen, unter 1,3 Millionen einer der fünf Personen zu begegnen, die man kennt. Aber weil in diesen Tagen der Zufall aufgehoben war, standen wir auf Höhe des Brunnens plötzlich Kurt gegenüber. Es war Liebe auf den ersten Blick.

Noch nie im Leben hatte ich körperlich so eindringlich verspürt, wie zwei Menschen aufeinander zu wachsen, wie alle Antennen sich nach dem anderen ausrichten. Ich übernahm die Vorstellung und wußte nicht, ob meine Worte sie erreichten. «Beruhige dich, Marlise. Der Herzog hat sich nicht liften lassen. Das ist wirklich Kurt Neumann.»

«Sei doch ruhig.»

Vielleicht dauerte der Moment, der mir zu schaffen machte, nicht länger als einige Sekunden. Jedenfalls nahm Kurt mich dann wieder wahr und berichtete vom Treffen mit dem Herzog. «Ich kann ihn einfach nicht anschauen. Und er selbst hört zwischendurch auch auf zu reden und staunt. Es ist sehr komisch, aber wir sind eigentlich mehr ergriffen.»

Ich sagte: «Das ist das, was Marlise an dir am meisten mag: die Ähnlichkeit. Ist es nicht so, Marlise?»

Sie lächelte mich frech an, und ich hatte das Gefühl, plötzlich nur noch ein guter Freund von ihr zu sein. Das war zuwenig. Gut befreundet sein konnte ich auch mit häßlichen Frauen. Bei Schönheiten war es verschenkt.

Offenbar hatte der Herzog das neue Familienmitglied mit offenen Armen aufgenommen und führte ihm nun in einer Art Crashkurs Immobilien, Devotionalien und auch das eine und andere Mitglied der Sippe vor. Kurt sagte: «Fünf Minuten habe ich keine Probleme. Dann beginnt alles vor den Augen zu verschwimmen. Es ist, als würde sich etwas in mir gegen diese Reize sträuben.»

«Vergiß das Fotografieren nicht. Damit du später etwas davon hast. Außerdem brauchst du Beweise, um deine Leute zu überzeugen.»

An der Art, wie er mich ansah, erkannte ich, wie es in ihm arbeitete. «Na ja», sagte er, «natürlich werde ich zurückfahren. Aber ich werde auch zurückkommen. Und dann ...»

«Du meinst, du überlegst, ob du drüben deine Zelte abbrichst?»

Marlise hakte sich bei ihm ein und sagte: «Davon müssen Sie mir unbedingt mehr erzählen.» Sprach's, und entführte den verdutzten Mann.

32

Ich habe mich stets für einen schlauen Kerl gehalten, diverse Beweise für die Richtigkeit der Theorie liegen vor. Dennoch brauchte ich fast bis zum Hotel, bevor mir die Konsequenz von Marlises Geständnis aufging. Ich hatte auf ein Taxi verzichtet und schlug mich schlendernd ins Zentrum zurück. Ein weiter Weg, aber erholsam. Dann war der Zeitpunkt erreicht, an dem die große Registrierkasse in meinem Hirn 2 und 2 zusammengezählt hatte. Marlise war die Nachfahrin des Mannes, der den König getötet hatte. Also waren die Rächer hinter ihr her, also war ihr Leben in Gefahr. Nein, nein, so war es nicht, MUTH war hinter allen her, die damals in Schloß Berg zum Wach- und Dienstpersonal gehört hatten. Dazu gehörte Alois Backmund nicht. Aber er trug die Verantwortung für den Tod des Königs, die anderen nicht oder höchstens in übertragener Weise. Weil sie funktioniert hatten und gehorsam gewesen waren, hatten die Verschwörer gegen Ludwig den Monarchen in die ausweglose Lage bringen können. Wenn MUTH redliche Gendarmen liquidiert hatte, würden sie Ludwigs Mörder unter Hurrageschrei über den Jordan schicken. Sie mußten nur von ihm erfahren. Aber dafür hatten sie über 110 Jahre Zeit gehabt. Und angeblich existierte ja ein Tagebuch. So etwas kann man kopieren und weiterreichen. Man kann sich nützlicher Idioten wie David Magus bedienen.

Nun ärgerte ich mich, daß ich nicht wußte, wie der 28. und letzte Name auf der Liste im Sarg lautete. Der Herzog wußte es. Und die Kommissarin! Ich mußte sie sprechen, unverzüglich. Wenn es nicht Backmund war, könnte ich mich endlich beruhigen. Dann war Marlise immer noch nicht endgültig aus dem Schneider, aber sie war nicht die Person, wegen der dieses Stillhalteabkommen zwischen Wittelsbachern und Polizei etabliert worden war. Außerdem hatte ich nie bemerkt, daß sie beschattet wurde. Und ich war mehr als einmal mit ihr zusammen ... Stielicke! Der Schatten in meiner Suite.

Ich begann zu laufen.

Sonntags mit der Polizei zu telefonieren war eine besondere Aufgabe. Erst wollten sie eine Kommissarin mit diesem Namen nicht kennen, dann vielleicht doch, aber wer ich denn sei und was ich für ein Interesse ...

Dann lieber den Herzog. Erst wußte ich seinen offiziellen Namen nicht, auch die Auskunft konnte mir nicht weiterhelfen. Ich rief in Berg an, die Kurverwaltung. Keine ganz dumme Idee, aber Sonntagabend war dafür ein sehr dummer Zeitpunkt. Immerhin hatten sie eine angenehme Stimme auf dem Anrufbeantworter. Die nächste Idee. Den Burschen von der «Süddeutschen Zeitung», den ich so sympathisch gefunden hatte. Seinen Namen kannte ich. Aber es war nur die Stimme einer älteren Frau da. Ihr Sohn sei mit Frau und Söhnchen auf dem Oktoberfest. Ich fand, daß manche Leute in zu jungem Alter heirateten. Die nächste Idee: Sebastian, das eingebildete Junggenie. Aber mir war sein Nachname entfallen. Bei «Focus» würden sie ihn kennen, falls sie ihn nicht schon hochkant hinausgeworfen hatten.

Ich hatte die Hand auf dem Hörer, als es klingelte. Der Empfang wollte wissen, ob ich bereit sei zu empfangen. Erst dachte ich, er würde einen Scherz machen. Dann hörte ich

Gerangel, der Empfang sagte so etwas Ähnliches wie «Aber das geht doch nicht». Dann Karoline: «Ich komme rauf.»

Sie schoß an mir vorbei in die Suite, vibrierend vor Nervosität, und warf mir gleich alles vor die Füße. Uwe hatte gestanden! Daß er sich habe hinreißen lassen. Daß er sich von Herzen schäme, weil er so wenig Vertrauen gehabt habe. Daß ihm aber ein Trost geblieben sei: Ich wäre auf jeden Fall der falsche Partner für sie, Karoline. Grund: Untreue. Am fast hellichten Tag habe ich es mit einer Frau getrieben. Und wie!

An dieser Stelle gelang es mir, sie durch fortgesetztes Rütteln an beiden Oberarmen zum Schweigen zu bringen. Ich rief: «Wovon redest du eigentlich, verdammt noch mal?»

Und sie sagte leise, erschöpft: «Na, von Uwe. Er hat alles gestanden. Er will das auch nie wieder tun. Aber ich glaube nicht, daß ich ihm verzeihen kann.»

Der Groschen fiel. Uwe Stielicke, Oberkommissar, liiert seit eineinhalb Jahren mit Karoline, grundlos eifersüchtig und einmal sogar mit Grund. Aber das war ein Fechtlehrer gewesen. Uwes Sorge galt Schriftstellern und anderen Künstlern. Mit denen konnte er nichts anfangen. Deshalb die Angst, daß Karoline mit ihnen etwas anfangen könnte. Oder sie mit Karoline. Am schlimmsten beides. Mich habe er gefressen gehabt seit meinem nächtlichen Anruf. Zumal sich Karoline schon vorher so begeistert über mich geäußert habe. Aber das sei doch nur wegen des Buchs gewesen, mich habe sie da ja noch gar nicht gekannt. Nicht so wie jetzt. Plötzlich waren wir uns ganz nahe, und ich sagte: «Du magst mich also, he? Hast mich richtig gern?»

Sie blickte mich an, jung und schön, das ideale Opfer. Sie nickte, riß sich zusammen und rief verzweifelt: «Das ist es ja. Ich kann so schlecht lügen. Uwe merkt das natürlich.»

«Und deshalb ist er nachgucken gegangen, mit wem ich zu Gange bin.»

Plötzlich tat es mir leid, daß ich Karoline mit Marlise verletzt haben könnte. Aber zehnmal größer war meine Freude, daß ich endlich das Motiv für den unheimlichen Besuch wußte. Eifersucht! Jämmerliche Eifersucht! Als Motiv zu banal, um in einem Buch von mir jemals eine tragende Rolle zu spielen. Aber für das richtige Leben reichte es. Spontan wollte ich Marlise davon erzählen, aber ich wußte nicht, wo sie sich aufhielt. Dafür wußte ich genau, was Karoline wollte: Ich sollte ihr versprechen, daß ich nichts gegen Uwe unternehmen würde. Er fürchtete um seinen Job, weil es doch illegal war, was er ... Ich fragte diskret nach, ob Uwe ihr irgendwie verändert vorgekommen sei. Karoline sagte: «Nein, wieso? Bis auf die Verletzungen natürlich.»

«Und hat er dir erzählt, wo er sich die zugezogen hat?»

«Na klar. In der Polizeidusche, in der Turnhalle. Die funktioniert schon seit Monaten nicht richtig.»

Ich sagte: «Ach, Karoline» und wußte, daß ich zu verdorben für solche jungen Frauen war. Sie konnten von mir nur schmutzige Dinge lernen. Ich versprach ihr, Uwe zu schonen. Alles sei vergeben und vergessen und habe nie stattgefunden. Karoline stand schon in der Tür, da kicherte sie und sagte: «Ist es wahr, daß du ...? Und Uwe hat alles gesehen?»

Sie verließ mich glücklicher, als sie gekommen war. Kann ein Mann mehr erreichen? Ich war so abgespannt, daß ich mich hinlegte und wegdämmerte.

Meine Hand suchte nach dem Hörer, weil ich Marlise erwartete. Aber es war Karoline: «Du mußt sofort herkommen! Es ist entsetzlich. Alles voller Blut! Schnell!»

«O mein Gott. Hat er eine Dummheit gemacht? Ich habe dir doch gesagt, Uwe hat nichts zu befürch... »

«Was redest du denn! Ich bin im Verlag! Komm endlich!»

Da war es 22 Uhr 18.

33 Ich hatte 16 Minuten Zeit, mir das Schlimmste vorzustellen. Die Tür war nur angelehnt, ich stellte mir das Schlimmste doppelt so schlimm vor. Der alte Horror vor angelehnten Türen. Karoline saß vorne rechts, eigentlich hing sie im Drehstuhl, bleich, trotz des warmen Lichts. Als sie mich sah, stand sie auf und ging steif nach nebenan.

Das erste, was mir auffiel, wer der Geruch von Alkohol. Mein Verleger lag auf dem Ledersofa, sein Gesicht war bedeckt mit Pflastern, einem Verband und seiner Hand, die er auf die Stirn gelegt hatte.

Ich sagte: «Was soll das? Warum ist kein Arzt da?»

«Kein Arzt», stöhnte er wie aufs Stichwort. Er sah furchtbar aus. Sein Hemd war blutbeschmiert, seine helle Hose auch. Er trug die gleichen Klamotten wie heute morgen. Er sah furchtbar aus, niedergeschlagen im doppelten Sinn. Daß ihn irgendwer in die Mangel genommen hatte, stand fest. Danach hatte sich auch sein Kreislauf verabschiedet, oder er war seelisch angeknackst. Jedenfalls war das nicht mein dynamischer Verleger, wie ich ihn kannte, sondern die Reste eines Erfolgsmenschen.

«Ich hole einen Arzt.»

Erst sah ich Karoline an, dann ihn. Er hatte sich auf dem Sofa nicht bewegt. Es gab nur einen Unterschied: Jetzt richtete er eine Pistole auf mich. Oder auf Karoline. Egal, einen würde er treffen.

«Er hat gedroht, er erschießt sich, wenn ich einen Arzt rufe. Oder wenn ich gehe.»

«Warum bist du überhaupt hier?»

«Ich wollte noch etwas arbeiten. Und da habe ich ihn ... ich meine, da lag er eben.»

«Es wird schon wieder», sagte der Pistolenbesitzer. «Setzt euch hin und macht keinen Streß. Es ist auch was zu essen da.»

«Sollen wir Ihnen beim Heilungsprozeß beiwohnen, oder was?» sagte ich gereizt.

«Du sollst aufhören, witzig zu sein. Damit wäre schon viel geholfen.»

Ich sah die Papiere und setzte mich hinter den Chef-Schreibtisch. Er versuchte, mich wegzuscheuchen. Als ich nicht gleich aufstand, schloß er die Augen und hustete. Es hörte sich nicht gut an, rasselnd irgendwie. Dann spuckte er aus. Es war schwarzrot, wie seine Zähne, die heute morgen noch blendend weiß ausgesehen hatten. Zwei Schneidezähne fehlten mit Sicherheit. Auf dem Schreibtisch lagen viele schöne Zahlen. Aber als Mann des Geistes sagten sie mir wenig. Dies war Futter für Betriebswirte und Finanzminister. «Karoline, kannst du mir die Zahlen übersetzen?»

Sie sah mich unglücklich an, stand da wie starr. Ihr setzte die Pistole mehr zu als mir. Für mich war sie ein Requisit der Verzweiflung. Natürlich war es möglich, daß er abdrücken würde. Aber nicht auf mich. Das beste Pferd im Stall lebt bis zuletzt. «Vergiß es», sagte er mit geschlossenen Augen. «Was sind schon Zahlen?»

Alle Wörter mit S oder Z bereiteten ihm Probleme.

«Für mich sind Zahlen wichtig. Sie sind die Grundlage meines Wohlstands. Und Ihres auch.»

Karoline hauchte: «Du kannst doch jetzt nicht anfangen ...» Aber sie war ein Kind aus dem Großbürgertum und hatte sich nie um Zahlen kümmern müssen.

Ich blätterte in den Unterlagen. Je weiter ich kam, um so stärker fielen die Bemerkungen am Rand ins Auge. Ausrufezeichen, unleserliche Kürzel, manchmal auch unterstrichene Zahlen, alles mit Filzschreiber, Grün, meiner Lieblingsfarbe.

Plötzlich begann er zu sprechen: «Das wird wieder. Kriege ich alles auf die Reihe.»

«Warum habe ich das Gefühl, eine Todesanzeige in Zahlenschrift zu lesen?»

«Auf und Ab. Wie im Leben. Ein Verlag ist wie das Leben. Auf und Ab.»

Das letzte Blatt. Gefüllt mit saftigem Grün. Mir erschloß sich nur jedes zehnte Wort, zu wenig, um sich den Rest zusammenzureimen.

Karoline sagte: «Darunter. Du mußt darunter gucken.»

Ich war überrascht. Sie, die wie ein Hascherl tat, hatte die Zeit genutzt, um auf eigene Faust ...?

Aber sie hatte recht. Der Briefkopf aus der Zentrale eines Buchkonzerns, der Text fünf Zeilen: «... möchte ich unsere Freude über den fruchtbaren Beginn unseres Gesprächs zum Ausdruck bringen und bestätige den von Ihnen vorgeschlagenen Termin. In Erwartung eines Anreiseplans verbleibe ich mit vorzüglicher Hochachtung ...»

Karoline sagte: «Sie verhandeln.»

Ich sagte lauter: «Hast du gehört, Verleger? Ihr verhandelt. Worüber denn bloß?»

Er machte ein Geräusch, das entfernt an Lachen erinnerte. «Sie glauben, sie kriegen uns für ein Butterbrot. Kriegen sie aber nicht.»

Mein Verleger verhandelte mit den Einkäufern eines Konzerns. Mein Verleger, der gleichzeitig seit einigen Tagen mit einem kleinen und feinen Verlag darüber verhandelte, ob ... Ich fragte nach, er wich nicht aus: Auf und ab, der Lauf des Lebens.

«Heißt das, Sie sind pleite?»

Wieder das kaputte Lachgeräusch.

Der Schreibtisch, an dem ich saß, verlor plötzlich seine bisherige Stabilität und kam mir vor wie Knetmasse.

Mein Verleger versuchte aufzustehen. Er ging nicht, er tapste, zaghaft wie bei Dunkelheit. «Kreislauf», sagte er kernig. «Wird wieder.»

«Schnaps», sagte ich. «Haben Sie vor der Prügelei getrunken oder hinterher?»

Angeblich wußte er das nicht mehr. Wir betraten gemeinsam den Toilettenraum. Sie hatten keine Urinale, nur zwei

Kabinen. Er traute sich's allein zu, ließ die Tür aber offen. Zweimal schwankte er, prallte links und rechts gegen die Wände, dann lehnte er sich gegen die Abtrennung und erledigte das Geschäft mit sicherem Halt. Als er sich umdrehte, sah ich, daß er sich bepinkelt hatte. Er sah es auch. «Gibt Wichtigeres», murmelte er und versuchte, sich im Waschbecken provisorisch zu reinigen. Danach sah er schlimmer aus als vorher.

Als er sich erbrach, geschah es ohne Vorwarnung. Danach blickte er sich im Spiegel an und murmelte: «Okay, das war das. Was hatten wir noch nicht? Vollgeschissen fehlt noch.»

Nie hatte ich einen Menschen erlebt, der dermaßen zusammengeschlagen worden war. Ich hatte Angst um ihn, aber ich litt auch unter meiner Unsicherheit. Mit steifen Beinen sah ich meinen Verleger in die zweite Kabine zurückstaksen, wo er sich auf die Brille fallen ließ.

«Geht schon», sagte er. «Was willst du wissen, Junge?»

«Wie wär's mit der Wahrheit? War früher mal groß in Mode.»

Das Lachgeräusch.

Aber er redete: «Ist ganz alltäglich. Versteht jeder. Wir haben mehr ausgegeben, als reingekommen ist, und es zu spät gemerkt. Letztes Jahr war klar: Wir müssen verkaufen.»

«Wem war das klar?»

«Dem Alten Mann und unserem Finanzminister.»

«Und Sie?»

«Ach Gott, ich hätte es schon noch ein Weilchen ausgehalten. Augen zu und durch. Das lernt sich. Daß wir dein Buch gemacht haben, war eine große Überraschung. Stand auf der Kippe. Wenn die Bank nicht noch einmal stillgehalten ... Aber dann ging es ja los, frag mich nicht, warum.»

«Was ging los?»

«Dein Buch, du Dussel. Die Leute fingen an, dein Buch zu kaufen. Und zwar mit dem Druck, daß jeder Kenner weiß: Da bahnt sich was an, das fängt an zu rennen. Im Grunde haben wir dein Buch nur gemacht, weil wir vorher schon eins von dir gemacht haben. Bist du jetzt enttäuscht? Natürlich bist du enttäuscht, du brauchst gar nicht den Kopf zu schütteln. Autoren sind alle eitel. Wer nicht eitel ist, ist kein Autor, sondern jemand, der nebenbei Bücher schreibt.»

Sein Gesicht war so weiß wie die gekachelte Wand hinter ihm. Aber er redete.

«Mehr hat uns nicht gefehlt in den letzten Jahren. Jedes Jahr ein Titel, der Geld bringt, oder alle zwei Jahre ein richtiger Knaller. Aber die mageren Jahre haben zu lange gedauert. Das zehrt an der Substanz, nicht von heute auf morgen. Du kannst dir ganz schön lange was vormachen.»

Vor der Toilette begann es zu rumoren. Mein erster Gedanke war: die Polizei. Dann öffnete sich die Tür, und ich erwartete Karoline. Aber es war der Alte Mann. Er hatte sich im Lauf des Tages umgezogen, sah aus wie ein Millionär auf Brautschau mit seinem Halstuch und den beiden Ringen. Er blickte seinen Sohn an. Weil ich ihm unterstellte, daß er bestürzt dreinschauen müsse, alarmiert und mitleidig, brauchte ich lange, bis mir klar wurde: Er verachtete, was er sah. Nichts und niemand tat ihm leid. Er war nur Härte, Härte pur. Von oben herab, aus weiter Entfernung, die Chefetage.

Mein Verleger sagte: «Hallo, Vater. Schön, dich zu sehen.»

«Ich wünschte, ich könnte das gleiche von dir sagen. Wie siehst du aus? Schämst du dich nicht?»

«Ehrlich gesagt, nein. Ich bin nur froh, daß ich lebe.»

«Und du riechst nach Alkohol. Es ist also doch wahr, was man hört.»

«Dein Weinkeller ...»

«Halt den Mund, wenn ich mit dir rede. Kann man dir gar nichts anvertrauen? Warum ist es schiefgegangen?»

Ich hätte gern ein Lebenszeichen gegeben, denn ich war nicht sicher, ob mich der Patriarch schon bemerkt hatte. Ich stand einen Meter neben ihm.

«Laß es gut sein Vater. Ich habe getan, was möglich war. Das weißt du auch.«

«Das war zuwenig! Du hättest nie und nimmer ...»

Ich zog den Zürnenden am Arm aus dem Toilettenraum. Draußen tobte er weiter, ich lotste ihn in die kleine Küche und baute den Inhalt des Kühlschranks vor ihm auf. Karoline kam dazu. Der Patriarch tippte auf zwei Gläser und eine Dose und sagte: «Das und das und das.»

Karoline sah aus, als würde sie ihm gerne eine Dose an den Schädel werfen. Aber als sie sah, daß ich ein Glas öffnete, half sie mir. Während er dann aß, mit sehr gutem Appetit übrigens, spuckte er aus, immer vier Sätze auf einmal, dann wurde gekaut.

Fünf Wochen war es her seit der Sitzung, in der sie das Übernahmeangebot des Konzerns diskutiert hatten. Mein Verleger hatte sich gegen Verhandlungen gewehrt, alle anderen waren dafür. Dann hatte mein Verleger um drei Tage Bedenkfrist gebeten, danach wollte er sich erklären. Drei Tage später hatte er sich erklärt, aber nur dem Vater, oben in der Jagdhütte. Mein Verleger hatte auf dem Münchner Kiez eine Unterwelttype angeheuert, Qualifikation: Abitur und abgebrochenes Studium der Geschichte. Der Finstermann hatte drei Kumpel in der Hinterhand. Gemeinsam schlichen sie sich in die Michaelskirche und öffneten den Sarg von König Ludwig II. Vor der Kirche wartete ein Wagen für den Abtransport der Leiche. Der Sarg war leer, von dem Schlag hatte sich das Verhältnis meines Verlegers zu seinen gedungenen Banditen nie wieder erholt. Sie hatten das sichere Gefühl, hereingelegt worden zu sein. Aber selbst mit angestrengtem Nachdenken fanden sie kein Motiv für die vermeintliche Lüge. Mein Verleger mußte einige Scheine auf die abgemachte Summe drauflegen, bevor sie sich einverstanden erklärten, mich zu bedrohen. «Halt, halt, halt. Bitte noch mal von vorn. Wo kommt der Plan her, Ludwigs Leiche zu stehlen?»

Kauend blickte mich der Patriarch an. Aber es war Karoline, die antwortete. «Sie wollten Wirbel um Ludwig, egal, wie. Wenn Ludwig in die Schlagzeilen geraten würde, würde es deinem Buch nützen.»

«Aber warum mußte ich dann noch bedroht werden?»

«Weil es authentischer aussieht. Und es war für den Fall, daß es mit der Verknüpfung von Leichenraub und Buch nicht so richtig klappen sollte. Spätestens wenn Ihnen Schläger auf den Leib rücken, hätte es der Dümmste kapiert», erklärte der Patriarch.

«Na vielen Dank. Ich darf Ihnen versichern: Die Banditen haben ihre Aufgabe hervorragend erfüllt.»

«Fein», sagte der Alte Mann zufrieden. «Ich gebe mein Geld nicht gern für halbe Sachen aus.»

Wäre er 40 Jahre jünger gewesen, hätte ich erwogen, ihn zu schlagen.

«Halbe Sachen, halbe Sachen, so ein Unsinn.» Mein Verleger stand hinter uns in der Tür. Der Mann war krankenhausreif. «Eine halbe Sache wäre es gewesen, wenn wir mit der Bedrohung Schluß gemacht hätten.»

«Aber du warst ja schlauer», sagte der Patriarch höhnisch.

«Ich war schlauer, genau. Ich denke weiter. Nach jedem Buch kommt ein zweites Buch. Und das läuft sehr viel einfacher, wenn das erste Buch geklappt hat.»

Das begriff ich sofort. «Ihr hofft, daß ich aus meinen Abenteuern in München ein neues Buch mache.»

«Das ist doch wohl das wenigste», sagte mein Verleger. «Sie wären nicht der, der Sie in meinen Augen sind, wenn Sie sich diese Gelegenheit entgehen lassen würden.»

«Irrtum, mein Lieber.»

Denken Sie an das große Ganze. Wir brauchen einen zweiten Hit, um aus dem Schneider zu kommen. Bis jetzt müssen Sie sich über uns doch wirklich nicht beklagen. Habe ich nicht recht?»

«Ich bin nicht sicher, ob ich Sie noch mag.»

«Denken Sie nach!» sagte mein Verleger. «Das erste Buch hat hervorragend funktioniert. In der nächsten Woche nehmen wir die 150000 in Angriff. Und mit den Fotos von meinem Zustand werden wir sie auch erreichen.»

«Moment, Moment. Was heißt das nun wieder? Haben Sie gar keine Prügel bezogen? Ist das alles Theaterschminke?»

Er lächelte melancholisch. «Das ist echt wie das Leben. Aber es wäre verschenkt, diesen Anblick der Welt vorzuenthalten. Meinen Sie nicht auch?»

Karoline wich zurück, ob aus Widerwillen oder aus einem anderen Grund. Ich sah nur noch einen weiteren: die Pistole.

«Was soll das heißen?» bellte der Patriarch und biß auf eine Gurke.

«Das werde ich dir beantworten, alter Mann.» In dieser Sekunde stellte der Senior das Kauen ein. «Du hast mir oft genug vorgeworfen, daß ich deinen Verlag in den Orkus gewirtschaftet habe. Aber du mußt zugeben, daß ich alles, was den ‹Elektrischen König› betrifft, bisher richtig gemacht habe. Wärst du so freundlich, das zuzugeben? Nein? Macht auch nichts. Ich habe nämlich noch einen Trumpf im Ärmel.»

«Da bin ich aber gespannt», sagte der Patriarch.

Jetzt erst trat mein Verleger in die Küche und drückte den Lauf der Waffe gegen die Schläfe des Patriarchen.

«Vatermord», sagte mein Verleger. «Familienkrieg in alteingesessenem Verlag. Hört sich das nicht gut an? Bisher ging es um eine Leiche mit einem Schönheitsfehler: Ludwig ist einfach schon zu lange tot. Der jagt niemandem mehr Angst ein. Ab 100 Jahren Verwesung sind Leichen sogar für Kinder geeignet. Nein, nein, was uns fehlt, ist frisches Blut und eine frische Leiche. Wie sieht's aus, alter Mann, bist du bereit, deinem Verlag einen großen Dienst zu erweisen?»

«Was soll das?» frage der Alte mit einer Stimmlage, die ich noch nie bei ihm gehört hatte. Sie klang durchsichtig. Karoline stand mit dem Rücken an der Wand. Sie sah schon alles, was noch gar nicht passiert war.

«Ich bin bereit», sagte mein Verleger. «Ich habe alle Termine für die nächsten 15 Jahre abgesagt. Juristisch ist auch alles klar. Der Verlag bleibt in der Familie. Ich habe mir erlaubt, den Namen der Kleinen einzutragen. Ich hoffe, ich habe damit in deinem Sinn gehandelt oder?»

Ich sagte: «Nimm die Pistole weg.»

Mein Verleger lächelte mich an und sagte zu seinem Vater: «Karoline war dir doch immer der liebste Bastard. Sonst hättest du nicht ausgerechnet um sie so einen Wirbel veranstaltet. Stimmt's, oder habe ich recht?»

Ich sagte: «Darüber kann man doch reden.» Der Satz war abgedroschen. Aber von den 50000 Sätzen meines Lebens fiel mir in diesem Moment nur dieser ein.

«Nein», sagte Karoline. «Das ist nicht wahr. Sie wollen ihn nur quälen.»

Mein Verleger lächelte sie an. So lieb, so irre. «Ach, Karoline, bewahren Sie sich Ihre Blauäugigkeit. Männer finden das entzückend. Und auf die Sympathie von Frauen sind Sie nicht angewiesen. Mit einem Verlag im Rücken. Meine Hochachtung, Frau Verlegerin, das Zeug haben Sie, und gleich haben Sie auch die rechtlichen Voraussetzungen.»

Dann schoß er.

Karoline schrie, preßte beide Fäuste gegen die Schläfen, sank auf die Knie, schrie, sank mit dem Kopf auf den Boden und verstummte.

«Sie sind doch irre. Sie glauben nicht im Ernst, daß ich nach der Wurst schnappe, die Sie mir hinhalten.»

«O doch», sagte er lächelnd. «Bitte, bitte, tun Sie's. Sehen Sie, ich knie sogar vor Ihnen hin, der Verleger auf Knien vor seinem Autor, da träumt ihr doch sonst nur von. Und auf den Knien bitte ich dich inständig, mein liebstes und erfolgreichstes Pferd im Stall: Schreib einen neuen Roman. Schreib ihn über das, was du in den letzten Tagen erlebt hast. Ich habe dir das Treatment geliefert. Und das Finale war auch nicht ohne.»

Ich sagte: «Ich mache das nicht.»

«Dein letztes Wort? Na gut. Aber du weißt ja: Wir hinterfotzigen Verleger fahren immer zweigleisig. Daran denkst du doch, nicht wahr? Und ist das Finale nun grandios oder nicht?»

«Schwachsinn!» rief ich verzweifelt. «Einfach schießen. Vatermord! Was kommt denn als nächstes? Ihr Plädoyer vor Gericht haben Sie wahrscheinlich auch schon formuliert, damit ich nicht soviel Arbeit habe.»

«Und wenn es so wäre?»

«Dann würde ich sagen: zu viele Klischees. Zu viel Eigenliebe. Wer seinen Vater tötet, soll gefälligst nicht auf halbem Wege stehenbleiben.»

«Sondern was tun?»

«Sondern den Vater in dieser Stunde auf seinem schweren Weg nicht allein lassen.»

Ich wollte ihn packen, ich schwöre, daß ich es fast geschafft hätte. Aber die Pistole steckte bereits in seinem Mund. Dann nicht mehr, denn er hatte keinen Mund mehr.

34

Ich sah mir alles an, zog mir den Anblick mit einer geilen Neugier rein, als habe ich seit Jahrzehnten darauf gewartet. Ich fand es faszinierend, sehen zu können, aus was der Mensch besteht. Solange er lebt, sind wir auf seine Theorien und Reden, seine Lügen und Schminkarien angewiesen. Im Tod kommt er aus sich heraus. Die Gelegenheit mußte ich nutzen, und ich hätte bestimmt noch viel länger zum Thema Gehirnaustritt philosophiert, wenn Karoline nicht geschluchzt hätte. Sie lag immer noch auf den Knien, den Kopf, sehr gelenkig, auf der Erde. Jetzt stöhnte sie, sagte etwas, das ich nicht verstand, und als ich es verstand, hatte sie bestimmt schon zehnmal gesagt: «Hilf mir. Ich kann nicht aufstehen.»

Wir befanden uns in einer Küche von acht Quadratmetern. In diesem Raum hielten sich auf: eine komplette Kücheneinrichtung und vier Menschen, von denen zwei tot waren. Mein Verleger lag keinen Meter von Karolines Kopf entfernt. Einiges von ihm war über ihre Bluse gespritzt.

Ich half ihr auf die Beine, sie warf die Arme um mich, ich warf die Arme um sie. Die Lebenden mußten zusammenhalten. Behutsam lenkte ich sie aus der Küche, fand auch den Flur nicht angemessen. Dann standen wir im Chefzimmer. Sie atmete an meiner Brust, und ich dachte: Geh da nie weg, weil ich dann anfangen muß, mir Gedanken zu machen. Über ihre Schulter schaute ich auf das Fenster ohne Gardinen und Jalousien, schaute das Gesicht an, das auf der anderen Seite stand und uns beobachtete. Ich versuchte, mich daran zu erinnern, ob Karoline mir vorhin etwas zum gegenwärtigen Aufenthaltsort ihres Polizisten gesagt hatte. Mir fiel nichts ein, und nun war es ja gegenstandslos geworden. Denn er stand vor dem Fenster. Erst allein, dann zu zweit. Ich hob die Hand, aber die Kommissarin winkte nicht zurück.

Eine Viertelstunde später übernahmen die Professionals die Herrschaft über die Verlagsräume. Sie verhörten Karoline und mich in getrennten Räumen. Meinen Versuch, an der Seite der Assistentin bleiben zu dürfen, hatte die Kommissarin unterbunden.

«Trauen Sie uns etwa nicht?»

Sie blickte mich an. Immerhin spuckte sie nicht aus. Ich nahm das als gutes Omen. Dann kam die Überraschung. Erst wollte sie mir nicht erzählen, warum sie zeitlich so passend am Tatort aufgetaucht waren. Dann hielt sie die Fragen nach Vater und Sohn Verleger fast beleidigend kurz und sagte: «Der Tote in Ihrer Wanne ist aufgeklärt.»

«Ach.»

Sie blickte mich an, als habe ich mich soeben verraten. Der Ingenieur Rochlitz war das Opfer einer Gewalttat mit privatem Charakter. Tatmotiv: Eifersucht. Täter: der neue Lebensgefährte seiner Exgattin. Ich war ins Spiel gekommen, weil der Täter in der Zeitung gelesen hatte, daß ich in der Stadt erwartet werden würde. Da war ihm die Idee gekommen, die Leiche bei mir zu entsorgen, um eine falsche Spur zu legen. Als dann noch alle Radios vom gestohlenen Ludwig berichteten, war es folgerichtig, mich aus dem Hotel zu locken und den Ingenieur in meine Wanne zu legen. Der Autor eines Buches über den König, der geraubte Königsleichnam und dann noch ein bürgerlicher Toter – eine wunderbare Bündelung von Verdachtsmomenten, perfekt als Rätselnuß für die Polizei.

«Ich würde nie morden. Niemand ist schlauer als die Polizei», sagte die Kommissarin.

«Hat Ihnen Ihr Mitarbeiter Stielicke erzählt, wo er sich seine Verbrennungen zugezogen hat?»

«Beim Duschen nach dem Sport. Wieso?»

«Danke. Jetzt bin ich auch Ihrer Meinung: Niemand ist schlauer als die Polizei.»

Sie blickte mich mißtrauisch an und erkundigte sich dann dermaßen beiläufig nach Marlise, daß meine Nackenhaare in die Höhe schossen.

Ich sagte: «Weshalb wollen Sie das wissen?»

Sie sagte: «Die Fragen stelle ich.»

«Aber ich beantworte sie nicht.»

«Das wäre Behinderung unserer Arbeit.»

«Und was gibt's dafür als Strafe? Ein Kuschelwochenende am Ammersee an Ihrer Seite?»

«Halten Sie sich zurück, ja!»

«Warum denn? Der Beamte sind doch Sie. Ich darf spontan sein.»

«In Ordnung. Dann sagen Sie mir mal ganz spontan, wo sich Frau Watzlik aufhält.»

Marlise hatte auch einen Nachnamen, wie schön.

«Warum wollen Sie das wissen?»

«Ich warte auf Ihre Antwort.»

«Woher wissen Sie überhaupt, daß ich ... ach ja, klar. Ihr Kollege.»

«Ich warte noch immer auf die Antwort, aber nicht mehr lange.»

«Und was machen Sie dann?»

«Dann kriege ich Sie wegen unterlassener Hilfeleistung dran.»

«Das klingt ja so, als würde Frau Watzlik eine Gefahr drohen.»

«Keine Gefahr.»

«Na sehen Sie.»

«Todesgefahr.»

Das Wort erhöhte meine Kooperationsbereitschaft beträchtlich. Alle alten und gerade erfolgreich abgelegten Ängste um Marlises Wohlergehen stellten sich plötzlich wieder ein. Die Kommissarin ging kurz hinaus in die Welt, in der die Professionals herrschten. Ich schaute aus dem Fenster. Zwei Leichenwagen standen vor dem Haus, bizarr geparkt. Der Parkplatz war auf Überlänge nicht eingestellt. Die Kommissarin kehrte zurück. Ich fragte nach Karoline. Antwort: «Sie lebt.»

Sie fragte nach Marlise. Antwort: «Sie lebt.»

Dann sagte sie: «Der letzte Name auf der Liste im Sarg. Es ist der von Frau Watzlik. Beziehungsweise ihrer Vorfahren.»

Ich ging hoch wie eine Rakete, warf der Polizei Verschleppung vor und Gefährdung von Menschenleben. Sie sagte ruhig: «Es hat lange gedauert, bis wir die Familienlinien ermittelt hatten. Namen können sich ändern. Jetzt wissen wir Bescheid. Ihre Geliebte ist die letzte lebende Nachfahrin des letzten Namens auf der Liste.»

«Der Todesliste.»

«Wie banal. Also?»

Aber ich wußte nicht, wo Marlise stecken könnte. Sie hatte ja kein Zimmer und keine Wohnung. Ich wußte nichts von ihr. Die Kommissarin sah mich angewidert an: «Was wissen Sie eigentlich von ihr? Wo sie überall Leberflecken hat wahrscheinlich. Und wo Sie es am liebsten hat.»

«Sie denken zwischendurch daran, daß Sie sich nicht so widerlich wie ein Mann anhören, ja?»

Dann wollte sie wissen, was die Polizei unternehmen könnte, um Marlises Leben zu schützen. Die Kommissarin sagte: «Wir müssen wissen, wo sie ist.»

«Aber Sie wissen doch immerhin, wo die Täter sind.»

«Wie soll ich das verstehen?»

«MUTH. Ihr Rächerklub.»

Schlagartig wechselte ihr Gesichtsausdruck zu Begriffsstutzigkeit. Dieser Anblick bremste gerade noch meine Auskunftsbereitschaft. Ich wollte sie auf die Spur von Kurt setzen. Aber wenn die Kommissarin mit MUTH unter einer Decke ...? Nein, im Moment kannte ich nur einen, der mit Sicherheit auf Marlises Seite stand.

Ich sagte: «Geben Sie mir einige Stunden, dann finde ich sie.»

«Sie sind verpflichtet, uns alles zu sagen, was Sie wissen.»

«Okay, vergessen Sie's. Ich weiß nichts.»

Kurzes konzentriertes Schweigen.

Dann sagte sie: «Wie lange?»

«Bis zum Morgen.»

«Was können Sie mir als Garantie bieten?»

«Meinen guten Ruf als Autor.»

«Also nichts. Ich habe es gewußt.» Sie starrte mich an: «Verschwinden Sie. Wiedersehen macht Freude.»

Ich sprang zur Tür, dann ein Zögern: «Ich möchte nicht beschattet werden.»

35

Vor dem Hotel hingen noch 30 oder 40 kleine Mädchen herum, bepackt mit Blumen und Teddybären. Zwei Polizisten tranken aus einer Thermosflasche. Als ich sie passierte, sagte einer: «Wenn das meine Tochter machen würde ... Jungen Kerlen hinterherlaufen. Und dann noch Musikern!»

Im Vorbeilaufen sagte ich: «Würden Sie sie mit einem Schriftsteller losziehen lassen?»

Er stutzte und lachte: «Dann lieber mit einem Musiker. Die lügen nicht soviel. Und haben wenigstens Knete auf dem Konto.»

Meine heimliche Hoffnung war, ein Bett mit einer schlafenden Marlise zu finden. Das Bett war leer.

Ich begann zu telefonieren. Ich hätte es im Verlag tun können, vielleicht hätten sie mir sogar ein eigenes Zimmer überlassen. Aber ich traute der Polizei nicht. Natürlich wußte ich nicht, ob sie mich nicht hier abhörten, aber ich wußte, daß ich nicht in Paranoia verfallen durfte. Unter der Nummer von Kurts Hotel meldete sich eine Stimme, die bis eben geschlafen hatte. «Mr. Neumann? Der schläft.»

Ich lachte, die Stimme lachte nicht. Schweigen, dann: «Herr Neumann nimmt nicht ab.»

Angeblich hing der Schlüssel am Brett. Ich bat ihn, einen der anderen amerikanischen Gäste ans Telefon zu kriegen. Er weigerte sich, ich bat und bettelte, ich hätte ihm die Füße geküßt. Ich bot ihm Geld. Er sagte: «Ich kenne Sie nicht.» Ich sagte: «Ich sehe aus wie der Kopf auf den 20-Mark-Scheinen.»

«Da ist eine Frau drauf.»

«Dann wie der Kopf auf den 50-Mark-Scheinen.» Schweigen, dann: «Auf den Hundertern ist leider auch eine Frau.» Ich sagte: «Okay.» Und er stellte mich durch.

Die Frauenstimme erinnerte sich daran, mich in Neuschwanstein gesehen zu haben. Das war ein guter Beginn.

Nein, sie wußte nicht, wo sich Kurt aufhielt. Ja, morgen würden sie zurückfliegen. Ja, Kurt habe davon gesprochen, daß er einen Herrn Herzog kennengelernt habe. Nein, Näheres wußte sie nicht. Ich bat sie, an seine Zimmertür zu klopfen. Sie fühlte sich veralbert, ich sprach von den Personalpapieren, die vor meiner Ladentür, denn ich sei ein Zeitschriftenhändler, gefunden worden waren. Das paßte hinten und vorne nicht zusammen, aber sie ging und kam zurück. Kein Kurt. Eine Frau? Kurt und eine Frau? Nein, dafür sei er nicht der Typ. Er habe doch eine Frau, in Baltimore, Janis würde gut aussehen, sei sehr sportlich und Bezirksleiterin für Tupperware. Good night, lady, good night.

Scheiße.

Ich legte auf, und es klingelte.

«Marlise! Marlise, wo bist du? Rühr dich nicht weg. Ich komme sofort zu dir. Du bist in großer Gefahr.»

Sie bat darum, auch etwas sagen zu dürfen. «Wir müssen dir etwas zeigen.»

«Wer wir?»

«Kurt und ich.»

«Du meinst Herrn Neumann.»

«Nein, Kurt. Komm sofort her.»

«Worum geht es? Kann das nicht warten? Du bist im Moment viel wichti...»

«Wir wissen jetzt, wo Ludwig begraben ist.»

36

Wäre der Taxifahrer eine Plaudertasche gewesen, hätte ich ihn gebeten, den Mund zu halten. Die Bitte war unnötig. Er redete nur, als ich mein Fahrtziel nannte: «Das Schloß? Feiern wohl wieder eine Orgie da draußen.»

Ich mußte nicht zum Schloß, sie erwarteten mich am Eingang zum Park. Aber ich erkannte sie erst, als ich unmittelbar vor ihnen stand. Hier draußen gab es nichts, was die Dunkelheit erhellte. Ich fühlte eine unbändige Freude, als ich Marlise wohlbehalten sah. Ich hätte mich noch etwas besser gefühlt, hätte ich nicht Kurt an ihrer Seite entdeckt, nachts um zwei Uhr, aber ich mußte ja nicht unbedingt jetzt die Frage stellen, was sie seit ihrer Begegnung in Nymphenburg bis jetzt miteinander angestellt hatten. Ich umarmte Marlise und sagte: «Jetzt wird alles gut.»

Weil mein Herz übervoll war, erzählte ich ihr natürlich sofort von dem Drama im Verlag. Kurt schüttelte den Kopf und sagte: «Bis vor einer Woche hatte ich ein anderes Bild von Deutschland.»

Ich wollte Richtung Schloß gehen, aber sie sagte: «Nicht da.»

Lachend sagte ich: «Wollen wir etwa einen Spaziergang unternehmen? Ich kann euch nur warnen. Die pflegen in dieser Gegend schrecklich zu enden.»

Die beiden sahen mir beim Lachen zu, Marlise hakte sich bei mir ein und sagte: «Das Grab. Ich will es dir zeigen.»

Ludwigs Grab auf dem Gelände von Schloß Berg? Ich war überrascht, aber warum sollte es nicht möglich sein? Es war ja naheliegend, wenn er seine letzte Ruhestätte in der Nähe des Orts gefunden hatte, wo er ums Leben gekommen war. Wir bogen in den Park ein, ich erkundigte mich nach dem Herzog. Sie hatten den Abend mit ihm verbracht. Nicht mit ihm allein. Kurt nannte noch weitere Namen, die ich mir jedoch nicht merkte. Um endlich meine Beklommenheit loszuwerden, sagte ich munter: «Und ihr beide? Habt ihr schon familiäre Bindungen geknüpft?»

«Wieso?»

«Na, weil du ein Wittelsbacher bist und Marlise einen kleinen Wittelsbacher im Leib trägt.»

Im nächsten Moment lief ich schamrot an. «Oh, das ist mir ja so peinlich. Habe ich da was ausgeplaudert?»

Marlise schmiegte sich an mich und sagte: «Du bist und bleibst ein Trampel. Aber er weiß es, stell dir vor, er weiß es.»

«Und er findet es nicht verwerflich», sagte Kurt.

«Das wäre ja noch schöner», sagte ich. «Wieso solltest du es verwerflich finden?»

«Vielleicht weil ich meinen könnte, daß so ein Kind unserer Verbindung im Wege stehen könnte.»

«Eurer Verbindung also. Sieh an.»

Daran hatte ich zu knabbern. Trotz der Dunkelheit spürte ich, wie sie sich mit Blicken verständigten. Wahrscheinlich hatten sie vorher durchgespielt: Wie sag ich's meinem Kinde? Jetzt war es heraus, und das Kind bemühte sich, nicht eingeschnappt zu sein. Vielleicht würden sie mich zu ihrer Vermählung einladen. Es würde meine erste Hochzeit im Blaublütermilieu werden.

Schweigend schritten wir voran, rechts schlief der See, schwacher Wind warf Wellen ans Ufer.

«Hier sind sie gegangen, am letzten Abend», sagte ich. Schweigen.

«Wahrscheinlich hat Gudden ihn bis zur letzten Sekunde vollgequatscht.»

Schweigen. «Leute mit so einem Selbstbewußtsein haben eben keinen Sinn für Zwischentöne.»

«Was meinst du mit Zwischentönen?»

«Wenn sich etwas anbahnt. Ludwig befand sich doch garantiert schon in der Konzentrationsphase. Für die Flucht.»

Erst als ich das Kreuz im Wasser sah, wurde mir bewußt, wie weit wir gegangen waren. Der Mond steckte hinter Wolken fest, aber er spendete genügend Licht, um das Schwarz aufzuweichen. Da war es passiert. Ich wußte, was dort passiert war. Außer mir wußte es nur eine Handvoll Menschen. Einen größeren Startvorteil hatte selten ein Autor besessen. Es wäre eine Sünde gewesen, nichts aus diesem Vorteil zu machen. Eine Sünde und eine Dummheit.

Ich sagte ihr noch einmal, wie froh ich sei, daß ich schneller gewesen war als die Rächer von MUTH.

«Was hast du ständig mit deinem ‹schneller sein›?» fragte Marlise.

«Ja, mein Gott, weil sie herausgefunden haben, wer hinter dem 28. Namen steckt.»

«Ja und? Wer ist es?»

«Du.»

Marlise blickte mich an, zu lange, dann sagte sie: «Der letzte Name ist deiner.»

«Nonsens. Die Kommissarin hat gesagt ...»

«Sie lügt.»

«Warum sollte sie?»

«Weil sie zu MUTH gehört.»

Schlagartig hatte ich einen anderen Geschmack im Mund. Es schmeckte metallisch.

Vorsichtig sagte ich: «Wie heißt er denn, der letzte Name?»

«Hoffknecht. Kommt er dir bekannt vor?»

«Ich kenne ihn. Die Sippe meines Vaters.»

«Warum heißt du nicht so?»

«Weil mein Großvater meine Großmutter geliebt hat. Und weil er seiner Zeit voraus war. Er hat damals ihren Namen angenommen.»

Sie standen schräg hinter mir, ständig stand einer schräg hinter mir, manchmal auch beide.

«Okay», sagte ich launig. «Ihr wollt mir Ludwigs Grab zeigen.»

Marlise wies nach vorne. Aber vorne war nur Wasser. Ich verstand sie nicht. Sie sagte: «Unter dem Kreuz. Ich finde es passend. Du nicht?»

«Doch», sagte ich mit einer aufgesetzten Munterkeit, die mir selbst schrecklich falsch vorkam. «Sein nasses Grab. Sehr passend. Und was machen wir jetzt? Wollen wir uns gegenseitig vor dem Kreuz fotografieren?»

Marlise sagte: «Das geht doch nicht.»

«Klar geht das. Wir stapfen einfach durchs Wasser. Erst der eine, dann die anderen. Das Wasser reicht doch nur bis an die Brust. Ging es jedenfalls damals. Oder haben sich die Wasserverhältnisse hier inzwischen verändert?»

«Ins Wasser?» sagte Kurt und räusperte sich.

«Klar», sagte ich. «Oder traut ihr euch etwa nicht, ihr Feiglinge?»

«Wir trauen uns.»

Dann faßte einer meinen rechten Arm und der andere meinen linken Arm. Ich rief noch «Sehr witzig.» Aber sie lachten nicht mehr und gingen immer weiter. Ihr Ziel war das Kreuz. Mein Ziel war es plötzlich nicht mehr, aber ich hatte meine Ziele nicht mehr in der Hand, denn sie hielten mich fest, und ich hatte keinen Boden mehr unter den Füßen. Und dann war nur noch Angst da, vor Wasser. Und vor Tauchen. Und vor der Tiefe.

Norbert Klugmann

Norbert Klugmann, Jahrgang 1951, lebt in Hamburg und ernährt sich vom Journalismus und von der Literatur.
«Klugmann hat sich einen Rangplatz irgendwo zwischen Heinz Erhardt und Groucho Marx erschrieben.»
Die Welt

Norbert Klugmann
Neues aus Wortleben
Roman
(rororo 13174)

Revier im vierten Stock
Bekenntnisse einer Hauskatze
(rororo 12110)

Die Liebe fällt nicht weit vom Stamm *Roman*
(Wunderlich Taschenbuch 26012)

Reich mir die Hand, mein Leben
Roman
(Wunderlich Taschenbuch 26011)

Der unglücklichste Mann der Welt *Roman*
(Wunderlich Taschenbuch 26010)
«Diese anrührende Story hätte die große Rosamunde Pilcher auch nicht besser hingekriegt.»
Hamburger Morgenpost

Tochter werden ist nicht schwer
Roman
(Wunderlich Taschenbuch 26087)

Dies Weihnachtsfest ist nur für dich
(Wunderlich Taschenbuch 26114)

rororo / Wunderlich Taschenbuch

Von der Fischerin und ihrem Max
Roman
(Wunderlich Taschenbuch 26086)
Auf der Suche nach ihrem spurlos verschwundenen Freund kommt die Fischerin Jule von Rügen nach Hamburg. Hier gerät sie an den charmanten Nichtstuer Max ...

Doppelfehler *Ein Fall für den Sportreporter*
(rororo thriller 43228)

Treibschlag *Ein Fall für den Sportreporter*
(rororo thriller 43238)

Zielschuß *Ein Fall für den Sportreporter*
(rororo thriller 43241)

Schweinebande
(rororo thriller 43175)

Tour der Leiden *Best of Foul Play*
(rororo thriller 43324)

Der Schwede und der Schwarze
(rororo thriller 43322)

3674/2

Klugmann / Mathews

«Da werden endlich wieder Geschichten erzählt, die so intelligent und spannend sind, die zum Zittern und Lachen bringen. Allererste Empfehlung: die subtil anarchistischen Polizeikomödien der beiden Hamburger Norbert Klugmann & Peter Mathews.»
Lui

Beule & Co
Beule oder Wie man einen Tresor knackt. Ein Kommissar für alle Fälle. Flieg, Adler Kühn
(thriller 43101)
Die Helden des Autorenduos scheinen auf den ersten Blick wenig perfekt. Sie haben Probleme mit Frauen, mit sich selbst und mit ihrer Kondition. Eigentlich sind sie ganz selten richtige Helden ...

Die Schädiger. Tote Hilfe
Zwei Krimikomödien
(thriller 43275)
«Witzig und spannend» (*Süddeutsche Zeitung*) ist der häufigste Kommentar zu diesen etwas anderen Krimis. Zwei Geschichten um den ewigen Loser Rochus Rose und die Jungs von der alternativen Tankstelle.

Vorübergehend verstorben
Roman
(thriller 43306)
Die Männer sind alle Verbrecher, ihr Herz ist ein finsteres Loch... Die Anwältin Luise Rubato fährt lieber in die Grube, als der Moral der Männer zu erliegen.

rororo thriller

Norbert Klugmann
Treibschlag *Ein Fall für den Sportreporter*
(thriller 43238)

Zielschuß *Ein Fall für den Sportreporter*
(thriller 43241)

Doppelfehler *Ein Fall für den Sportreporter*
(thriller 43228)

Schweinebande
(thriller 43175)

Tour der Leiden *Best of Foul Play*
(rororo 43324)

«**Norbert Klugmann** legt ein wahnsinniges Tempo vor und ihm fließen mitunter Dialoge aus der Feder, gegen die hochgerühmte amerikanische Kollegen die reinsten Langweiler sind.» *Süddeutscher Rundfunk*

Ein Gesamtverzeichnis der Reihe *rororo thriller* finden Sie in der *Rowohlt Revue*. Vierteljährlich neu. Kostenlos in Ihrer Buchhandlung.

-ky

«Die besten Krimis von **-ky** schildern unsere Gegenwart mit Scharfsinn, Witz und Hintergründigkeit.»
FAZ

-ky, mit richtigem Namen Dr. Horst Bosetzky, ist Professor für Soziologie in Berlin. Er gehört zu den wichtigsten deutschen Kriminalromanautoren. In seinen Büchern verbindet er eine spannende Handlung mit einer genauen Beschreibung der deutschen Wirklichkeit.

Da hilft nur noch Beten
(thriller 2883)

Blut will der Dämon
(thriller 3091)

Feuer für den Großen Drachen
(thriller 2672)
Kreuzberger Nächte: Liebe, Ku-Klux-Klan und Graue Wölfe...

Unfaßbar für uns alle
(thriller 3174)
Kommissar Mannhardt ist der organisierten Kriminalität auf der Spur.

Ich wollte, es wäre Nacht
(thriller 2951)

Mitunter mörderisch
Kriminalstories
(thriller 2383)

Ein Toter führt Regie
(thriller 2312)
Ein Selbstmörder rächt sich an den Lebenden, die ihn gequält haben...

rororo thriller

Ein Mann fürs Grobe
(thriller 43246)

-ky / -ky & Co.
Zu einem Mord gehören zwei. Es reicht doch, wenn einer stirbt. Die Klette
(thriller 3157)

«-ky ist die Nummer eins unter Deutschlands Krimischreibern.»
NDR

rororo thriller werden herausgegeben von Bernd Jost. Ein Gesamtverzeichnis der Reihe finden Sie in der *Rowohlt Revue*. Vierteljährlich neu. Kostenlos in Ihrer Buchhandlung.

3014/4

Wolf Haas

Wolf Haas wurde 1960 in Maria Alm am Steinernen Meer geboren. Nach Abschluß seines Linguistik-Studiums arbeitete er zwei Jahre als Uni-Lektor in Swansea (Südwales). Seit 1990 lebt er als Werbetexter in Wien. Die Werbespots für eine Automarke wurden in Österreich so populär, daß sich daraus eine Kult-Comedy-Serie für einen Radiosender entwickelte.

Auferstehung der Toten
(thriller 43244)

Komm, süßer Tod
(thriller 43287)
Privatdetektiv Brenner hat die Migräneattacken bei unübersichtlichen Fällen satt: Er fängt in Wien bei den Rettungsfahrern des Roten Kreuzes an. Doch seine neuen Kollegen haben ein Problem: Der Samariterbund schnappt ihnen neuerdings die Verletzten von der Straße weg. Der Chef der Rotkreuzfamilie hat den Verdacht, daß die Konkurrenz den Rettungsbund abhört, und schleust Brenner bei den Samaritern ein.
«So schön wie Haas hat lange keiner hingelangt.»
Spiegel extra

Der Knochenmann
(thriller 43258)
«... ein Muß für alle, die da süchtig sind nach vielversprechenden Talenten.»
Die Welt

rororo thriller

Ausgebremst *Best of Foul Play*
(thriller 43325)
Steckt Michael Schumacher hinter dem Tod des legendären Formel-1-Piloten Ayrton Senna? Ein Fanartikel-Händler glaubt fest an dieses Gerücht. Welche Rolle spielt dabei Mercedes-Benz? Und was hat es mit dem mysteriösen Crash von Niki Lauda auf sich?

Ein Gesamtverzeichnis aller lieferbaren Titel der Reihe *rororo thriller* finden Sie in der *Rowohlt Revue*. Vierteljährlich neu. Kostenlos in Ihrer Buchhandlung.

Rowohlt im Internet:
http://www.rowohlt.de

3663/1